图书在版编目（CIP）数据

坠入凡尘的星星/佘海浩著.—贵阳：贵州人民出版社，2011.10

ISBN 978-7-221-09787-3

Ⅰ.①坠… Ⅱ.①佘… Ⅲ.①长篇小说—中国—当代 Ⅳ.①I247.5

中国版本图书馆CIP数据核字（2011）第213210号

坠入凡尘的星星
Zhuiru Fanchen De Xingxing

作者　佘海浩

责任编辑　阎循平

贵州人民出版社出版发行

贵阳市中华北路289号　邮编 550004

发行热线：010-59623775　010-59623767

北京诚信伟业印刷有限公司

2012年3月第1版第1次印刷

开本　880mm×1230mm　1/32

字数　188千字　印张　7.5

ISBN 978-7-221-09787-3

定价　25.00元

版权所有·翻印必究　未经许可·不得转载
如发现图书印刷质量问题，请与本社联系。

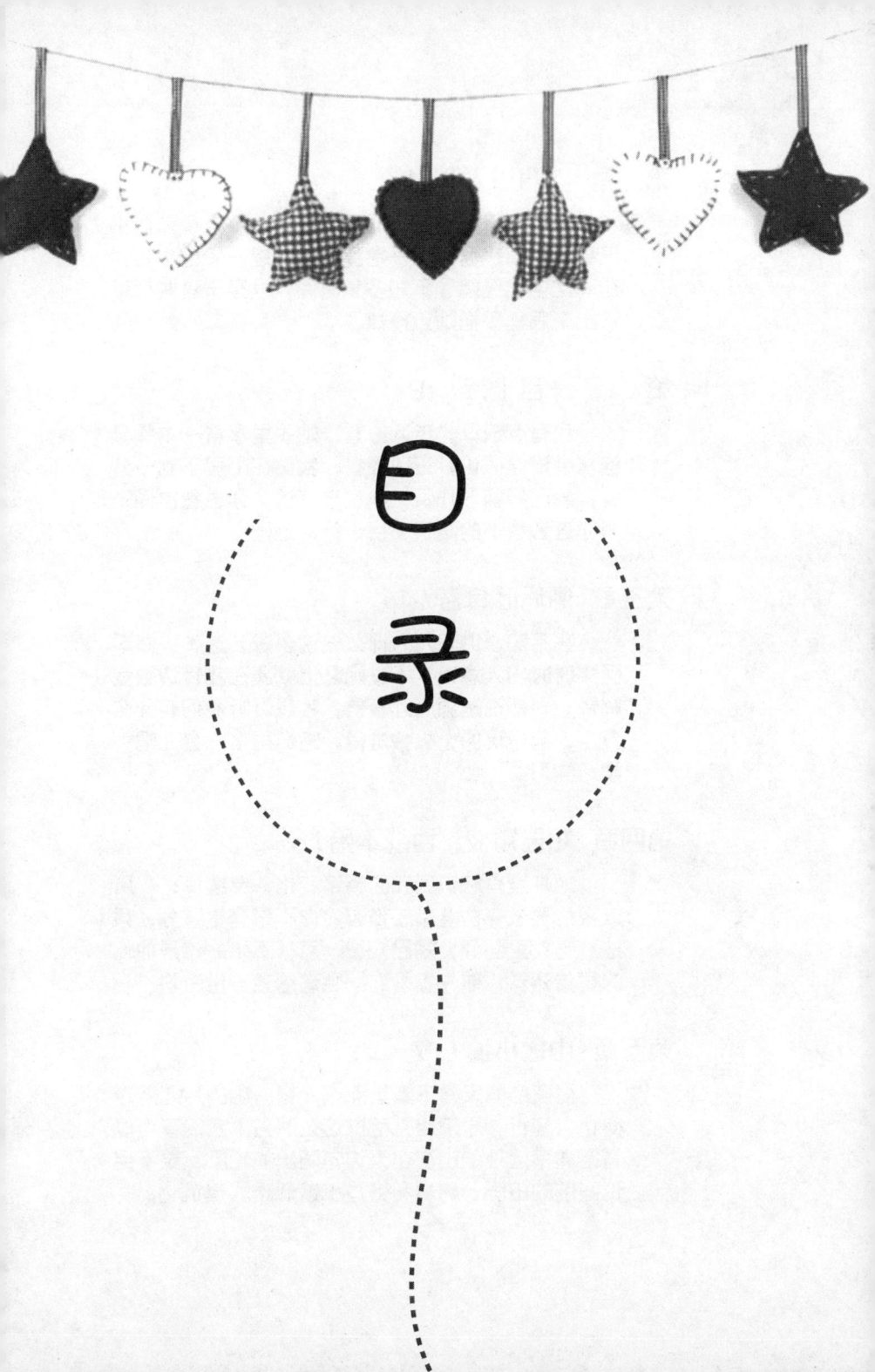

第一章 "四川人" / 1

她的一只脚居然斜插在泥土里,半边身体似乎已经给长草遮盖,似乎她整个人就是一段枯木头,在草丛中已经躺了不知多长时间,以至于这些荒草长出来后几乎把她遮掩掉了。

第二章 一目十行 / 19

我有点惊讶,走近一看,她手里拿着一本厚厚的《经济学概论》正在翻看,我站在那里不到一分钟,她已经翻了几页,我说:"这个你也看得懂?有你这么看书的吗?一目十行。走吧。"

第三章 酒后吐真言 / 43

我不知道洪安儿为什么要这么做,这丫头做事确实时时出人意表,不过她马上就凑在我耳边跟我解释:"都说是酒后吐真言,我想听听他们有什么真言,挺好玩的,机会难得,咱们再坐一会儿吧,学习学习。"

第四章 知己知彼,百战不殆 / 65

她并没有意识到我的情绪变化,继续说:"所以我们要做一些准备工作嘛。你不是有本《孙子兵法》吗?里面说,知己知彼,百战不殆。这是他们的宣传资料,你先看看。"她递给我一份资料……

第五章 山区小镇 / 77

墨蓝色的天幕下繁星点点,银白色的月儿洁净得让人惊讶,原来月光可以这么明亮!我简直可以看得清楚远处的山峦在天边勾画出的轮廓,更不用说眼前的田野、树林和旁边小镇低矮的建筑物。

第六章 吃 醋 / 97

洪安儿瞪眼道:"我不是跟你介绍了吗?冒冒失失的,连我们HTR的老板是男是女都分不清楚,你做的哪门子销售经理?喝的是哪门子干醋?"

第七章 公主与王子 / 125

我无话可说,只有将她紧紧抱在怀里。
"原来真有这种童话一般的感觉,我很幸福,我现在真的像一位公主一样。"洪安儿踮起脚尖吻我。

第八章 心灵的翅膀 / 133

她微微一笑说:"我是说,想象力就是它们的翅膀,心灵的翅膀,插上了翅膀,它们就可以自由飞翔了。"
我若有所思。真神,她这一番虚无缥缈的话还真让我好像插上了翅膀。

第九章 丑媳妇见公婆 / 147

看样子洪安儿掩饰不住天真活泼的本性,只在刚进门的时候安静羞涩了一会儿,这时候已经和我母亲混得差不多了。母亲眉开眼笑,脸上荡漾着幸福。洪安儿朝我挤眉弄眼,指着相片道:"原来你以前是这个样子,傻不愣登的。"

第十章 "武林高手" / 159

洪安儿身形骤起,在这间不容发之际,飞身腾空,像一只展翅的飞鸟,半空中右脚面向按住我的大汉面门踢来。那大汉猝不及防,叫出声来,躲闪不及,赶忙用双手格挡。

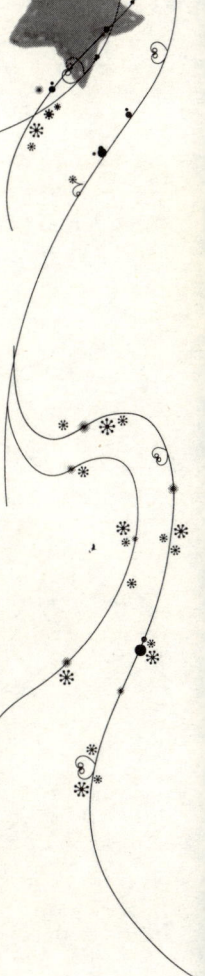

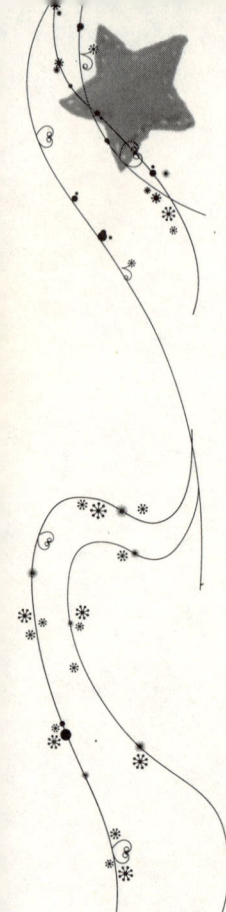

第十一章 "无神雕之侠侣" / 175

这时候我已经跟那精瘦汉子交上手,无暇顾及身后情形。狭路相逢勇者胜,何况对方头目已经倒地。我舞动汽车防盗锁,奋勇上前,也顾不上什么招式,没头没脑往他身上招呼。只听身后哭爹喊娘,哎哟之声不断,显然洪安儿大获全胜。

第十二章 未来的往事 / 201

她微微一笑说:"你倒是很有想象力,我不是九尾狐狸。我来自未来,来自二零八七年的世界。我是那个时代最先进的机器人,同时又是那个时代最优秀的人类基因组合体,我是两者最精良的结合体,我是独一无二的。我希望你把我当成一个真正的人。"

第十三章 坠入凡尘的星星 / 219

当晚,我们俩依偎在一起遥望夜空,墨蓝色的天幕下星星点点。突然天边一颗流星划过夜空,我若有所悟地说:"安儿,你正像那颗流星,本来属于天上的星宿,不小心穿越了时空坠入这个凡尘,来到我这个凡人的身边,让我惊喜不已……"

第一章 "四川人"

她的一只脚居然斜插在泥土里,半边身体似乎已经给长草遮盖,似乎她整个人就是一段枯木头,在草丛中已经躺了不知多长时间,以至于这些荒草长出来后几乎把她遮掩掉了。

不要抱怨生活,这是我的信条。

尽管我失恋了,那有什么呢?正如我上次买的一束黄菊花,那时候多么美丽。插在花瓶养在水里,足足开放了十多天,整个小房间飘着淡淡的幽香。这时候它要枯萎了,一朵朵低下了头,落了花瓣,我有什么办法呢?校园里的恋爱大多过不了这一关,毕业以后各分东西,各谋发展,正所谓劳燕分飞。两年出头了,能够坚持到现在,已经是难能可贵了,我还应该存有什么奢望吗?就让它成为记忆中一缕淡淡的幽香吧。

尽管我失业了,那又有什么呢?其实我还算是有点运气,其实我还算是有机会。如果我不去碰那该死的传销,我本来有一份挺稳定的工作,虽然每个月的工资只有区区两千来块,但足以让我保身养命了。倘若加加班,偶尔还可以跟朋友去喝喝啤酒、看看电影的,这能怪谁呢?

不要抱怨生活,可是也不要太抱怨自己,后悔无济于事。我只是一时被挣钱的欲望冲昏了头脑,被一个女孩的如簧之舌鼓动,受不住热火朝天的传销场面、天花乱坠的诱惑,花了六千多块钱买了一张保健床垫。当然,这差不多花了我两三个月的收入。如今这张床垫就铺在我自己的铁架床上,正发挥它的神奇功效,我果然没有感冒也不会咳嗽。我只是因为上班时间老是鼓动同事们去买这种有神奇功效的床垫而最终不得不离开这个公司。

不要抱怨生活,尽管有一句话叫祸不单行。命运似乎很会跟人开玩笑,有时候会让一个人的周围笼罩上一层灰蒙蒙的阴霾,给他定下某种灰色的基调,让他无处可逃,做什么事都不顺利。比如说,我现在正想泡一包速食面骗骗咕咕直叫的肚子,可是热水瓶的开水是昨夜烧的,像我远去的爱情,已经失去了温度。可是当我打开煤气炉想重烧一壶开水的时候,却发现煤气罐已经空了。

第一章　"四川人"

如果是在昨天，仅仅是在昨天，我还可以跑到楼下附近的煤气经营小店换一罐煤气。那时候我兜里还有一百多块钱，照样可以煮出香喷喷的速食面。可是昨天发生什么了？唉，昨天我跑到人才市场递交了几份简历，这是每一个刚刚失去工作的人所必须也必然会去干的事，算得上什么呢？可是我回来的时候想到那附近有一位大学的女同学张秋伊，我跑到她那里。最近手头太紧，我想跟她借点钱周转一下，事到临头却难以开口。好在我急中生智，我跟她说我忘带钱包了，待会儿要见一个客人，我要请客，能不能借几百块应应急，她很大方地就拿了四百块钱给我。这不是雪中送炭的好事吗？可是，我在回来的中巴上居然打瞌睡了，打瞌睡的结果是，下了中巴车我发现裤子后面被人用刀片割开一条长长的缝！不用说，可怜的钱包已经换了主人，连同我刚刚借来的四百块。而且我不得不捂着屁股走回住的地方，那条缝太长，不小心就会春光泄露。

不要抱怨生活，这些都只是暂时的，谁没有进入低谷的时候？所以我将这几个字用毛笔龙飞凤舞地写在一张旧挂历纸的背面贴在墙壁上。

千万不要误会，我不是在给什么人"励志"，探讨失败之后如何从哪里跌倒就从哪里爬起来，也不是在谈论自己的苦难历史以博得谁的同情。我只是想梳理一下目前的处境，好让自己有一个比较明确的重新再来的出发点。我还年轻，怀里还揣着一本红彤彤金边灿灿的名牌大学的毕业证书，而且身份证也并没有丢。这得益于我刚好将它们揣在西装的内口袋里。可见天无绝人之路，钱丢了可以赚回来，证件丢了要证明自己是大学生就没这么容易了。

肚子饿得有点麻木。我拉开抽屉翻了翻，居然还有几块不知道什么时候吃剩的饼干。我倒了一杯没有温度的隔夜开水将饼干吞进肚子里，这多少对它是一种安慰。我继续翻着杂乱的抽屉，奇迹，角落里竟然潜伏着几枚硬币！我将它们通通搜刮了出来，数了数，整整六枚。六块钱，这就是我目前全部的现金财产，至少我现在还不是身无分文。我躺在床上半眯着眼想好好思考自己的处境，然而楼上正在进行着什么装修工程，咚咚咚沉闷的敲打声和吱吱吱尖锐的电钻声此起彼伏，它们似乎想着来帮忙填充一下我越来越干枯的意识，不让我有空闲来审视自己的不幸。如果真能这样倒是好事情，只不过我发现这些声波并不能像饼干填充肚子一样填充我的意识，它们只是在扰乱我的神经。

然而即便我没有空闲来审视自己的不幸，事实还是显而易见，根本不用思考我就知道，过两天我要交房租，今天基本上就断了粮。

跟我住在一起的是曾经的同事谢宝中先生，我们在这个城中村合租了这个号称两室一厅的临时搭建的房子，每个月八百块，每人四百。我们混在一起已经一年多了，这家伙偶尔带一个脸上有很多麻点的女孩子回来，晚上在隔壁房间弄出一些不安分的声音。不过除了这个，谢宝中还算得上是一个比较合得来的舍友。他这个人有点大大咧咧，但还是挺讲义气。他比我大几岁，喜欢在无聊的时候偶尔抱着一把破吉他高歌："我很丑可是我很温柔……"而且他是属于"白天黯淡，夜晚不朽"这一类型的人，晚上崇尚"音乐和啤酒"。他这种人像马路上的荧光标志，白天默默吸收太阳光线的照射，到了晚上思想在黑暗中闪放光芒，熠熠生辉，常在这时候跟我讨论一些深刻的人生问题。他和姓石的麻脸女孩交往，据他说是朋友介绍的，"那时候孤独得很，见她面之前，心里已经暗暗打定主意，只要是个普通的健康人，不是从事那种无本生意的古老职业就行"，结果见了面没几天就带回这个窝里一起过夜了。

如果他知道我没有钱交房租，该不会把我赶出去吧？至少电视机是我们一起凑钱买的，至多到时候电视机归他，算是下个

第一章 "四川人"

月的房租，这应该不成问题。

目前最紧迫的是断粮的问题。这问题放在哪个年代哪个人身上都是一个大问题，即便是不为五斗米折腰的陶渊明遇到这个问题恐怕也不能熟视无睹。我还有什么人可以去麻烦呢？以前的同事是不能去麻烦了，传销的事是我不对，为了那六千多块的神奇床垫，不仅花光了我仅有的一点积蓄，还借了同事们一点钱，而且搞得自己像一只过街老鼠。那个女同学张秋伊已经借了我四百块，再不能去打扰她。其他同城的同学毕业后基本上都失去联系，这时候再去打扰似乎有点说不过去，而且我也没有他们的联系方式。我搜肠刮肚，对了，我还有一位同学刘文杰在市郊工作，以前关系不错，毕业后还曾经打过电话，最重要的是我还没有去麻烦过他。而且我还有一件九成新的西装上衣，只穿过几次，他跟我的身材相仿，应该刚刚好能穿得上，好钢就必须用在刀刃上。

我为自己的这个发现兴奋不已，这就叫急中生智。我差不多要吹起口哨来，就这么办。我将六枚硬币揣进口袋里，找出一个半新的塑料袋将九成新的西装上衣装上，出了门往公共汽车站走去。

南方的秋天还很温暖，不过深秋的风还是有阵阵凉意。太阳高挂在蔚蓝的天空上，阳光有点刺眼。上午十一点（对了，我还有一个旧手机，虽然停了机，可是仍然可以当电子手表使用），我在横过马路的天桥上走着。天桥上一个四肢健全的中年乞丐拿一个破铁盆伸着手向来来往往的人群乞讨。我看了他一眼，这家伙手上的破铁盆里稀稀拉拉摆放着一些发皱的纸币和几枚硬币。他向我点头哈腰伸手要钱。我在嘲笑自己，这一刻我比这位老兄还要穷困潦倒，我们这是一对天涯沦落人啊。这满大街熙熙攘攘的人群并没有饿死，老天该不会将我这位有着红彤彤金边灿灿大学毕业证书的年轻人饿死吧？

过了天桥我在公共汽车站等候313路公共汽车。中巴车我是暂时无缘坐了，因为单程车费要四元，而313路到郊外是两元，万一我找不到刘文杰，还可以坐车回来，现在每一块钱最好都能掰开来使。我终于上了313路车而且找到一个座位，看来还算没有倒霉到头，路上大约需要半个小时，有一个座位可以节省不少体力，而且时间刚刚好，我到达他那个地方的时候他应该还没有下班，我可以直接到他单位找他，这样找到他的概率会大大增加，至少我在他那里可以吃上一顿饱饭。

在车上我有点困，可是我不想在车上睡觉，因为睡觉可能会付出代价，就像昨天一样。不过阳光很刺眼，让我只能半眯着眼，而且车摇摇晃晃，昨晚我没有睡好，这又让我头脑发沉，昏昏欲睡。反正我身上没有什么东西可以被偷了，四枚硬币我放在侧面的裤袋里，正紧紧地贴在我大腿上，他们总不能在我大腿上划一道痕吧？我还是决定眯上一会儿，既然困了，何必这么为难自己呢？我把装西装的塑料袋紧紧搂在怀里阖上眼，耳朵警惕地聆听周围的动静。坐在我旁边的男人拿着手机在电话里指示对方："传真收到没有？一定要让他传真确认，对，先付一半，另外一半货到付款。什么？没收到传真？那你打这个电话，6644330……"后面两位大婶在谈论股票经，一个在分析汽车行业的大趋势，说电视里头讲了，未来十年是汽车行业发展的黄金时期。另一个不屑地说："管它什么趋势不趋势，反正跌了就买，涨了就卖，跟住一两只股就行了，不要管别人怎么讲，那都是骗人的。"这时候前面又有手机的铃声响起，一个粗嗓门开始喋喋不休地讨论起螺纹钢的市场行情。聆听了一会儿，似乎全民皆商，个个都有经济头脑，并没有什么不对劲的地方，只不过事不关己。我略微抵抗了一下睡意，我的意识给公共汽车摇晃得渐渐模糊不清，终于在一片喧嚣声中不小心坠入了一个黑暗的深洞。

"喂，醒醒，总站到了。"

似乎有人在喊。四周出奇的安静稳妥让我觉得有点不对劲，

第一章 "四川人"

我猛地打了个激灵惊醒过来，下意识地摸了摸侧面裤袋，正如鲁迅的《药》里面让我印象深刻的那句话，"硬硬的还在"，而且怀里的袋子也完好无缺。我下意识地松了一口气，可是另一种慌张马上填补了过来，我往窗外张望的时候发现来到了一个陌生的地方。我赶紧尾随乘务员跨下车门，司机正拿着一个小铁锤敲打着汽车的前轮胎。

我被撂在一个荒凉的停车场。其实那也不该叫荒凉，停车场上还有几辆公共汽车，其中一辆坐着稀稀拉拉几位乘客正往外开。停车场旁边还有一个调度室，里面几位乘务人员正在喝茶聊天。只是停车场旁一大片凸出来的矮土坡有成片稀疏的灌木丛，几棵大树孤兀地伫立着，长草萋萋，周围望不到什么建筑物，而我不知道这是什么地方，所以觉得这地方很荒凉。

我只好张望了一下来路往回走，走了十来分钟我觉得还是应该回到停车场坐上回头的车，这样虽然又多花了两块钱，但可以保证我能够到达要去的地方。我不知道如果步行要走多长的路程，况且我肚子已经在咕咕叫，浑身没什么力气。

我很奇怪那片灌木丛怎么还在我眼前。我又张望了一下，原来我走了十来分钟只不过差不多绕着矮土坡走了一圈，其实穿过这片荒凉的长草萋萋的荒地不到五分钟就可以到达刚才停车的地方了。我决定抄近路穿过荒地，往刚才停车的方向走去。

我判断了一下方向，向长草深处走去。秋风阵阵吹来，长草随风摇曳。这地方就好像一个孤岛，或者说像沙漠里的一片绿洲，前面是大路，一边是空旷的停车场，另一边是更加空旷的一片建筑空地。建筑空地上已经做了平整工程，一片橘黄色的新鲜泥土，看来是一个大型的建设项目，就差在上面盖起房子之类的东西了。

我穿过杂草丛，往停车场的方向赶去。我的"电子手表"显示的时间已经是十二点十分。要命，等一会儿找不到刘同学怎

7

么办？我可是还没有吃中午饭啊。

这时候我似乎听到一个细微的声音，像是小孩轻轻呻吟的声音，不对，又有点儿像一只小猫的叫声，在秋风瑟瑟中隐隐约约。我张望了一下，什么也没有。或许是一只什么动物躲在灌木丛或者草丛中叫了一声，有什么关系呢？我继续往前走。可是那声音又响了起来。这一次我听得比较清楚，没错，像人的声音，而且是女声。可是我判断不出它的方向和远近。我举目四顾，除了草丛和树叶在风中起伏，哪里有什么人的影子？我抬头望了一下天空，蓝天白云，艳阳高照。就算人再倒霉，也不可能在大白天遇到聊斋里面的狐狸精之类的异物吧？

"主……主……不要走，救我。"这声音这一次好像是顺着风的方向飘过来的，而我正屏息敛气，竖起耳朵调动着所有意志力在捕捉，所以听得特别清楚。什么"主……主……"？什么意思？不过我可以确定是一个女声在求救。我向着风吹来的方向张望，看到不远处一棵大树下的草丛中伸出一只手来，轻轻收缩着抖动的手指，只不到两秒钟，那只手又缩进草丛中不见了。我克服着慌张，犹豫了一下，还是赶紧向大树跑去。

我终于看到了一个人，一个不成模样的女人。天，世界上还有这么一副模样的人！她整个人蜷曲在草丛中，皮肤是那样地苍白，苍白得耀眼，苍白得没有丝毫人气。皮肤不仅苍白，而且上面的表皮还有一部分脱落下来，像蛇在蜕皮，这哪像是人的皮肤？分明是失去了水分的干皮。她的头发像冬天被风吹落的鸟巢，焦黄干枯而且杂乱，身上衣衫褴褛而且单薄，上身穿着的不知什么布料做的短袖上衣已经破烂不堪，下面穿一条好像是薄皮革做的黑色短裤，整个一副夏天的装束。身上沾满灰尘、沙土和草屑。最可怕的是她的两只眼，空洞洞似的泛着灰白色，几乎见不到一丝生气，像市场上已经被宰杀的摆在案桌上的鱼的眼睛。她的一只脚居然斜插在泥土里，半边身体似乎已经给长草遮盖，似乎她整个人就是一段枯木头，在草丛中已经躺了不知多长时间，以至于这些荒草长出来后几乎把她遮掩掉了。

"你是在叫我吗？"

我胆怯地明知故问，这里没有别人，除了我还有谁？只是她的模样实在有点恐怖，特别是她的眼睛和肤色让我有种白日见鬼的感觉。

"救我……没有……能量……太阳……"

她的嘴唇微微翕动，艰难地发出一个个不连贯的词。除了"救我"我听得懂，其他的我不知道是什么意思。她的眼睛从始至终没有眨过一次，只是眼球向我转动过来，一只手想抬起来可是又落在地上，看来她已经虚弱到无以复加的地步。

我克制着自己的恐惧，问她："我怎么帮你？"

"帮我……太阳……冷……"

她两次提到太阳，看来她现在很冷，希望可以让太阳照到她。她目前的位置上面是一棵大树，浓密的树荫遮住了阳光。我说："你是不是冷，想晒太阳？"她居然眨了眨眼，嘴角扯了一下，似乎想露出一丝笑意，她断断续续地说："我冷……太阳……"

我不能见死不救。我伸出手拉她的手，我的手霎时间感到一阵寒意，那是一种渗入皮肤直达血肉的冰冷感觉，让我起了一身鸡皮疙瘩。我咬咬牙把她整个扶起来，从后面夹着她的两个胳肢窝把她拖到阳光下，让她躺在草地上晒太阳。

我鼓起勇气问："你从哪里来？怎么会在这里？需要我帮你报警吗？"

"我从哪里……我……"

她似乎没有力气回答。我看她衰弱的样子，好像随时有断气的可能，不禁更加心虚害怕起来，我说："你先不要开口说话吧，先躺着，我去看看有什么人可以帮你。"说完我想朝停车场的方向走去。

"不要……离开……不要……"

我能猜出她的意思，就是让我不要离开她。我只好停下来。她突然浑身颤抖起来，看来是冷得不行了。我不禁起了怜悯之心，我想将袋子里的西装上衣掏出来给她穿上，可是我突然犹豫不决，这件西装上衣可是我手头稍微宽松的时候花了三百多块钱买的，几乎就是我目前唯一值钱的财产，这块好钢是要用在刀刃上的。我掏了一半又把它塞进去，脱下身上的外衣将它穿在她的身上。

她还在抖动，不过慢慢地减缓了发抖的频率。过了一会儿，奇怪的现象发生了，她干皱皱的皮肤似乎慢慢舒展了开来，而且脸色已经没有那么苍白。她缓缓说："你刚才问我从哪里来吗？我从研究所来的。你问我怎么会来到这里吗？我是逃出来的。你需要帮我报警吗？你不需要报警。"

我奇怪她怎么能一口气说出这么多话，尽管她的声音还很微弱，但看来比刚才有了不少起色。

"研究所？什么研究所？你是逃出来的？算了，你不用回答，先躺一会儿吧。"

"你要我不用回答，先躺一会儿吗？"

"是的。"

"明白。"

我在猜想她的来历，只怕真的是从哪里逃出来的。一个农村的年轻女孩，遇到了什么事，只身逃了出来。不会是给人贩子拐骗出来的吧？可是她为什么说不用报警？我能为她做什么呢？我现在是泥菩萨过江——自身难保，我能为她做什么呢？

她静静地躺在草地上，脸色好像红润了些，一双眼睛注视着我，仍然不眨一下。可是她的眼神已经有了一丝生机。真是神了，农村女孩的生命力真是顽强啊，十分钟之前，她还像是一个垂死的人。

我问她："好点了吗？"

她有气无力地说:"你问我好点了吗?是的,好点了,不过能量还不足。"

"能量不足?"

"是的,能量不足。"她的眼睛还在盯着我。

我感觉一阵饥饿,饿得心慌,我说:"我也能量不足,我想帮你,可是我没钱,所以帮不了你,我要走了,我去看看那边的人能不能帮点什么忙。"

她居然坐了起来,仰着头思索半天说:"我现在能量不足,思维有点混乱,你说你要走了吗?"

"是的,我要走了。"

"好,你要走了。"她似乎并没有要留我的意思,而且脸上很平静。

"你没什么事吧?"我还是有点担心,可是我能为她做什么呢?

"我没什么事,就是能量不足。"

"那我走了,我去问问他们。"尽管于心不忍,我还是迈开了脚步往停车场走去。我已经尽了我的义务,如果口袋里有钱,我会拿一些给她,可是我没有,我只能待会儿到调度室的时候将这个情况跟他们反映一下,看他们能不能给她一点帮助。

穿过荒草地我回头望了一下,吓了一跳,太不可思议了,她正默默地跟在我后面走!身上穿着我那件半旧的上衣,一边走,一边不时用手清理着身上的污泥草屑。

"你……你跟着我吗?"我有点结结巴巴。

"是的,我跟着你。"她脸上没有什么表情。

她布满灰尘土屑的脸还留着擦拭过的痕迹,现在居然透出血色,连蓬乱的头发也似乎有了光泽,除了脸上身上的蜕皮有点刺眼,看起来现在似乎比我还精神!真是不可思议,就算是农村受过苦的孩子,生命力真有这么旺盛吗?可是惊讶之余,我现在更关心的是，她是在跟着我吗？她跟着我干什么？要跟着我到什么时候？她要到哪里去？

我指了指公共汽车说："我要去坐车。"

"好的。"她不动声色地说。

我本来想去调度室告知关于这个女孩的事，但现在看来她已经会走路了，完全像一个正常人，这还有必要吗？而且即便有必要，这个女孩自己就可以向他们求助，何必我去掺和呢？这样一想，我直接上了一辆准备开出的公共汽车，汽车上面已经有几位乘客。

我找了一个座位坐下来，向外面张望了一下，我想她也许会去向调度室里面的人求助，可是马上我就看见她也上了车，而且向我走过来，在我旁边坐了下来，脸上一副平静的神色。坐下来后她将了将上衣的下摆，两只手安静地摆放在大腿上。她这种很自然的动作让我有些惶恐，似乎我是她一个很亲密的人，她跟着我是很理所当然的事。但是我能说什么呢？公共汽车又不是我的，座位也不是我的，我没有理由让她不要坐在我的身边。

汽车开动了，售票员从前排开始逐个让乘客买票，来到我跟前的时候我掏出两枚硬币给她。

她说："四块。"

我说："不是两块吗？"

她说："就是四块，每个人两块。"

看来售票员也认为我们是一起的，何况她身上还穿着我的衣服。我看了看女孩，女孩正微笑着看着我，好像跟她什么相干也没有。我只好掏出仅有的另外两枚硬币塞给乘务员，买了两张票。

"喂，你跟着我吗？你要跟着我到什么时候？"我真的有点慌张，怎么会发生这种事？这对别人来说也许可以是一个奇遇，可是我现在是真正意义上的一文不名，六枚硬币我已经花光了。

她转过头看着我，表情木然地说："我要跟你到什么时候？哦，我会一直跟着你。"

我叫了起来："什么？"

"有什么不对吗？"她似乎有点慌张。

我说："你跟着我干什么？我告诉你，我没有钱，一分钱都没有，你跟着我也没有用。"

她似乎很惊讶，思索了一会儿说："我跟着你干什么？你没有钱我就不能跟着你吗？让我想想看，你不会没有钱的，所以我会跟着你。"

我简直气急败坏，我从座位上站起来，将几个裤袋都翻开来，我说："你看看，我一个子儿也没有了。"我又翻动衬衣口袋，"你来看看，我是不是没有钱？没有骗你吧？"

她眨了眨眼说："是的，你没有骗我，怎么办呢？但是我还是想不明白，你没有钱我就不能跟着你吗？"

我无可奈何地说："看你可怜，这样吧，我现在去找我的同学，如果找到了，我会向他借一点钱……"

她马上接口说："好，这样我就可以跟着你是吗？"

我嚷了起来："你这人怎么这样？我如果借到钱，会分一点给你，这样可以了吧？你跟着我干什么？"

她神色慌乱起来："我跟着你干什么？对不起，我现在能量不足，你的问题我不知道怎么回答，等我有了能量，我会想明白的。"

我想这女孩会不会是精神出了问题，怎么老讲不清楚？可是……可怜的女孩，也许她有什么不幸的遭遇，也许遭受了一些难以治愈的创伤，也许她一直没有碰到一个愿意帮她的人，而因为我刚好机缘巧合帮了她，所以她潜意识里一直希望跟着我，正如一只受伤的流浪小狗，某一天突然得到一个人的施舍，它就会一直跟着这个人，它可不会去想他是不是愿意接纳它。

"你是不是脑袋……有点混乱？"我尽量说得委婉一些。

她马上点点头："是的，现在有点乱，想不清楚一些问题，等我有了能量，我会想明白的。"

她的话更坚定了我的猜想，她可能是一个来自农村的，或许是迷了路而且精神有点问题，至少暂时分不清一些事物的可怜女孩。

"能量？我不知道你指的是什么，不过我会带你去找我同学借钱，我说话算数。你叫什么名字？今年多大？"我尽可能地用温和的语气说。

"我叫什么名字？他们叫我安……儿，今年十……九岁。"她说起她名字的时候口音有点拗口。

"安儿？对不对？那我就叫你安儿吧，我叫洪列。"

"是，洪列……哥，我不该用以前的一些词语，要用现在的才对，是不是这样？"

"以前的词语？随便你，不要说一些我听不懂的话就可以了。"

"明白了。"

她笑了笑，阳光透过车窗照过来，她的脸上竟然洋溢着喜悦。真奇妙，她现在完全就像一个健康的女孩，而且似乎长得很俊俏，尽管脸上身上还是脏兮兮的，而且还蜕着皮，但这完全掩饰不了她精致的容貌和窈窕的身姿。似乎我每一次观察她，都会发现比上次观察她的时候有了奇怪的变化，她现在和我刚看到她的时候简直就是判若两人。

两点钟出头，我带着她下了车来到刘杰文单位门前。带着她去见刘杰文似乎不方便，我让她在门口等着，独自一个人进了单位。事情出乎意料地顺利。我突然觉得自己应该真诚一点，于是省略了客套话，开门见山地告诉他我的处境，我现在失业了，正在找工作，手头很紧，想跟他借点钱。他正忙着手头的文案工作，他说："知道了，谁没有困难的时候？你能来找我是看得起我，这样吧，我钱包里就剩五百块了，你先拿去，如果不够，等我忙完了到银行里取。"我说够了，这西装上衣你试试合适不合适，我穿起来有点太大了。他说开什么玩笑，看不起我呀，西服你自己穿吧，晚上一起吃饭，不过你要等一会儿，手头工作很忙。我说那就先告辞吧，还有点事，吃饭下次吧。

告别了刘杰文我出了单位门口，将西服穿到身上，心情很愉快，看来果然天无绝人之路，老同学就是老同学，跟外面那帮称兄道弟的家伙就是不一样。

安儿并没有在门口等我。不会吧，就这么会儿工夫，人贩子没这么厉害吧？我张望了一下，马路对面似乎有一群人在看什么热闹。我走过去一看，安儿正在一个烤羊肉串的摊档前跟一个满脸胡须的北方大汉理论着什么。

"你没钱吃什么羊肉串？有……有你这样的人吗？"北方大汉结结巴巴有点口吃。

安儿睁大眼说："不是你叫我吃的吗？你说让我尝尝，好吃得很，那我就尝尝，你又没说尝尝也要钱的。"

北方大汉说："这是什么歪理？吃完了要付钱，这还用我说吗？你……"

安儿舔了舔嘴唇说："我说很好吃，你说好吃就多吃几串，是不是？我还以为你是好人呢。"

北方大汉嚷道："你什么意思？你说我不是好人吗？丫头，没遇到过你这样的人，你到底有没有钱？"

安儿眨了眨眼睛说："没有，一个子儿也没有，不信你看看。"

她将上衣口袋翻了出来，又将里面的口袋也翻过来给那大汉看，说："是不是，我一个子也没有？你来看看，我是不是没有钱？没有骗你吧？"她显然是学着我刚才在车上向她翻口袋的动作和语气，一副理直气壮的模样。

"不可理喻。"那汉子目瞪口呆，看来他是个厚道人，想发火又发不出来，想拉住她又缩了手，憋红了脸，在一旁吹胡子瞪眼，愣愣地说不出话来。

我赶紧走过去拉过她，问那大汉她吃了多少串，要多少钱。

"三串，三块钱。"他见有人出面认账，脸上转忧为喜，"她是你……朋友吧？你朋友是不是有点那个……嘿嘿，三块钱。"

"不好意思，我是她……哥。"我只好赶紧付了钱，看来这丫头身体可以恢复得挺快，脑筋要恢复过来可没有这么容易。

付完钱我问她："怎么跑对面来了，我不是让你在门口等我吗？"她笑笑说："这里有阳光，那边没有，而且这里有羊肉串。"

我叹了一口气，心里居然有点依依不舍，这么一个傻乎乎天真得不知道吃东西要付钱而且热爱阳光的女孩，我现在不得不和她分手了。我掏出两百块钱塞到她手里，说："这点钱也许不够，你从哪里来就回哪里去吧，这地方挺复杂，好像不太适合你，你找个人问问长途汽车站怎么走吧，坐车回家。要不这样，我帮你找到车站送你过去坐车也可以。"

她的脸上有一点疑惑，但马上笑了笑说："我突然想明白了，可是我来这里就是为了在这里生活，我不会回去的。还有，我想明白了，钱是好东西，可是我现在不需要，我现在想吃东西，补充能量，不对，应该叫补充营养才对。"她指了指旁边热气腾腾的拉面摊，说着把两百块钱塞回给我。

我又叹了口气，点头说："好吧，吃饱了肚子再说。"

在面摊店里我狼吞虎咽，呼噜噜整整吃了两大碗拉面，吃得满头大汗，撑得直打饱嗝。可是安儿似乎不动声色就吃了三大碗，舔了舔嘴巴若无其事。我惊讶得合不拢嘴，好一会儿才问她：

第一章 "四川人"

"你到底从哪里来的？刚从农村里出来的吗？你平时也这么能吃吗？"她低头沉思："农村？哦，对了，我从农村里来。我现在想明白了，我要在这里好好生活，我要忘了以前的事。对，我是从农村里来的。我能量……不对，我营养充足的时候吃东西和普通人一样多。对了，我就是要做一个普通人，你说可以吗？"

真是莫名其妙，她就是要做一个普通人？忘了以前的事？难道她不是一个普通人？她是流落民间的公主？有着什么奇遇的贵族女孩？我说："你不是一个普通人？你家乡在哪里，父母是谁，你总该知道吧？"

她脸上又显现出一种迷茫："我的家乡？父母？哦，对了，是中国，中国人。"

我哭笑不得，说："中国这么大，四川？山西？东北？你不像是东北的，也不像南方人。"

"对对，就是四川，不是东北的，也不是南方人，你说的都是对的。"她喜笑颜开。

"那你说两句四川话给我听听。"我不大相信，如果我说她是云南人她可能也会说我是对的。

她双眼望着天，像是在脑海里搜索什么，不过马上她就说出一句四川话："我是四川人。"然后晃荡着脑袋望着我。

"挺地道，就算是吧。"我无可奈何地说。我也不大懂四川话，但听别人说过，好像就是这个味，"可是我还是要劝你回去，两百块钱给你，我要走了。"

"不，主……洪列哥，我不要回去，除了这个，我什么都听你的。"

我惊讶地说："你为什么要听我的？我让你不要跟着我，可以吗？"

"这……除了这个和那个，我什么都听你的，我不会给你添麻烦的。"她可怜兮兮地说。

我哑然失笑，看样子我真是捡了一只流浪的小狗，这时候赶也赶不走。

"可是我真的没有钱，我自己都顾不了自己，这些钱会用完花光的，用完了怎么办？如果我再没有收入，你跟着我会饿死的，你如果需要得到一些救助，应该去找相关的政府部门。"其实连我自己也并不知道有哪些相关部门可以找。

"你不用担心，我不会饿死的，我可以保证，而且我现在营养足够了，我可以做很多事情。"她静静地看着我，目光中殊有祈求之意。

"你能做什么事情？"我有些好奇。

"总之很多，你让我做什么我就做什么，只要不是这个和那个。"

"好吧，走吧，先跟我回去再说。"我无可奈何，总不能就这么丢掉她不管吧。

我实在不知道自己该不该在这个时候动恻隐之心，这对她也许不会是好事。可是正如孟子所言，不仅恻隐之心人皆有之，而且"仁义礼智，非由外铄我也，我固有之也"。我当然不是受了孟子这句话的感召而去"舍生取义"，只是想她恢复得这么快，说不定明天后天她就会恢复原貌，回到原来的轨道上去。况且，我刚刚受人之惠，对刘杰文感激不尽，现在去帮助另一个需要帮助的人，似乎也是很应该的一件事。

安儿喜滋滋地跟着我上了车，我问她："你姓什么？"她说："我姓洪，洪安儿，名字很好听吧？"

我狐疑地说："不会吧？我姓洪你也姓洪？有这么巧吗？"

她点点头说："就这么巧。"

第二章 一目十行

我有点惊讶,走近一看,她手里拿着一本厚厚的《经济学概论》正在翻看,我站在那里不到一分钟,她已经翻了几页,我说:"这个你也看得懂?有你这么看书的吗?一目十行。走吧。"

一路上她不再说话，左顾右盼观察着周围人群，倒真像一位刚从农村出来的懵懂丫头。不一会儿她又向窗外张望，一副全神贯注心无旁骛的样子。车窗外的景观像一幅幅不断倒退的画面，好像眼前的一切对她来说都显得那么新奇。

下了车我带着她穿过天桥，那个乞丐向我们伸过手里的破饭盆点头哈腰，洪安儿惊奇地望着他笑，我赶紧拉了她一把不让她停下，继续往我住的城中村走去。

一路上她不断回头注视着熙熙攘攘的人群，不管经过服装店、发廊、饭店、小旅馆、杂货店、摩托修理店还是电话亭、卖唱片的或者摆地摊的等等，她都要驻足观看一番，看得津津有味，直到我停下脚步催促她快点走。我忍不住问她你家乡没有这些吗，有什么好看的。她说有的有的，就是有些不一样。我带她来到菜市场买菜，这丫头趁我在卖鸡蛋的摊档讨价还价的时候，在市场上东张西望转了一圈。我说你走丢了可不关我的事，她说放心，我会找到你的。买完肉、菜，经过煤气经营店，我让店主待会儿帮我搬一罐煤气到我住的房子里换。

这时候过道上走过两个花枝招展的穿着超短裙的艳丽女郎，摇摆着腰肢款款而行。洪安儿的目光被她们吸引过去，看了好一会儿她说："这衣服很漂亮。"我说："这叫漂亮吗？太妖娆了，你可不能像她们一样。"

"是，太妖娆了。"她说着将上衣的下摆往下拉了拉，"我知道是怎么回事。"

我苦笑一声问："你知道什么？"

"不正经，勾引人。"她一本正经地说。

我哑然失笑。看来不管她来自什么地方，这些妖娆女人在她家乡也是一种现实的存在。

我到了楼下开了大铁门的锁，上了楼梯开了房门的锁，打开电灯，放下买来的东西，到厨房洗手。煤气店的小弟扛了煤气罐进来换。我打开厅里的电视，换了拖鞋，打开煤气炉煮开水，然后走进自己的房间拉开简易衣柜，找出一套自己的旧衣服给洪安儿，告诉她到卫生间里换洗。我告诉她热水器该怎么开，毛巾就先用我的。这些过程，洪安儿仔细聆听，细心观察，似乎我在传授的是物理实验室里的精细步骤。

"你先洗个澡吧。"我看她浑身脏兮兮的，递过手上给她准备的衣服。

"可是……还是你先洗吧。"她望着我手上的衣服犹豫了一下说，莫名其妙地涨红了脸。

我苦笑："丫头，还害羞呢。别想歪了，我现在对你可提不起什么兴趣，不要以为在我家里洗澡就意味着什么。我是看你脏兮兮的。好吧，我先洗，有什么关系？"

她低头说："我不是这个意思，可是……我等一会儿吧。"

我把煮好的开水倒进热水瓶，拿了衣服去冲凉，出来后我示意让她也去洗。

"好的。"

她红着脸拿了一叠衣服进去。天，我明白她为什么脸红了，我意识到她把我搁在衣柜里的内裤也拿进去了，我刚才可没想到这个问题。刚才回来之前我应该帮她买一两件换穿的，现在已经来不及说什么，难道要她不穿内裤吗？我唯有摇头叹气。

不一会儿她洗完澡出来，穿着我略显宽大的一套衣服。天啊，这么漂亮清秀的一个女孩！我简直惊呆了，乌黑柔亮的秀发，红润的嘴唇，明亮如水的眼睛，含羞带笑的动人神情，雪白细腻的肌肤，连蜕皮的部分也只剩一点淡淡的痕迹。衣服虽不是很合身，却另有一番韵味。

我有点晕头转向，我做了什么事了？我今天有着什么样的奇遇？这怎么可能？我把一个美丽的女孩带回了不属于我的"家"，这怎么可能?她一直主动要跟着我回来,这是命运安排的另外一场闹剧吧?开玩笑吧?

可是我怎么安排她?漂亮可不能当饭吃,这道理我现在比任何时候都明白,何况她胃口这么大。我有点慌张,没话找话问她:"你会泡茶吗?"她说:"我看你泡,下次我就会了。"

"连这个都不会?"看来漂亮女孩都娇生惯养,连农村出来的也不例外。没办法,我只好提了热水瓶洗杯泡茶。喝完茶我对她说:"带你出去买些衣服吧,总不能老穿我的,都不知道我什么时候欠你的,真是莫名其妙。"

"给我买衣服吗?太好了。"她眼睛亮了起来,笑逐颜开。

"你太好了,可是我不好。"我无可奈何,找了一双自己穿的旧球鞋扔给她,"试试吧,如果太大了就绑紧一点。"

下午四点多,我带她在城中村转。她还是东张西望。我说:"这里乱七八糟,复杂得很,有什么好看?"她说:"不会呀,挺好的。"

对面走过来一男一女,那女的依偎在男的身边,一只手挽在男的臂弯里,一路蹦蹦跳跳。洪安儿看得目不转睛,等两个人走过去,还不停回头张望,之后她怯生生地望着我,似乎跃跃欲试。我吹了一下口哨,两眼望天苦笑。这丫头居然也学着我的样子吹起口哨抬头望天,笑嘻嘻直晃着头。

"洪安儿,学着我的样子干什么?"我没好气地说。

"好玩。"她笑了笑。

在廉价地摊上我忍痛割肉,给她买了外衣、长袖内衣,当然还有内裤和胸罩。长这么大我从来没有给女孩子买过这些,包括我以前的女朋友。这算是哪门子事?我心里头粗略算了一下,尽管这些都是最便宜的降价货,但也花了八十多块,加上下午吃的羊肉串和拉面二十块,在菜市场买了十几块的米粉和鸡蛋之类,煤气花了四十多块，现在身上还剩下三百多，不够交这个月的房租。洪安儿提了一袋衣物喜气洋洋，哪里顾得上我的苦处？

谢宝中回来了，带着他那个脸上长了很多麻子的女朋友，还有另外两个男的。那两个男的以前我见过几回，是老谢的大学同学，二十七八了还是单身。我只知道长着一对小眼睛的姓王，满脸红光额头光亮的姓赵。他们回来之前我正和洪安儿煮鸡蛋米粉，她忽然对我说，有人来了，四个人。这时候谢宝中的钥匙开门声就响起来了，我惊讶她的听力这么敏锐。开了门谢宝中的神情可以想象，他惊讶了好一会儿，生怕走错了门，又往回望了望房间的门，确定没有走错才满脸狐疑地走进来，他女朋友的神情跟他大同小异，一进来就目不转睛地盯着洪安儿看个不停。

"嘿，你好，洪列，这是……"

"哦，一位亲戚，洪安儿。"她正好也姓洪，这样的解释刚刚好。今天的经历既神奇又突兀，而且有半生不熟的人在场，一时半会儿怕是解释不清楚，所以我找了个省事的说法。

"对，是亲戚。"洪安儿微笑着附和，她还没有来得及换上新买的衣服，依旧从里到外穿着我的，这让我有点不自在，不过这更不好开口解释，只怕是越描越黑。

介绍寒暄完毕，我这回才记住姓王的叫王强盛，姓赵的叫赵伟军，麻脸女孩叫石慧娟。谢宝中问我们吃饭了没有，我说刚煮好米粉，正准备吃呢。

"一起到外面吃吧，老洪，当然还有小洪，米粉没营养。"赵伟军嘴巴朝我说话，眼睛却望着洪安儿。

我说："可是米粉煮好了，不吃太浪费了吧？"我现在就算一粒米掉在地上也要把它捡起来，任何的浪费都是不可饶恕的。

谢宝中说："晚上当夜宵吃好了，一起走吧，我就回来拿点东西，一会儿马上就走，等我一下。"说着他进了自己房间不知道拿什么东西，出来后说，"走吧。"

吃饭的时候石慧娟坐在谢宝中身边，洪安儿当然也坐在我身边。菜上来了，石慧娟夹了一块鸡肉放在谢宝中碗里，洪安儿看了她一眼，也夹了一块鸡肉放在我碗里。

石慧娟举杯说："洪列，小洪是你什么亲戚？以前在哪里的？"

我愣了一下，讷讷地说："这个你问她吧，应该是堂妹。"

石慧娟笑了一下说："什么叫应该是堂妹？哦，我知道了，你们俩同一个姓，来来，第一次见面，干杯。"她喝完啤酒把杯子放下。

洪安儿瞧了她一眼，把面前的啤酒杯也端起来喝完放下，说："是，就是堂妹，我是四川的。"

我只好苦笑，我什么时候多了一个四川的堂妹出来？

赵伟军笑嘻嘻地说："小洪呀，有没有人告诉过你，你长得像香港一个电影明星？"他拍了拍光亮的脑门儿，"叫什么来着？一时想不起来了。"

王强盛接口说："是不是像李嘉欣？确实有点像。"

赵伟军恍然大悟："没错，就是她。小洪，咱们也喝一杯。"说完站起来给洪安儿加酒。

洪安儿看着他把酒喝完，端了杯也把酒喝了下去，好奇地问："李嘉欣是谁？没听过。"

谢宝中笑了笑说："李嘉欣是谁也不知道？该罚一杯酒，李嘉欣是多少男人的梦中情人。"

"你是在称赞我吗？"看来洪安儿也不算太笨，喜滋滋地又跟他干了一杯。石慧娟带着一股醋意对谢宝中说："是不是你的梦中情人呀？来，小洪，咱们再喝一杯。"洪安儿兴高采烈地又跟她干了一杯。

我说:"安儿,别喝太多了。什么李嘉欣,你们不要太抬举她了。"

王强盛眯着小眼睛笑着说:"没事,四川女孩酒量大,跟我也喝一杯吧。"说完又给她加酒。

洪安儿好像有点无所适从,眼巴巴地望着我,我只好说:"我不知道你酒量有多大,你如果觉得没问题就喝吧。"

洪安儿欣欣然说:"我没问题,干杯。"又和王强盛干了一杯。

酒桌上赵、王二人殷勤有加,频频向洪安儿举杯。洪安儿笑语盈盈,酒到杯干。同时看着石慧娟,石慧娟吃肉她也吃肉,石慧娟喝汤她也喝汤,石慧娟夹菜给谢宝中她也夹菜给我,石慧娟用手去拉谢宝中手臂她也来拉我的手臂,甚至石慧娟上了一趟洗手间她也跟着去了。

"喂,你那堂妹真有意思,酒量很好啊,不过她怎么老学着慧娟?"谢宝中趁着她们去洗手间的时候这么问我,看来他也觉察出一点门道。

"我也不知道,农村刚出来的,什么都不懂,什么都很好奇,见了一个乞丐还好奇地张望半天。可能突然找到慧娟这么一个榜样,什么都要学一学吧。"我只好按照我的理解解释。想了想我又说,"老谢,这个月手头紧,又无端端多了一张嘴巴吃饭,这个月的房租你先帮我交吧,我再想办法。"

老谢豪爽地说:"没问题,咱们什么关系?放心。"

吃完饭赵伟军建议去附近酒吧喝酒听歌,开心一下。他的三个朋友热烈附和,这玩意儿对我来说太奢侈,不过赵伟军说他请客,我还能说什么呢?

我们在酒吧大厅里又叫了啤酒,一边闲聊,一边听着歌。酒吧里灯光闪烁不定,红男绿女,觥筹交错,吵闹喧嚣,卖酒女郎来回穿梭。不一会儿,迪斯科音乐响起来,震天动地。石慧娟拉了谢宝中进舞池跳舞。赵伟军想邀请洪安儿,可是她已经拉了我的手来到石慧娟他们身边,学着她的样子摇摆起来。迪斯科这玩意儿其实我也不会,不过似乎只要站在那里摇屁股晃动手脚就可以了,并没有什么很严格的章法,难得来一次,凑凑热闹似乎也不错。我只是奇怪洪安儿跳得似模似样,难道这丫头以前玩过这玩意儿?

舞曲停下来。回来的时候旁边一张大桌子一群男男女女大呼小叫正在喝酒,洪安儿站在旁边看得津津有味。我走过去看了一会儿,他们是两伙人,正在赌酒。双方每盘各出一人,赌的是"深水炸弹"之类,烈酒混着啤酒,一次一大杯,喝到有一方喝不下为止。输的一方不仅要出酒资,还要输钱。他们每盘的赌资是两百块加酒钱,双方已经各有两三个人趴在桌子旁。这时候有一个留着长发的穿着褐色皮衣的小伙子在叫嚣:"两百块不过瘾,四百怎么样?"对方一位穿皮裤的短发女孩冷笑说:"就你有钱?八百,不赌的赶快回家睡觉去。"人群一阵欢呼。

洪安儿脸上绯红,跃跃欲试,简直按捺不住,迫不及待地拉着我的手说:"我想喝酒。"我失声一笑说:"别胡闹,不知天高地厚,回去!"我拉了她回我们桌子,这丫头回头依依不舍说:"可是赢了有钱,为什么不去赢点钱呢?""你想赢钱下次自己来吧,我可没钱给你输。"我没好气地说,不要说八百块一次,八块钱我也不愿意输。

晚上赵王二人赖在"家里"不走,说太晚了,在客厅混一晚吧。当然是洪安儿和我睡一个房间,她是我"堂妹",有什么关系呢?还好那个麻脸石慧娟看来也喝多了,否则如果隔壁房间老发出些不安分的声音,情况可不大妙。洪安儿什么事都是以石慧娟为榜样,我可算不上是柳下惠。

我将那张六千多块的神奇床垫拖出来铺在地上算是我的床

位,让洪安儿睡我床上。这丫头不一会儿就发出安详而细微的鼾声。这情形多少有点莫名其妙,一个年轻美貌的大姑娘很安稳地睡在我床上,心里头总有些痒痒的,确实有些痒痒的。唉,还好你是碰上一个好人,真不知天高地厚。我摇头叹了一会儿气,好在喝了酒,而且这酒恰到好处,并没有乱了性。我脑袋发晕,况且我目前确实不应该有什么非分之想,不一会儿我也堕入了黑沉沉的睡眠之中。

第二天我起来的时候谢宝中他们已经去上班了。
"你醒了,睡得好吗?"洪安儿笑吟吟地问候。我还真有点不习惯,早上醒来有一个女孩子过来问候,那是我以前梦中才有的事。

我洗漱完毕,洪安儿端来热气腾腾的鸡蛋煮米粉摆在饭桌上,那是昨天晚上本来要做夜宵的,结果回来太晚没有吃,这时候她用煤气炉加热了端过来。

我问她:"你吃了吗?"

她微笑说:"还没有,等你呢。"

很好,醒过来就有早餐吃,看来我这"堂妹"也并非一无是处。

吃过早餐我说:"你打算怎么办?"

她睁大眼问:"什么怎么办?"

我说:"我看你也恢复得差不多了,不想回去吗?"

她问:"回哪儿去?哦,不,我不是跟你说了吗?我不会回去,我要在这里生活。"她神色突然有点慌张起来。

我只好说:"好吧,等你完全恢复了再说。我要出去了,你在家里待着吧,看看电视,如果喜欢也可以看看书,有空的话帮我收拾一下房间,还有,待会儿你可以换上自己的衣服了。"

"好的,你去哪里?我能一起去吗?"

"我去找工作,赚钱,知道吗?没钱会饿死的,你留在家里,我晚上才能回来。"我拿出一份带有招聘广告的报纸，将毕业证书和简历装在上衣口袋。今天我要跑三四个地方，还好我现在兜里又有了钱，昨天我连坐公共汽车找工作的钱都没有，可见真的是天无绝人之路。

"好，你慢走，路上小心。"洪安儿很有礼貌地跟我微笑道别。

真好，出门的时候有一位漂亮女孩跟你说"路上小心"，那也是以前梦中才有的事。

黄昏的时候我回到"家"，洪安儿给我开门，果然穿了昨天买的衣服。衣服确实有点土，便宜地摊货就是这样，不过穿在她身上挺合适，一副农村大闺女的淳朴模样。

她脸上荡漾着笑容："你回来了，辛苦吗？"进了门她拿来拖鞋让我换，又给我倒了一杯热开水。嘿嘿，这好像是日本电影里面才有的情节，我的心还真的有点暖暖的，我说："安儿，今天在家做什么了？咦，打扫得这么干净。"

房间里整整齐齐，地板拖过了，窗户很明显已经仔细擦拭过，乱七八糟的杂物不知道跑到哪里了，走廊里挂满刚洗的衣物，茶具焕然一新，连煤气炉上面那层厚厚的油污也不见了踪影。

"你不是让我看电视、看书和收拾房间吗？这些我都干了。电视看了半天，书看了几本，学了很多东西，房间也收拾好了。"她微微一笑。

我不由自主地笑了出来："你这么听话呀。"我还真有点感动。

"当然。过一会儿还是煮鸡蛋米粉吗？"

"是的，最近咱们只能吃这个了。"

"挺好的，我觉得挺好，我现在去煮可以吗？"

"行，肚子还真有点饿了。"

真温馨，不可思议。

我们在饭桌上吃米粉汤的时候她问:"工作找得怎么样?找到了吗?"

"哪有这么容易?现在找工作的人这么多,只能先把简历递上去,等他们通知。"我一边埋头喝着汤。

"哦,香梅是谁?她是什么人?"洪安儿突然问。

我愣了一下,差点给汤呛到喉咙:"香梅?你怎么知道香梅?"我的心突地跳了一下,脸有点红,香梅是我以前的女朋友,我们刚分手不久,她怎么会知道?

"她是谁啊?你能告诉我吗?"她盯着我看。

我放下了碗说:"是我以前的女朋友,分手了,你怎么知道?"

"哦。"她似乎松了一口气,低下头端起了碗,又偷偷望了我一眼。

"你怎么知道的?"我追问。

"你还爱她吗?"她轻描淡写地问,并没有回答我的问题。

"关你什么事?我们分手了……你怎么知道?你是不是看了我的信件?"我突然疑心起来。

她若无其事地说:"是,我看了,还有你的日记。"

我跳了起来,冲着她嚷起来:"什么!你居然看我的信,还有日记!"

"你们为什么分手?相爱不够深吗?"她似乎只是有点疑惑,并不觉得偷看我的信件和日记有什么不对。

我火冒三丈,挥舞着手臂:"喂,我问你怎么能看我的信!丫头,你懂不懂礼貌?你太过分了!"

"对不起,你生气了吗?是我不好。"她居然放下饭碗,退了两步,朝我鞠了个躬,一脸惶恐,"我很好奇,所以忍不住看了,下次不会了。"

"你这样好奇吗?"我看她惶恐的样子,不由得心软,可是这口气一时转不过来,"那也得有个度,还想有下次吗?真不知道该怎么说你。"

"是，可是你们为什么会分手？"看来她虽然道了歉，好奇心还是消化不了，非要寻根问底。

我愤然说："不分手还能怎么样？我不是没钱吗？她也好不到哪里去，一个在东，一个在西，能不分手吗？这不是很正常吗？这能怪谁？怪她吗？你这人问的问题很奇怪。"

她说："可是如果我是她的话，我就不会离开你，肯定不会离开。"

我无奈地说："丫头，现实就是这样，你还年轻，不会明白的，跟你讲不清楚。"

她愣了一下，抬头呆呆地望着天花板，好像在思索着什么，过了好一会儿她才说："我不明白，可是要是我就肯定不会离开你。"

我挥了挥手臂，无话可说。

晚饭后她在洗碗。我拿了当天的报纸研究招聘广告，做着明天东奔西跑的准备。今天有一家私营企业似乎有意要招聘我，只是没有最后敲定，我必须尽量多跑几家，能跑几家跑几家，这样选择的余地会大一点。

洪安儿问："还有什么需要我做的吗？"

我说不用，没事就看看电视吧。她说能不能不看电视，她想出去一会儿。我说你出去认得路吗，别走丢了，走丢了可不好办。

她笑笑说："不会丢的，我认识路，你先忙，待会儿洗澡后衣服留给我洗，我先走了。"

七点半中央电视台新闻联播刚播完，谢宝中回来了，他问我工作找得怎么样，是不是有点眉目了。我说好像有点眉目，不过明天还要继续找。

"屋子收拾得蛮整齐干净,挺勤快呀。这屋子很久没这么亮堂过了,屋里一整齐,感觉上就像多了点人气。"他往周围看了又看,啧啧赞叹。

我说:"洪安儿收拾的,这丫头是很勤快。"

"你堂妹呢?怎么不见她?回去了吗?"他问。

"说是到外面转转,这时候还没回来,这丫头,怎么出去这么久?"我这才意识到她已经出去半个多钟头了。

差不多九点,我们看完了一集电视连续剧,谢宝中又问:"你堂妹怎么回事?这么久还不回来,不会有什么事吧?"

我说:"她说她认得路,不会丢的,能有什么事?"

他说:"最好以后不要让她晚上独自出去,这里晚上挺复杂,治安不好。"

我安慰自己说:"不会吧?不会这么倒霉吧?这丫头说要自己出去转转,应该没什么事,外面好像有保安。"

十点钟她还没有回来,我有点坐立不安,电视也看不下去了,我说:"老谢,我出去看看。这丫头,怎么这么烦人,不知道我欠她什么了。"老谢说:"要不要我跟你一起出去?"我说:"不用,她没带钥匙,我怕她回来进不了家门,你在这里等着吧。"

我独自出了门,一路走到城中村路口,哪里有她的影子?村口有个保安亭,不过里面是空的,我才想起这玩意儿不过像麦田里吓唬小麻雀的稻草人。好在很多店还没有关门,街上行人也不少,应该不会出什么事。我安慰自己,回头往村里深处走去。城中村里小巷纵横,小商铺林立,到处都是发廊、按摩室、小食店、大排档,这时候生意正火热。小巷里不时走着三三两两"不正经,勾引人"的妖娆女郎。这地方平时连我也不敢轻易涉足,可是洪安儿就是个不知道天高地厚的丫头,好奇心又出奇的强,平时对周围事物都左顾右盼,难保她不会经不住好奇心的诱惑,跑到这些地方来考察、观摩。

我转了半天，自己也差点迷了路，可是连她的影子也找不到。我有点心慌意乱起来，尽管跟她非亲非故，不过这时候我却着实为她揪了一把心。即便是一只跟着你的小黑狗突然走丢了心情也会很糟糕吧，何况她是个曾经给你做饭、打扫房间的女孩。这傻丫头有点楞楞的，可是还是挺可爱的吧？她会到哪里去呢？回来看我怎么收拾她。

我继续在村里的巷道里搜寻。该不会她记忆恢复过来，回到该回去的地方了？这不是挺好吗？可是我怎么会觉得好像失去了什么？对了，这丫头至少也该打声招呼吧，这么一声不吭地走掉，太不地道了吧？真的走掉了？我现在除了为她担心之外，怎么还有点怅然若失？不会的，这丫头出门没带钱，即便要回去也大可不必悄悄溜走，不是黄昏的时候我还提醒她回去，可是她不肯吗？

差不多十一点时我只好回"家"，说不定她已经回来了。可是屋子里还是只有谢宝中一个人。他问我怎么样，没找到吗。我阴沉了脸痛骂起洪安儿："死丫头，回来我收拾她！不知天高地厚的臭丫头，走丢了不关我事，我正好眼不见为净……老谢，你说该怎么办？到处都找不到，该不会真出什么事吧？"

谢宝中沉吟说："你说要不要报警？"我迟疑说："没这么严重吧？要不咱们再等等，实在不行，明早再看怎么办吧。"谢宝中说："看来也只好如此了。"

这时候门外楼梯口响起脚步声，我赶紧跑过去开门，伸出头往外看，是住在我楼上的一对夫妇，不是洪安儿。

我眼睛木木地盯着电视，口里不断喝着没有味道的茶水，耳朵听着外面忽远忽近的动静，心里焦躁虚浮，坐立不安，一边为自己找着重复了多次的开解和安慰的理由：不会丢掉吧？就算丢掉也不关我的事吧？她本来就不是和我在一起的，我不是希望她回到原来的地方去吗？可是她孤零零一个人身无分文……脑筋好像不大灵光,并不是每次都会这么幸运,能遇到我这样的好人。

楼梯口又响起脚步声,在门口停顿下来,然后响起敲门声。我三步并作两步抢过去开了门。

一阵浓烈的酒味扑鼻而来,洪安儿满脸红彤彤像个熟透的水蜜桃:"列哥,你好,我回来了,呃——"她打了个酒嗝,摇摇晃晃地闪了进来。

我一把无名火直往上蹿,恨不得在红彤彤的水蜜桃上印上一巴掌,可是我似乎没有理由这么做。我只好忍住气说:"你怎么去喝酒了?还喝这么多!"可是我忍不住,往上蹿的火苗越过了想保持风度的防线,我的声音还是突然提高了八度,"臭丫头,知道我……我们等你多久了吗?死哪里去了?你要想走就赶紧走,回来干什么?"

她似乎愣了一下,晃荡一下脑袋嫣然一笑说:"谁说我想走?我才不走,我才没这么傻,你这么好的人,又救了我的命,我怎么会离开你?那个香梅,我才不像她这么傻,没钱怎么样?没钱就要离开你吗?没钱不会去挣钱吗?"她说完一下跌坐到椅子上,笑嘻嘻醉态可掬。

我愣在一边。谢宝中狐疑地望着我,眼睛里满是问号。当然,谢宝中知道我和香梅的事,洪安儿这么说,显然不是一个堂妹应该向堂兄说出来的话。

"喂,你喝多了,别胡说八道,赶紧洗澡睡觉,我明天还要早起呢。"我的火气这会儿不知道已经跑到哪里去了。

"哦,洗澡睡觉。可是我没有胡说八道,就是这样,你看,我挣到钱了。"她站了起来,从口袋里掏出一沓钞票,厚厚的一叠,都是百元大钞,啪一声塞到我手上,"咱们有钱了,呃——"

她打了个酒嗝,又重重跌坐在椅子上,目光迷离地看着我。我掂了掂手中花花绿绿的钞票,瞠目结舌,半天说不出话。她说她去挣钱?一个晚上挣这么多钱?抢的?偷的?卖什么的?捡的？买什么东西中奖了？除了这几样，我实在想不出有什么其他的方式能生出钱来。显然谢宝中和我一样疑惑，我们俩面面相觑。

我深呼吸了几下，挺艰难地开口："你什么意思？你说你挣到钱了？怎么挣的？没干什么坏事吧？"

她歪着头笑了笑说："我不做坏事，这是我的准则之一，除非我必须服从另外一个更高的准则。呃——我喝酒赢的钱，这不算坏事吧？"

"喝酒赢的钱？"我简直合不拢嘴。

她说："是呀，在昨天的酒吧里。"

"你昨天看到他们赌酒，所以今天就去跟他们赌？"我不知道自己什么表情。

洪安儿晃了一下脑袋，拿起桌上我的茶杯咕噜噜喝了一大口茶水："是呀，你不是说想赢钱就自己去吗？所以我自己去了，你忘了吗？"

我瞪大眼说："你一个人跟他们赌，赢了这么多钱？"

她轻描淡写地说："是呀，也不多，就赢了三盘。今天只来了一帮人，他们说我是女孩，就跟我赌一盘，两百块加酒钱，我说我赌三盘，每盘八百行不行。"

"你赌了三盘？都赢了？不可思议。"谢宝中忍不住插嘴。

她微微一笑，得意洋洋地说："是呀，他们也是你这个表情，眼睛睁得大大的望着我。那个穿褐色皮衣的男孩说：'穿得土里土气的，你带钱了没有？输了怎么办？'我说我没带钱，不过我不会输。他翘起一边嘴角笑了笑，说：'好极了，赢了钱你拿走，输了你留下来跟着我。'我问他：'留下来跟着我是什么意思？'他说：'放心，我不会把你怎么样，你加入我们这边跟别人赌酒就可以了，不过还要看看你的酒量怎么样。'"

"于是你就跟他们赌了？"谢宝中忍不住又问。

"是呀，于是我就赢了三盘，一共两千四，你数数看是不是。"

34

天啊,她赢了两千四!我还是恍如梦中,我说:"这些人不好惹,他们这么轻易就放你回来了?"

洪安儿眉飞色舞地说:"要不怎么样?能把我吃了?他们有一些人是不服气,但我拍着桌子说:'君子一言快马一鞭,出来混的就要一言九鼎,输就是输,赢就是赢,能不服气吗?愿赌服输,你们不知道义字怎么写吗?要不要我教你们?'那个穿褐色皮衣的把手一挥,说他们认输,下次有机会再和我较量,今天他没有出场,可能昨天跟另一帮人喝多了。"

我失声一笑说:"你还知道君子一言快马一鞭?你出来混过呀?"

她嘿嘿一笑说:"今天看了你的几本书,不是有一部武侠小说叫《鹿鼎记》吗?我学了里面的话,果然效果不错。"

我摇摇头叹气说:"什么不好学?韦小宝的伎俩倒让你学到了。钱你收着,这是你自己挣的。"我很奇怪她怎么这一会儿就比刚才清醒多了,这丫头真有些让人琢磨不透。

她说:"这是给你用的,我要这么多钱干什么?何况明天我可以再去挣。"

我忍不住跳起来:"明天还要再去?你运气好,碰到一个讲理的,就以为满大街人都是这样啊?明天不能去了,以后也不能去了,你要想住在这里,以后就别给我惹事!"

她怯生生地说:"哦,真不能去了吗?多可惜呀,你不是说没钱吗……"

我打断她的话:"没钱也不能这么挣,你不知道外面有多复杂,该怎么挣……算了,赶快洗澡睡觉吧。"该怎么挣我也说不清楚,如果我说得清楚就不会是现在这个样子了。

她说:"哦,洗澡睡觉,这些钱怎么办?"

我说:"钱你拿着,是你自己的,你想怎么办就怎么办吧。"

她说:"好的,那我就先放在枕头底下,你什么时候用就过来拿。"

王强盛和赵伟军晚上有事没事就跑过来,也不管谢宝中在不在,跑过来就磨磨蹭蹭赖在这里不走了。有时候还带了一些酒菜过来一起吃晚饭。我当然知道他们不会是冲着我来的,他们以前对我并没有这么热乎,显然他们是来探望我这位漂亮的"堂妹"的。

"小洪,听说你喝酒很厉害,会猜拳吗?"赵伟军问她。

"猜拳?我不会猜,你猜给我看看。"洪安儿眼里闪着光,看来饶有兴趣。

"我猜给你看?猜拳要两个人,我一个人猜不了。"赵伟军见她明明有兴趣,却不会猜,忍不住有些失望。

洪安儿说:"那你和王强盛猜给我看。"

赵伟军只好和王强盛"哥俩好,好就好……五魁首……满堂红"地猜起拳来,结果王强盛输了。赵伟军兴冲冲地问:"看懂了吗?"

洪安儿说:"不懂,你再来。"

赵伟军只好又找我猜,结果我也输了。几轮下来,赵伟军输少赢多,又兴冲冲地问:"看懂了吗?"

洪安儿说:"有点懂了,可是这些酒你一个人喝会醉吗?"

赵伟军惊讶地问:"怎么会是我一个人喝?"

洪安儿微笑着说:"输的人不是要喝酒吗?赢的人不用喝,是不是这样?"

赵伟军说:"是呀,你的意思是说我一定会输给你?新鲜。"

洪安儿扬了扬眉头说:"不信你可以试试看。"

于是赵伟军和洪安儿开始猜起拳来。

"哥俩好,好就好啊……六六顺……八匹马……"

赵伟军喝了一杯又一杯,愈发红光满面,脑门儿发亮,越猜越输，越输越要猜，颇有点湘军对阵太平军那一份愈败愈战的勇气。我和王强盛面面相觑，简直不敢相信眼前看到的情形。王强盛半信半疑地说："赵伟军，你不是故意让着小洪吧？怎么每盘都输？"赵伟军卷着舌头没好气道："让什么让，不信你来试试。"王强盛将信将疑地说："好，让我来试试。"

洪安儿说："酒不够了，你输了也不能喝酒，这样吧，如果你输一盘就收拾饭桌，输两盘就要洗碗，输三盘连地板也要你来打扫，怎么样？"

王强盛瞪着小眼睛说："如果你输了呢？"

洪安儿笑了笑说："我不会输的，我运气好。"

王强盛说："总不能每盘都运气好，如果你输了，叫我一声叔叔，输两盘就叫两声，怎么样？"

洪安儿思索了一会儿说："不行，万一我输了也不能叫你叔叔，如果我叫了，洪列哥该叫你什么？不成，最多叫你强盛哥。"

王强盛一拍大腿，慨然说："就这么定了，我还不信邪，来，咱们开始。"

猜拳的结果，赵伟军趴在谢宝中的床上呼呼大睡，王强盛无可奈何地收拾桌子、洗碗、扫地。我和洪安儿跷着脚悠闲自得地喝茶、聊天、看电视。我除了对她刮目相看，实在想不出是什么道理。

下午洪安儿说鸡蛋和米粉吃完了，她要到菜市场买，顺便多买一些东西，现在有钱了，不用整天吃鸡蛋煮米粉，要对自己好一点。我问她要不要我一起去，她说不用，你歇着吧，一会儿就回来。半个多小时后她还没有回来，我忍不住又有点担心起来，这丫头该不会又弄出什么节目，搞不好又要白担心半天。左右没事，还是去找她吧，我匆匆出了门往菜市场走去。

我在菜市场里面转了一圈也不见洪安儿的影子，这丫头真想气死我,又跑到哪里去了?我只好在周围又转了一圈,终于在一家杂货店外面找到她。这丫头正跟两个男人坐在杂货店前面的一张桌子旁喝着可乐,一边兴高采烈地和他们谈论着什么。那两个男的一看就非善类,贼兮兮地转着眼珠。我赶紧走过去,说:"安儿,东西买好了吗?在这干什么?不知道我在等你吗?"洪安儿见我来了,站起来跟那两个男的说了声:"不好意思,我还有事,下次再聊吧。谢谢你们请我喝可乐。"她用的是四川话,其中一个男的也用四川话说:"下次再聊,那个事你考虑考虑。"我赶紧拉了洪安儿就走,洪安儿提起一个塑料袋说:"东西我买好了。"我没好气地说:"买好了还不赶快回来,跟这些人有什么好谈的?"

她说:"我听他们在说四川话,就过去跟他们聊了几句,他们还请我喝可乐。"

我瞪了她一眼:"他们请你喝可乐你就喝啊?你知道他们是什么人吗?"

她愣了一下说:"不知道,四川人吧?你知道吗?"

"我也不知道,不知道你就跟人聊得挺来劲?聊些什么?"我心里酸溜溜的不是滋味。

她说:"他们问我叫什么,哪里人,现在在做什么,还说可以给我介绍工作。"

我气冲冲地说:"介绍工作?把你卖了都不知道,还帮着他们数钱呢。"

她又愣了一下说:"不会吧?他们是骗子吗?看起来不大像。"

我跳了起来说:"看起来不大像?骗子的额头上非得写着'骗子'两个字吗?你没看他们眼神闪烁、一脸奸诈吗?我真为你捏一把汗。"

"哦,你这么说好像有点道理,我一听他们讲四川话,正好拿他们来练习练习,就只顾着聊天,忘记观察他们了。"

"拿他们来练习?四川话你还用练习吗?你不是四川人吗?"

"我……嘿嘿,很久没讲四川话,差不多忘了。"

我说:"丫头,给你讲个故事,听好了。以前有一家人,养了一头小鹿,还有几条凶恶的大狗。因为都是同一家人养的,狗们和小鹿和平相处,不时还在一起玩耍嬉戏,其乐融融。有一天小鹿出了家门,在路上碰到几条狗,它以为这些狗和家里的狗是一样的,就上前想跟它们玩耍,结果怎么样你知道吗?结果自己就被填进狗肚子去了。我说这个故事是什么意思你知道吗?"

洪安儿低头沉思了一会儿说:"知道了,谢谢你关心我,只不过还轮不到他们两个人来骗我,你放心。"

转眼到了周六,我只能奔波半天,下午招聘单位通常都不上班。中午回来的时候洪安儿已经做好饭等我,午饭有我喜欢吃的炸带鱼段和酸甜排骨,这让我惊喜之外又颇为诧异。

"你怎么知道我喜欢吃这个?"我忍不住问。

"那天出去吃饭的时候你点的炸带鱼段,那个王强盛点的酸甜排骨你也吃了不少,所以我知道你喜欢吃这些,不知道我做得好不好?"

这丫头观察人真够细致入微,连我都想不起来那天我点了什么。我尝了一下,味道还挺地道,就赞扬她:"看来你以前很勤快,不仅家务做得好,厨艺也不错。"

她脸上绽放出得意的笑容,喜滋滋地说:"那当然,以后你喜欢吃什么,列一张表给我,我逐样逐样做给你吃。"

"是不是啊,真有这么好?"

我该偷笑了。我真的忍不住笑起来,看来真是运气不错。所以我说嘛,不要抱怨生活,生活中总会有奇迹出现,现在不正是这样吗？前几天我什么样子？失恋了，失业了，钱包丢了，交不起房租了，断粮了，差点成乞丐了。现在我什么样子？有一美人，迎进送出，一日三餐，饭来张口，就差衣来伸手了。上午应聘面试的时候有一个带着金丝眼镜看来很有学问的家伙问了我很多问题，其中有一个是："你觉得人与人之间相处最重要的是什么？"我说："己所不欲，勿施于人。"其实我想说，看别人要饿死了给他口饭吃，看他要掉进深渊时拉上一把。他又问："你对自己的生活怎么理解？"我说："努力就会成功。"其实我想说，不要抱怨生活，生活中充满奇迹。不过我知道所谓面试，不是我自己觉得是什么样，而是我得猜测他觉得应该怎么样，所以我只好给出猜测的答案。不过看样子我没有猜对他想要的答案，这家伙并没有要录用我的意思。

　　下午我带洪安儿去逛本市最繁华的商业街。这丫头既然已经挣了两千四百块，可不能太亏待了她，起码身上穿的得换一下。不用说，这次洪安儿是刘姥姥进了大观园，时时兴高采烈，欢声笑语，处处流连忘返，左顾右盼。我和她在大商场挑选服装，这丫头从试衣间进进出出了七八个回合，试了又试，似乎每一件都舍不得放手。直到我见那个售货员都有点不耐烦了，只是不好意思说什么，我说："安儿，总不能都买回去吧？省着点，看中哪件赶快决定。"结果买了牛仔裤、毛衣、外套、皮鞋、内衣等等，花了八百多块。我心疼不已，但有什么办法，这是她挣的钱。而且洪安儿穿上了就舍不得脱下来，果然焕然一新，活脱脱一个光鲜美貌女郎，我简直自惭形秽起来。

　　我带她来到书店，我说你照看着这些换下来的旧衣服吧，我看一会儿书。我在书店里闲逛，不时抽出一本看上几页或者看看内容梗概又放回书架。我转了一圈回来，发现洪安儿也正拿着一本书翻着，竟然一副聚精会神的模样。我有点惊讶，走近一看，她手里拿着一本厚厚的《经济学概论》正在翻看，我站在那里不到一分钟，她已经翻了几页，我说："这个你也看得懂？有你这么看书的吗？一目十行。走吧。"

"哦，"她口中答应了一下，但还站在那里，眼皮也没有抬起来，"可是我还没有看完，能等等吗？"

她继续翻看着书，我走过去提了她放在脚边的几袋旧衣服，说："走吧，下次再看。"见她一副认真模样，我不禁又好奇起来，"你真看得懂吗？"

"有些还不懂。要走了吗？好的，下次再来。"她把书放回书架，跟着我走出书店。

这些天我继续忙着在外面递简历、笔试、面试。有一个单位愿意招聘我，但是条件太苛刻了点，每月两千二，有三个月试用期只拿一半，而且面试的时候那家伙老闪烁其词，目光游离，给人一种很不踏实的感觉。毕业这两年多我没学会什么，观察人的本领却自信进步了不少。所谓"阅历"大概指的就是这个看人的经验吧。我想了半天觉得该多找一些单位比较一下再说，宁愿现在辛苦一点，好过以后后悔了又要从头再来。所谓"男怕入错行"大概指的也是这个。

有一次她问我说她自己去书店看书可以吗。我说可以呀，不要走丢了就好。于是她连续多天外出，到下午四五点才回来买菜做饭，也不知道是不是真看了什么书。我跟她说你也要尝试着找份工作，尽管不容易，但也不能老待在家里没事干呀，你还这么年轻，要求不要太高，边工作边学习，慢慢来。

"可是我还没有完全适应这里的环境，再给我一段时间学习吧，很快的，到时候我会去找工作的。"她说。

我不知道她需要学习什么，但这种事确实急不来，这个我很清楚。像我这样有金灿灿大学毕业证书的都不容易找工作，她这样的更是谈何容易。何况她愿意学习也是一件好事，起码她还知道自己的不足。我也该帮她留意一下有什么合适的机会,如果有机会的话。我不知道命运为什么要将她安排在我身边,我到现在还莫名其妙,不过既然她已经在我身边,而且挺照顾我,我就有义务为她的前途着想,尽管我其实自顾不暇。

第三章 酒后吐真言

我不知道洪安儿为什么要这么做,这丫头做事确实时时出人意表,不过她马上就凑在我耳边跟我解释:"都说是酒后吐真言,我想听听他们有什么真言,挺好玩的,机会难得,咱们再坐一会儿吧,学习学习。"

又跑了一周，工作的事似乎真的有了一点眉目，现在有两三个单位可以选择，不过我还没有考虑好选哪一个，过几天再说吧。又到了周末，该好好放松一下，这样精神可能会更正常一点。我总结了一下，跑工作确实是一个累活，能让人精神不正常。我这么说是有道理的，当然，只有常常在外跑工作的人才体会得到，才会理解我说的是什么。

之前我买了一本《求职技巧大全》，读了两三遍之后，大体知道一些要领和窍门。比如他们问你有没有女朋友你应该回答有，因为据说连女朋友都没有的人会被认为搞不好人际关系；比如他们好似无意地问你住哪里、今天是不是很早出来、到公司需要多长时间之类的鸡毛蒜皮的事，你千万不要以为这只是在闲聊，这里面可有学问了，他们在间接打听你以前的收入状况、你的时间观念、你的做事习惯等等。对这样的问题我会详细回答我住某某村，离这里大约若干公里，我是个很有条理的人，我七点半起床，七点五十分坐上203路公共汽车，八点十五分转506路公共汽车，八点四十分在某个站下车，步行十分钟，八点五十分到达贵公司楼下，因为我们的面试约在九点钟，提前一点表示我对贵公司很尊重。

碰到精神正常的人有时候也会让人受不了。比如他们常常问的一个问题就是"你觉得你身上有什么特长"。我真不知道什么样才算是特长，我觉得自己除了脸稍微长一点，身上并没有什么特别长的地方，当然这是自嘲的玩笑。我通常只好编造一些诸如我擅长打篮球、唱歌、与人打交道或者善于学习之类的废话，要不就是说我英语过了六级或者我所学的知识很全面之类，但这些简历里面都有写，似乎并不需要我再去啰唆。

"你为什么要离开原来的单位？你为什么到我们公司应聘这样的职位？"这是精神正常的人喜欢问的另外两个问题。我当然不能说我离开原来的单位只是因为我买了一张六千多块的神奇床垫，也不能说我应聘贵公司只是为了混口饭吃不至于饿死。我厚颜无耻地说："水往低处流，人往高处走，我希望有一个能够施展自己才能的地方，我觉得贵公司就是这么一个地方。"

都说谎言说了一千遍就成了真理。不过我没这个本事，每一次说我有女朋友或者说"人往高处走"之类的废话都觉得好像做了什么对不起谁的事，搞得自己神经兮兮的。

如果碰到一些精神不够正常的人就没这么轻松了。不管怎么准备，我还是应付不来这些混蛋天马行空式的问题。

"什么布剪不断？"一个西装革履、满脸正气的中年部门经理突然问我。

"什么？不好意思，能重复一遍问题吗？"我没听清楚，虽然知道让别人重复问题不合适，可是只能如此。

"什么布剪不断？"他一本正经地重复。

"什么布剪不断？"我迟疑不决，"请问贵公司还经营布料或者服装之类的吗？贵公司不是经营食品的吗？"

"是我在问你，知道答案就回答，不知道就说不知道。"他冷冷地说。

"哦，那一定是某种特殊材料做的布料，是贵公司的专利产品吗？"我讷讷地说。

"不对，是瀑布。资料放在这里，等我们通知吧。下一个。"

真他妈的神经病，这时候跟我玩起脑筋急转弯。我差点跳起来，在心里问候了他的娘亲，然后很有礼貌地起身告辞。

有一次我好不容易碰到一个和蔼可亲看起来很优雅的女人，她问了几个很正常的问题之后说："不错，你给我的印象挺踏实、机灵。最后一个问题，一加一等于多少？"

"一加一等于多少？"我摸了摸脑袋，似乎眼前又出现了一个陷阱。犹豫了半天我还是鼓起了勇气，明知山有虎，偏向虎山行,"不是等于二吗?"

"对。假如我是你的客户,我说一加一等于三,你会怎么反应?"女人优雅地微笑。

我会怎么反应?除了说她脑袋有问题我还能怎么样?可是我现在是在面试,我脑筋急转,终于灵光一闪说:"客户就是上帝,上帝的话哪有错?所以她说的话也是对的,一加一就是等于三。"

"唉,今天已经是第三个人给出这样的答案。"她脸上带着失望和惋惜,可是还在试图挽救我,"想想看,还有没有其他答案?"

"难不成这个客户是和她丈夫一起来的?两个人将来是会增加一个爱情结晶的,所以一加一等于三?"我急中生智,突然又想出一个答案。

"嗯,更近了一步,可惜还是差了一点,再想想看。"她扼腕不已,看样子她是一个追求完美的人,出了这么一个古怪棋局等着人来破解,却始终等不到能够破解它的高手。

"如果这位客户看起来还算是理智的人,也许应该告诉他一加一就是等于二,不等于三。"我边看着她的眼睛边说,可是说完之后我马上意识到事情要糟,果然她脸上一副大失所望的神情:"我已经提示你更近了一步,你怎么又退回去好几步了?不行不行,离题太远,你等通知吧。"我知道等通知是什么意思,我说:"很冒昧地问一句,这问题有答案吗?是不是脑筋急转弯?看来我回去要多多看看这方面的书。"她严肃认真地说:"什么脑筋急转弯,这是考你有没有客户观念的问题。你应该这么回答:没错,一加一等于三,我和你是紧密合作的关系,两个人紧密合作的结果,就会产生三个人甚至四个人的效果。"

"佩服。"我恍然大悟,可是已经来不及,她做了一个送客的手势。临走前我突然起了一点童心,我问她,"能问你一个问题吗？什么布剪不断？"

她眨了好一会儿眼睛说："对不起，我们这里不卖布。"

尽管我的神经确实经受了严峻的考验，好在还没有崩溃。这不，经过披荆斩棘，一路过关斩将，还是有这么几家单位愿意向我打开大门。我现在有了选择的机会，这多不容易。

周六下午我带洪安儿出去逛街，放松已经紧绷的神经。她问我工作的事情怎么样啦，我说差不多了，有这么几家单位都有机会进去，情况是如此如此，我的看法是这般这般，这几天我会作一个选择，这样就不会挨饿了。你有机会也想办法找找工作吧，我也会帮你留意的。

听完我这番话，洪安儿居然皱了皱眉头说："可是，我觉得你这样找工作的方式不够科学，好像自己也没什么把握，是不是这样？"

"科学？不够科学？"我哑然失笑，"没想到我披荆斩棘的战果得到的是你这样一个评价，照你看来，怎么样才够科学？"

"你应该发挥你的长处，至少应该按照自己有兴趣的方向走，这样才更快乐一些，不是吗？"她一本正经地说，"可是我觉得你其实对这几份工作都没什么兴趣，是不是这样？"

"兴趣？"我苦笑起来，看来这丫头真的不知道世道艰难，"兴趣是有钱人的奢侈品，我们这种为了生存挣扎的人是谈不上什么兴趣的，正如一个讨饭的人只能讨到什么吃什么，兴趣是轮不到他的，知道吗？"

"哦，可是我觉得你不是这种人，你应该更快乐一些。"看来她还挺固执。

"是啊，我应该更快乐一些，我挺快乐的，除了缺一点钱。"我自嘲，跟这丫头讲不清楚，简直对牛弹琴，"不要抱怨生活，这是我的信条。"我补充了一句,每一次我对生活无可奈何的时候,我都会这么自嘲。

她扬起头甩了甩头发:"这句话挺有道理,我喜欢。"

我带她看了一场电影。出了电影院已经是夜幕降临、华灯初上时分,街上车水马龙。我说肚子有点饿了,我们找个小店吃饭吧,吃完饭我们再回去。

这里是繁华商业街,街道上熙熙攘攘,霓虹闪烁。我们经过一家豪华饭店的门口。门前停了很多叫不出名字的高档轿车。璀璨的灯光下,饭店门口几个衣着光鲜的人正喜气洋洋地迎接宾客。其中一对是新人打扮,男的西装革履,笑容可掬,女的颇有姿色,一脸甜蜜模样,化了浓妆,穿着白色轻纱晚礼服,头上插着花枝造型的饰物。看样子这里正在举办一场婚宴。

这样的热闹场面洪安儿怎么可能错过?她立刻拉了我走上前,目不转睛地望着新娘,仿佛在欣赏一件精致的艺术品,一边啧啧赞道:"新娘子可真漂亮,哇,我还没见过这么漂亮的新娘!"

新娘子闻言微微一笑,向旁边的新郎看了一眼。新郎似乎犹豫了一下,不过他马上像想起来什么似的脸上露出了笑容,向前跨出一步朝我伸出手来。这举动让我惊讶不已而且措手不及。我抬头看了他一眼,天,他戴着金丝眼镜,这不正是上次我去面试时见到的那位很有学问的家伙吗?他当时还问了我一些诸如人与人之间怎么相处之类的问题。来不及反应,我下意识地对他点了点头,脸上挤出一点笑容,口里冒出了一句:"恭喜你,大喜大喜。"

他已经握住我的手,很热情地摇晃着:"欢迎欢迎,你能来是我的荣幸,二位请进去喝杯薄酒,招呼不周,恕罪,恕罪。"我愕然,正不知道该说些什么,后面已经来了几位客人向他打招呼:"刘总,恭喜恭喜。"他说:"谢谢,谢谢,小方,你带二位一起进去,帮我招呼好二位。哟,陈主任到了,大驾光临,我可是脸上有光啊。"他说着忙去招呼后面的什么陈主任了。

我稀里糊涂,这家伙该不会认错人了吧?我只不过是个过路行人,偶然在前些天面试的时候碰上他一面,该不会就请我去喝他的喜酒吧?世事虽无奇不有,也不能如此奇法吧?

我正这么想着,那个姓方的已经在我面前做了一个邀请的手势,热情地说:"欢迎,请!"洪安儿笑逐颜开,迫不及待拉了我的手就往里走。我说:"可是……"那姓方的说:"刘总交待要招呼好二位,请问怎么称呼?"我怔怔地说:"我姓洪。"洪安儿说:"我也姓洪。"姓方的边走边连点头说:"原来是洪先生和洪小姐,幸会,幸会。小姓方,是刘总手下,以后请多多关照。"他旁边一位年轻人凑过来说:"这位是我们销售部的方经理,我是技术部的小陈,这位是小赖,也是技术部的,多多关照。"

看样子那个刘总确实认错人了,或许是觉得我依稀有点脸熟,误以为是什么熟人吧?想必这种人每天见的人多不胜数,这时候见到一个面相稍微熟一些的就笑脸相迎,哪里想得起谁跟谁?由不得我再犹豫,洪安儿笑嘻嘻地挽着我的手往里走,我就这么莫名其妙地进入了他们的酒席。

整个酒席大堂看来摆了不下二十桌,这时候已经熙熙攘攘,红男绿女,人头攒动,耳边一片喧嚣的声浪。我和洪安儿被安排跟他们销售部和技术部的几个人坐在一起。同桌还有几个看样子都互不相识的人,因为他们坐下来后相互之间也没有什么话谈。后来这张桌上又来了几位似乎是有头有脸的人物,据姓方的介绍,一位是什么电子企业姓陆的副总,大约三十好几,高瘦身材,双目炯炯有神,神情孤傲;还有一位是台湾什么物流公司的华南区总经理,姓毕,四十出头,浓眉方脸,一对小眼睛,酒糟鼻子好像有点不大通畅,不时发出一些短促的哼哈鼻音。另外一位是一个从加拿大归来的中年人,姓张,温文尔雅,据说是做医疗器械进口生意的。

好在我今天穿了那件九成新的西服,而且洪安儿穿了新买的衣服,而且这张饭桌就她一位女性,而且她是一位漂亮女孩。这多少让我心安理得一些,不至于如坐针毡。洪安儿才不管那么多,一脸的喜气洋洋,东张西望,好像是自己在办喜事。

酒席还没有开始,座上的人寒暄过后就没什么话好谈,气氛多少有些冷淡。这对我是件好事,因为没什么人会注意到我,他们只是偶尔将目光游离在洪安儿身上。销售部和技术部的几个人想找些什么话题,可是这些话题就像浇在沙地上的水,耐不住一分钟就消失了。好在不一会儿新郎新娘就出现了,主持人开始发言,新郎新娘举杯,吵闹了一阵,酒席总算开始了。

"洪小姐,刚才还没请教,您是……做哪一个行业的?"姓方的销售部经理看样子有点着急,到处在找话题支撑场面。那几位老总高高在上,闷着头吃菜喝酒,问一句答半句,仿佛话越少越显得身份尊贵。方经理只好找席间这位唯一的漂亮女宾救急。

"我呀,我是他助理。"洪安儿笑吟吟地指了指我。这话让我吓了一跳。霎时间席间十来对眼睛向我望了过来,我只好正襟危坐,努力不让自己的脸上做出什么表情。

"洪兄,看不出来,真是自古英雄出少年啊。"姓毕的台湾人隔着饭桌向我举杯。

这句话有点莫名其妙。我想八成不会是冲着我来的,他感兴趣的应该是坐在我旁边的"助理"。我说:"好说,好说,我也不是什么少年英雄,只不过有点机缘巧合,这个……来,干杯。"

台湾人喝完酒说:"洪兄少年老成,佩服,佩服。洪小姐,赏脸喝一杯吗?哼——"他扇动了一下鼻子,"你刚才好像还没说你们是做哪一个行业的。"果然不出所料,正如我所想,台湾人的眼神精光发亮地盯着洪安儿。

这问题好像不是洪安儿能够回答的,尽管台湾人是盯着她问,我还是有义务帮她挡一挡。我发窘地说:"我们和刘总的关系……有一点点特别,这个,不大方便透露,请各位见谅。"我说得结结巴巴,但全是实话。

洪安儿笑嘻嘻地喝了酒,接过我的话说:"这很重要吗?英雄不问出处,不过我想,过不了很长时间,在座的每一位也许都会和我们有些关系的。"

她的话又让我吓了一跳。

台湾人惊讶地问:"怎么说?我是做物流的,他们有做制造业的、电子行业的、进口原材料的等等,哼——有搞技术的、销售的、生产的,这些都与你们有联系吗?都会知道你们吗?"

洪安儿笑着说:"说不准,现在可能没有,以后也许就有了。这里都是刘总请来的朋友,可谓人才济济,你不觉得我们今天坐在一起对大家都是一个机会吗?你不觉得整个经济社会其实就是一个环环相扣的链条吗?当然,我今天主要是来向各位学习的。"

台湾人笑了笑,鼻子又哼哈了一下,回过眼神看看我说:"你这位助手真厉害,看来是强将手下无弱兵啊。"

我很惊讶洪安儿怎么能说出这么些大道理来,看来她这段时间还真的看了一些经济方面的书,而且这丫头善于现炒现卖,正如上次把韦小宝的那一套江湖术语搬出来唬哢那帮赌酒的家伙,今天她又故技重演了。不过她说得似模似样,顺理成章,将这个让我发窘的问题化为无形,而且隐隐然呼应了我那句话:"我们和刘总的关系……"

我决定按照她的思路,反正莫名其妙来这里混了一顿,待会儿拍拍屁股走人,谁也不认识谁。我说:"我这位助手做事总有些出人意料,不过我想她这个看法倒有些可取之处。依我看来,现在的所谓产业就是一条产业链,产业链与产业链之间也有着紧密的联系。哪怕你再有钱,你的企业再强大,你也不可能不依赖别人而独立存在，这是很简单的道理。正如毕总您是从事物流行业的，物流本身就是一个供应链条，一种产品从国内生产厂家算起到最终到达国外消费者手中，中间要经过贸易、下单、原材料供应、生产、包装、配送、仓储、清关、国际运输再到国外的配送等等环节，这不就是一条完整的供应链吗？这过程牵扯了多少行业？这年头不是有一句话叫资源整合吗？"

说实在这些话半个多月前我还不会讲，只是最近应聘面试的机会多，说话比以前顺溜些，胡扯的话多了，凑来凑去，这时候刚好派上用场。

"高！高论！"台湾人肃然起敬，似乎深有感慨，"洪兄年纪轻轻，能有如此眼光，不简单，我毕某人走南闯北，见的多是一些目光短浅之辈，听君一席话，胜读十年书啊。"

我又在嘲笑自己，这位比我大至少二十岁的老兄口口声声称我为"洪兄"，我居然给这位同胞前辈上了一堂课，世事真有点滑稽。我现在好像进入了某本书里的情节，对了，就像某本武侠小说里的情节，一个不懂武功的傻小子正在和一群武林高手探讨高深内功，活灵活现，煞有介事。

那位电子企业的陆副总凑趣说："正如我们电子行业，也离不开你毕老总的物流行业，是不是？来来，我敬各位一杯。"

销售部的方经理跑过来跟我敬酒，问我："您跟刘总认识很久了吧？"我红了脸，不过好在喝了酒，脸红也是正常，我讷讷地说："也不是很久，前些天刚见过一次，他跟我探讨了一些人与人之间怎么相处的原则问题，我受益匪浅。"

"哦，人与人之间怎么相处？这问题很高深，洪兄有什么见解？"坐在旁边的进口商人张老板问我，而且他马上学会了台湾人对我的称呼。

我举杯跟他碰了一下，谦虚地说："我能有什么见解，还是圣人说得好，己所不欲，勿施于人，我觉得这是放诸四海而皆准的法则。"

"高论!"台湾人隔着饭桌居然听到我们的谈话,高举了手中的酒杯,"这就是中国文化的精髓,谁说中国文化不行了?照我说,中国文化再过一万年也不会过时。我近来没有什么别的兴趣,就是喜欢研究中国文化,那太伟大了,博大精深,这是社会道德的根本。"

方经理向他竖起大拇指,说:"听说在台湾,国学很兴盛,是不是这样?"

毕总自豪地说:"当然,现在连小孩子都在背诵《三字经》《弟子规》《论语》等等……"

我当然也很喜欢中国文化,真心地喜欢、认同,而且深受其影响。不过我总觉得像毕总这一类人所说的喜欢或者说兴趣需要打上一个问号或者双引号,只能说这是有钱人另外一种休闲的娱乐方式,正如洪安儿说的"兴趣",正如有钱人总喜欢讲"道德",商人喜欢在办公室里挂一些字画表现他们的"层次",在书柜里摆一些永远都不会去翻看的大部头精美图书以显示他们的"学问"。我可以跟他们在席间胡言乱语,但如果亵渎到我真心喜爱的一些东西,我宁愿缄口不谈,这时候我就闭了嘴闷头吃东西。

洪安儿自然是席间显而易见的敬酒目标,况且气氛就是由她挑头带动起来的。几位老总几杯下肚之后,红光满面,春风得意,顾不上我这个"少年英雄",频频向她敬酒,说一些无伤大雅的幽默笑话。方经理和小陈、小赖等人也是醉翁之意不在酒,假惺惺地过来跟我敬酒,一听我说酒量有限,跟我客气两句,都转而向她献殷勤去了。饭也吃得差不多了,我找了个空隙拉了拉洪安儿的衣袖,等她回过头,我向她使了一个眼神,示意她可以开溜了。

这丫头把嘴凑到我耳边悄声说:"再等一会儿,好戏还没有开始呢。"

我不知道还有什么好戏,只好又开始夹菜吃饭,菜色很丰富,浪费了多可惜啊。

"你们说悄悄话呀,来来,喝酒。"坐在旁边的张老板向我们举杯。

洪安儿趁机举起酒杯站了起来,她提高了声音笑吟吟对着满桌人说:"今天是刘总的大喜日子,我有个建议大家看行不行。这样,我将这把汤匙在桌子上转一下,汤匙的把子向着谁,谁就要喝一杯酒,这样才喝得开心,喝得痛快,怎么样?"

方经理首先鼓掌赞成,其他人当然也热烈附和。技术部的小赖说他年纪小,转汤匙的活儿就由他来干,怎么能让尊贵的女客人代劳呢。一时间气氛更加热闹起来,笑声如浪,沸沸扬扬,高潮迭起。被汤匙把子指到的人固然酒到杯干,其他看热闹的人也跟着起哄欢笑。

我不知道洪安儿为什么要这么做,这丫头做事确实时时出人意表,不过她马上就凑在我耳边跟我解释:"都说是酒后吐真言,我想听听他们有什么真言,挺好玩的,机会难得,咱们再坐一会儿吧,学习学习。"我无可奈何,这丫头好奇心就这么强,我有什么办法呢?何况我是支持她"学习"的。

一时间觥筹交错,果然没过多久,席间人大多已经醉态可掬,一个个面红耳赤,或高谈阔论,或口若悬河,或沉默寡言,或胡言乱语。

"陆总,您是老行尊了,听说您的经历很神奇,能不能跟我们讲讲您的成功史,让我们年轻人也学习学习?"方经理向陆总请教。

陆总醉醺醺地说:"成功史?我成功个屁!我不是什么陆总,是个副的,知道吗?给人打工的。我们老总姓黄,黄总,知道吗?

他怎么成功的,我来讲给你听。"

方经理赶紧表白:"一样的,一样的,您跟黄总不是同学吗?我们一样尊重您。"

陆总目光炯炯,红着脸高声说:"这你就不懂了,我怎么跟他一起的?我是他的福星。你不知道的,一个人走起好运来,挡也挡不住的,怎么做怎么赚钱。一个人要是走起霉运,也是挡不住的,怎么做怎么倒霉,你信不信?"

方经理赔笑说:"我倒没什么经验,所以要多多向您请教。"

陆总将杯中酒喝干,说:"嘿嘿,黄总现在很牛是吧?以前怎么样你们知道吗?说起来你们不信,前几年他只不过是个给人开车的。"

小赖睁大眼说:"是吗?这么神奇?"

陆总又嘿嘿干笑了两声说:"神奇吧?这小子原来就是给人开车的,有一天晚上他已经回到家,突然接到一个电话,就这样,他的人生就改变了,直到现在这个样子。"

张老板接口沉吟道:"一个电话?只怕是财神爷打来的吧?"

陆总傲然说:"你又猜错了,什么财神爷?是他老板打来的,说在某某地方,你赶快过来一下。你想想看,老板叫去,可以不去吗?所以立马就去了,去了不久就给人逮进去了。"

"逮进去了?"几双眼睛睁得老大,同时惊讶地发问。

"逮进去了,判了一年多,够倒霉吧?一点不倒霉!他老板开车撞人了,叫他来顶罪,答应给他一套房子,一百三十多平方米,那时候大概值四十多万。他在里面蹲了一年多出来了,还在他老板那里干。"

"哦,这样啊,那这套房子现在值不少钱了吧?"不知是谁凑趣问。

"当然,那还用说,出来后不久房子就翻了一倍。这还是小事,还有更神奇的。他进去之前买了十万股某某股票,我介绍他买的,那时候一块多一股,差不多要停牌了,你猜他出来的时候多少钱?十八块!还不算中间送股的,所以我说我是他的福星,没错吧?"

"是,是。那您应该也赚了不少吧?"方经理一脸艳羡。

陆总涨红了脸说:"屁!涨到两块钱我就跑了,那时候赚了点零头还沾沾自喜,后来后悔得肠子都青了。这就是运气,知道吗?那小子如果不是待在里面,他能守到十八块吗?所以说运气来了,那是挡也挡不住的,没机会给你挡。"

"哦!啊!这样呀!"周围响起一片羡慕的赞叹,似乎都在痛惜自己没有机会进去里面蹲个一年半载。

"后来呢?"凑趣的继续问。

"后来,后来他就想自己出来开公司,有了钱想自己当老板,这不很正常吗?他就来问我该怎么做,我那时候自己已经有了一家电子公司——不去说它了——我跟他提了两点:第一,战略上要实行跟随战略。什么叫跟随战略知道吗?市场出现什么热销产品你就紧跟着推出什么产品,就目前这点资金别想着开发什么新产品,那玩意儿吃力不讨好,搞点零配件组装一下贴上自己的标签就可以了,一个字,快!两个字,实在!知道吗?第二,呃——"他打了个酒嗝,摸了摸脑袋,"第二是什么我一时想不起来了,反正,他当时又问我,有这种技术人才吗?随时翻新花样,好像也挺难的。我说,呃——屁话,人才满大街都是……"

"高论!"台湾人竖起大拇指哼哈了一下,这时候忍不住插话,"这世界就两种人最多,满大街都是,一种是年轻女人,另一种就是人才。"他看了洪安儿一眼,发现洪安儿正盯着他,赶紧补充了一句,"当然了,像洪小姐这样又是漂亮女孩,又是人才的,那是另当别论。"

"后来怎么样?"听的人意犹未尽,这时候顾不上毕总的幽默。

"后来，后来他就发起来了。一开始是小发，派了一个人蹲在深圳什么电子市场整天看货、拍照、买样品，后来又派人去香港、日本、欧洲什么的，总之，开什么展览会能去的就去，干的都是那事。我又跟他说，厂房要自己买，千万不要租，你就等着升值吧。他又找了什么部门的一个朋友圈了一块地皮。果然，后来就大发了，扶摇直上，一发不可收拾，成现在这个样子了，国内有名的电子企业集团，正在走向国际化。"

"哦，神奇。"

"得益匪浅，今天受教育了。"

"人是需要机遇和胆略的，一个人成功总有他的道理。"

"将来再来一个上市就更不得了了。"

听者纷纷表达自己的感想，总结自己的体会，向往之情溢于言表，纷纷举杯畅饮，似乎要将满腔慨叹一起吞进肚子，将故事中的精华部分慢慢在体内吸收消化。

"看来黄总的第一桶金也是靠了房地产和股票啊，这和李嘉诚先生的发家史虽然时机和形式不同，却也有异曲同工之妙，像我们早期出国混的，就没有这样的机会。"加拿大张老板感慨万分，言下之意，颇为懊悔太早出国，痛失了这样的良机。

"说到房价飞涨，我这里有一个笑话，就是我有一位朋友，是谁我就不说了，"台湾人毕总看来已经喝得差不多了，绯红的脸油光满面，鼻子里喘着粗气——所谓财大气粗也不过如此，唾沫星子喷了出来，"这位仁兄为人比较风流，当然，男人嘛，谁不这样？他前几年在内地沿海各处开了几家分公司，据我所知，每到一处购置房产一二不等，每一处金屋藏娇，享尽温柔，几年下来，你们猜他怎么说？"毕总停顿了一下，见周围的人都在看他，顿时眉飞色舞，声情并茂，"他说，感谢这些二奶三奶啊，一笔账算下来，我不仅一分钱没花，就因为这些房子飞涨，她们还为我赚了好几百万啊。"

一阵附和的干笑声，听者各怀着复杂表情挤出笑容。既然毕总说这是一个笑话，大伙也就有义务听完之后表示这个笑话确实很好笑。

方经理可能觉得有女宾客在场，而且今天又是他上司的大喜日子，谈论这些带点黄色味道的话题不大合适，赶紧转移话题问陆副总："陆总，您还没有说自己的故事呢，您这么风光，应该也有不少经历值得我们借鉴吧？"

"屁，我有什么值得借鉴？我跟老黄正好相反，我是他的福星，他可不是我的福星。"姓陆的这时候借着酒劲，脸红脖子粗的像在跟什么人吵架，神色居然不再孤傲，"这家伙出来的时候，我比他强多了，我有自己的公司他没有是不是？他刚开公司的时候我的公司比他大好几倍是不是？人生的际遇真由不得自己选择啊，就好比我现在的老婆，谁想到她会成为我的老婆？就好比我的职业，谁想到我现在干的是这一行？我知道该买哪只股票，可是买了又怎么样？老黄赚了，我没赚。我知道该投资房地产，老黄投了，我没投呀，看着它涨，你不追，不追是吧？它还涨给你看，气死你。好容易投了一回什么破基金，跌惨了。"

陆总看来完全进入了状态，整个人红彤彤像刚煮熟的螃蟹，可是这煮熟的螃蟹还会挥舞着手臂："而且人不能有敌人，知道吧？朋友不怕多，敌人一个就够你受，知道吧？他会在你背后做什么你不知道，你甚至连他是不是敌人也不知道。就这么一下，到税务局告了一下密，人家一来查账，完了，公司就垮掉了。本来或许可以挽救，不就是花钱摆平吗？嘿嘿，有一个业务经理，跟了我好几年，老实啊，勤勤恳恳，任劳任怨，刷一声卷了货款跑了。一查，连身份证都是假的，到哪里找他？所以我说，一个人倒霉，你也挡不住，怎么挡？挡哪里你都不知道。所以我只好投靠老黄了，好歹还是个副总。"

各人议论纷纷，交头接耳，有表示愤慨的，有惺惺相惜的，有扼腕不已的，有表示留得青山在不愁没柴烧的，有酒量好继续劝酒的，有冷眼旁观若有所思的。

"这世道，骗子真多，真是防不胜防啊。"不知道是谁起了这么一句，于是一时间席间的话题转向江湖间的各种骗术。

张老板愤愤道："只要是个人，还在社会上行走，谁没有被骗过？除非自己就是一个骗子。"

此话一出，大伙儿赶紧纷纷道出自己的受骗过程，以免有"自己就是一个骗子"的嫌疑。

小赖说："有一次我正在马路上走着，突然一个骑自行车的人掉下一个包，这家伙浑然不觉，急匆匆往前走了，他妈的，我想这人怎么这么不小心，于是走过去把包捡起来……"

洪安儿笑道："里面是一沓钞票，对不对？"

小赖惊讶地说："是啊，你怎么知道？"

张老板说："这玩意儿十年前我就碰到过，看来这些骗子没什么长进啊。是不是马上有一个人走过来，说这包他也看见了，你可不能独吞？"

小赖连连点头说："对对，就是这样。"

张老板说："他是不是对你说，别让人看见了，咱们赶快分了它吧？然后你还在犹豫，他就说，这里分钱不方便，这样吧，你身上有多少钱先给我，算我吃亏，这包归你了，然后你觉得占了大便宜，把身上的钱都给他了，后来找个没人的地方打开包一看，破口大骂起来。"

小赖摇摇头说："正是这样，那叠钱就是两张假钞夹着一叠废白纸，把我悔大了。"

众人一阵哄笑。

"就在上个月，上班的时候，来了一个电话，是我们海运部的一位业务经理小谢接的，一个自称姓陈的男人询问价格，说每个月有二十多个集装箱的货物出口美国。"毕总开口说话，大家自然洗耳恭听。看来毕总足智多谋,老奸巨猾,一般人是骗不到他的,只能骗骗他手下。

"小谢一听是大生意啊,赶紧报了一个优惠价格。对方称,能不能再优惠一点呀?你们的价格好像没什么优势哦,你们不是大公司吗?怎么跟别人报的差不多?我可是听朋友说你们公司很有优势才打电话过来问的。"毕总这时候似乎酒劲过了,鼻子也通畅不少,"小谢一听,嫌货才是买货人,赶紧说,要不您能不能过来一下,咱们最好能面谈一下,相互了解了解,价格好商量。对方说,没有问题,他可以过来,只是他也是个打工的,最终拍板的是老板,第一次见面,让老板过来好像不大好,你能不能过来一下?顺便考察一下我们工厂嘛。"

毕总说到这里停顿了一下,捋了捋喉咙,环顾四周。这是当老总的派头,虽然说的是自家的丑事,风度还是要保持的。方经理似乎已经猜测到下面的情节,这时候不失时机地问:"小谢……谢经理去了?真是防不胜防啊,没吃很大亏吧?"

毕总从容一笑说:"我们公司制度比较健全,现在这些骗子,档次太低了,占点小便宜而已。小谢当天晚上就去了,在市郊一个什么开发区里,姓陈的家伙出来接他,说已经订了酒楼吃饭,老板、副总和出口部经理都来了,总共就四个人。那家伙的意思,第一次见面嘛,他就算了,另外三个人,最好有一点见面礼,做生意嘛,情理上的事,每人一条中华烟吧。小谢想想,那也对,有礼好办事,人家收了礼,那是给面子的事情。当然是买了四条,难不成那姓陈的没有?吃过饭,老板有事先走,说合同的事你们先谈,晚一点有时间他再过来。当然,晚饭是小谢埋单。副总说合同看过了,应该问题不大。姓陈的说预祝合作成功,反正没什么事干,到夜总会玩玩吧。副总说,你可别坑人了,那地方太贵,花这种冤枉钱干吗?饭店楼上有麻将房,刚好四个人,小赌怡情一下,顺便等老板回来签字吧。就这样,小赌怡情的结果,小谢把兜里的钱都输光了,还打了一张八千多的欠条,至于合同,那当然是子虚乌有的事情……"

我说不出自己上当受骗的趣事,不是没有遇过,而是我实在太穷,除了买了一张神奇床垫,最多的一次就是给一家中介公司骗了一百块中介费,介绍的几份工作正如毕总所说的合同"子虚乌有"。这种事不能拿到台面上来讲,而我又不想背着"除非自己就是个骗子"的负担,我只好瞅准一个机会说我还有点急事,不好意思,要先走一步。老总们和席间各位纷纷挽留,又各自从口袋里掏出名片递过来,我说不好意思我忘带名片了,他们说没关系,以后多联系,一回生两回熟,咱们以后都是朋友云云。

好容易和洪安儿离开这喧嚣吵闹之地。我说:"长见识了吧?"

她吁了一口气说:"果然是酒后吐真言,真长见识了。这社会真复杂呀,比我想象中的还要复杂。喂,问你一句话,男人都是这样吗?"

我说:"都是什么样?"

她笑笑说:"就像那个台湾人说的,都想金屋藏娇,享尽温柔,是不是这样?"

我踌躇了半天说:"应该很多人都这样吧,不过也不能一竿子打死,还是有例外的吧,你问这个干什么?"

她歪着头望着我问:"你呢?你是不是例外?"

我又踌躇了半天说:"也许吧,我又不是有钱人,想这样做也不行。"

她说:"我就知道你不是,你不像这种人。"

我苦笑说:"你怎么知道?连我自己都不知道,你怎么会知道?"

她说:"我会看人呀,我现在正在学习怎么样观察人,这是最难的，比看书什么的难多了。"

我说："你知道难就对了，我都看不懂我自己，俗话说得好，知人知面不知心，人心是最难懂的。"

她微微一笑说："可是我知道你心地好，我一直相信，这点不会错。"

我说："一个人看起来心地好也并不代表他心里就没有不好的一面，只不过有些人把另一面隐藏起来罢了。"

她说："我知道，你是说人有善的一面，也有恶的一面对不对？但如果能把不好的一面总是隐藏起来也不错啊。"

我苦笑说："这是你善良的愿望，可是世事并不总是这样。"

她一双妙目注视着我，眼角含着一丝笑意，说："我知道，我会分辨的，能遇到你这样的人我很开心，真的。"

我继续苦笑。是啊，我现在不正是"金屋藏娇"吗？虽然"金屋"是算不上的，租来的破房子而已，不过屋里确实是藏着洪安儿这么一个大美人。如果说我对她没有一点动心那是睁着眼睛说瞎话，我还算是一个正常的男人，只不过……只不过什么我也不知道，这也难怪她会认为我"不是这种人"。

我说："安儿，看来你进步不小啊，你说得出自己的这些看法，头头是道的。你以前到底是什么人？做什么的？左看右看，怎么看也不像是一个普通的农村女孩。"

她的脸上似乎又有了一丝慌乱，眼神有点躲闪，过了好一会儿她才说："我跟你说过的，我要忘了以前的事，我就是要做一个普通女孩，可以吗？不是我不想跟你说，只是……我有我的难处。"

她说完了这番话似乎是鼓起了潜藏在心里的某种勇气，眼神不再游离，很真诚地看着我的脸。她的眼睛清澈明亮，犹如天上的星星，这是一个人心灵的窗户，它让我不得不相信，即便她有什么事情瞒着我，那也不会是什么见不得人的事。

我点点头说:"我明白了,以后我不再问你这个问题了,我相信你。"

"谢谢!"她居然向我深深鞠了一个躬。

我连忙说:"你不用这么做,真的。"

她微微一笑说:"你不知道这对我来说有多重要,也许你以后会知道的。"

我说:"以后的事以后再说吧。"

她说:"是的,你现在有什么愿望吗?我希望我可以帮助你实现你的愿望。"

我很诧异:"我的愿望?我现在还不敢有什么奢望,等以后工作稳定了再说吧,你能照顾好你自己我就很高兴了。"

她望了望我说:"我能照顾好自己的,你放心好了。这么说你目前的愿望就是找一份稳定的工作再说吗?"

我叹气说:"是的,可以这么说吧。"

"好的,我明白了,这段时间收获真不少,过一段时间我也要去找工作了。饭也吃过了,我们回家吧。"洪安儿喜滋滋地说。

第四章 知己知彼,百战不殆

她并没有意识到我的情绪变化,继续说:"所以我们要做一些准备工作嘛。你不是有本《孙子兵法》吗?里面说,知己知彼,百战不殆。这是他们的宣传资料,你先看看。"她递给我一份资料……

又过了几天，洪安儿一本正经地对我说："我还是觉得你不应该去这几家公司，我觉得这几家公司都不是很适合你，职位太低，起点太低了，大材小用。而且你听那个台湾人怎么说，人才满大街都是。持这种想法的人大有人在，他们这种人简直就是不把人才当人看，在他们那里会有什么发展呢？"

我忍不住争辩："丫头，事实就是这样啊，不是吗？现在找工作这么难，一个稍微好点儿的职位不知道多少人在争，争破了头，现在是别人在挑选我，由不得我来挑选工作，你明白吗？"

"也许是这样，不过如果能换一种方式可能更好一些。给你看看这个，你或许可以试试去这家公司谈谈看，怎么样？"洪安儿拿了一张报纸给我，在整版的招聘广告中，她用红笔在其中一家的广告资料上画了一个圆圈。

我拿过报纸看了看，失笑说："开玩笑吧？让我去应聘他们的销售部经理？月薪六千起？卖机械配件？这玩意儿我怎么懂？我是读经济专业的，销售没有搞过，机械也沾不上边，简历递上去，人家连看也不会看。"

"这么没信心吗？我看你比那个什么方经理强多了，他不是电子企业的销售经理吗？他是营销专业还是电子专业？我问他了，人家是读应用化学系的，他不是让你多多关照吗？不是老向你敬酒吗？"

我只好苦笑："这是应酬，你当真以为别人很尊重我呀？"

她凝望着我说："我问你，说正经的，你觉得一个优秀的机械配件销售经理需要什么样的素质？"

我想了想说："嘿嘿，倒考起我来了。基本的营销知识应该有吧？基本的机械知识也应该有吧？所谓的市场营销无非就是市场环境研究分析、市场细分和市场定位、产品策略、价格策略、品牌策略、销售渠道的建立、市场推广这么几方面。这门课我还是学过的,不过只是纸上谈兵而已,人家不会只相信书本知识的。"

洪安儿点头说:"很好。说白了,就是目前市场是怎么样的,前景如何,现在公司做什么样的产品,这些产品有哪些优点和缺点,要卖给哪些客户,如何卖,有没有考虑过竞争对手的情况。"

我有点不耐烦了,说:"我都不知道是什么产品,怎么知道他们的竞争对手是谁?"

她并没有意识到我的情绪变化,继续说:"所以我们要做一些准备工作嘛。你不是有本《孙子兵法》吗?里面说,知己知彼,百战不殆。这是他们的宣传资料,你先看看。"她递给我一份资料,"我认为,一个优秀的销售经理,不仅应该熟悉自己的产品,也应该了解竞争对手。他们是一家日本机械配件公司的国内总代理。他们的机械配件可以广泛应用在各种大型工程机械上,所以他们的产品潜力最大的买家来自两个方面,一种是工程施工单位,像省水利工程公司、M路桥施工公司、N隧道工程公司之类,他们拥有自己庞大的施工队伍和工程机械设备,需要配套容易损耗的机械配件。另外一种就是工程机械的生产单位,像市大型机械厂、南方电气制造、HTR重工等等,他们生产主要的机械设备,一般的配件可以下拨给其他公司生产,或者采购其他公司的产品。日本的机械配件产品有一个很大的优势,就是价格优势,而且质量稳定,它们的性价比很高,知名度也不错。他们面临的最大竞争来自两个方面:一方面是德国产品,德国产品坚固耐用,而且多实行技术壁垒,比如使用德国的大型机械通常只能配套他们自己的配件,否则他们不负责售后的一系列维护服务,但德国产品价格昂贵;另一方面是国内产品,价格低廉,而且和买家的关系网早已经打好了。"

"你怎么知道得这么清楚?"我惊讶不已。

她笑了笑说:"我昨天打电话过去问的,还去他们公司转了一下,当然我是以客户的身份去的,所以他们很客气,跟我介绍得很详细。而且这几天我还打电话咨询了好几家这一类型的公司,掌握了很多第一手资料。"

"可是……"我不知道该怎么说。

"我觉得现在到处都在大规模建设,机械行业的前景应该还是看好的。另外,他们的产品主要是硬质强化材料制造的工程截齿、斗齿、铣刨齿、旋挖齿等等,这些东西大型机械基本上都用得着,它们适用于路政工程、煤炭矿山、铁路隧道、水利及城市土木建设。他们的宣传资料里头有写,我想你也该记住。怎么样?现在我们知道他们做些什么产品,市场和前景怎么样,应该卖给谁,就差该怎么卖了。我的看法,肯定还是要以人员推销为主,建立一支销售队伍至关重要,在中国做生意没有关系不行,一个优秀的销售经理,很重要的一点就是跟人建立关系,让他的买家成为他的朋友,这样才能建立一种长期的合作关系。"她娓娓道来,简直就像一个教授在给学生讲课。

我有点应接不暇,禁不住问她:"你什么时候学了这么多东西?"

她笑笑说:"这些天我一直在学习,我不是跟你说了吗?"

"你进步这么快?还是以前……"我差点忍不住又去问她的过去,可是我已经答应她不再问了,说了一半我停了下来。她越来越像一团谜,我在她面前似乎越来越渺小,我的自尊心莫名其妙突然膨胀起来,我说,"你是在帮我吗?"

"是的,我不是说过我希望可以帮助你实现你的愿望吗?"她似乎并没有察觉我心理的变化,兴冲冲地说,"你现在是不是有点信心了?这里还有一张我做出来的表格,里面罗列了几十家工程施工单位和机械制造单位的名称,还有这家公司一些同行的资料。我们来做一个假设,即便有一百个人竞争这个职位,大概一半以上只是递个简历,就像你所说,别人连看都不会看。剩下的一半,也不会有超过十个人会去准备这些资料,这十个人当中只怕没有一个人亲自到过他们公司了解情况……"

"可是，如果我不愿意呢？"我打断了她的话。

"怎么会？这家公司挺好，哦，规模还很小，刚刚成立不久，可是这样机会更多……"

"我是说如果我不愿意去呢？"我提高了声音，再次打断她的话。

"可是……为什么？"她一脸疑惑地望着我，发现了我的脸色不对，一时似乎不知所措，不知道我为什么突然激动起来。

"我……我也不知道为什么。"

"如果你觉得不好，我们再另外找，好不好？你……你生气了吗？"

她像一个做错了事的孩子，小心翼翼的态度让我顿时心软下来。是啊，为什么知道她在帮助我我会觉得不舒服？奇怪了，那不是很好吗？我整天东奔西跑，忙忙碌碌，不就是为了找一份好一点的工作吗？这一路我看过多少人的脸色？见过多少世态炎凉？尝过多少人情冷暖？我为什么对一个诚心帮助我的女孩发火？还有谁对我这么关心过吗？

"对不起，我向你道歉……这两天我会去这家公司看看的。"

"哦，你真的觉得可以吗？要不我们再找找其他的也可以。"她还是小心翼翼。

"不用了，就这家，这两天我去尝试一下。"

"哦，我这里还有一些资料，这是营销学的书，这是机械制造基础，不知道你要不要看？"她递过两本书给我，低下头，可是又抬起眼睛悄悄望着我。

我真的很感动，说："安儿，你为什么要对我这么好？"

她轻声说："因为……因为你对我好。"

我一时无语，拿过书之后好一会儿才蹦出一句："我会好好看的，谢谢你。"

坠入凡尘的星星

谢宝中这几天出差不在家。晚上我和洪安儿仍然睡在一个房间。这丫头真的心安理得,睡得安稳无比,有节奏地一呼一吸,酣然甜美,仿佛一只温顺的小狗睡在主人的身边,连翻身的次数都很少。我辗转反侧,百思不得其解。这丫头真的很单纯,她现在就是一个睡在父母身边的小孩,不知道人间的疾苦。她凭什么?她怎么可以这么单纯?可是她怎么又这么聪明?聪明得让人惊讶。我为什么对她的帮助有这样的反应?是觉得自己没有她聪明吗?是觉得本来是我在帮助她,现在情况反过来了吗?在这样穷困潦倒之际,经历了这么多次碰壁,我的脸皮已经磨炼得厚实无比。如果——这个如果基本上是不成立的——如果别人肯这样帮助我,我会怎么样地感激涕零?我会觉得自己运气不错,差不多要歌颂起命运来。我不会觉得自尊心受到什么伤害,现在自尊心算什么?生存才是最重要的。但我为什么在她面前却放不下这点卑微的自尊呢?也许……也许我在她面前才是真正的我,我在她面前才能显露出自己一点卑微的真面目。这是真的吗?她对我有这么重要吗?

我在黑夜中睁大了眼,却审视不到自己。一切都这么莫名其妙。月薪六千起?一个月工资就能买一张神奇床垫,挺吸引人的。靠这位单纯女孩的提醒和帮助?但是她说得真的很有道理,成事在天,谋事在人,昨天我连想都不敢想的问题,现在确实是一种可能,而且是很大的可能,我好像真的有了信心。明天我该全力以赴,生活中充满奇迹,一个人运气来了挡也挡不住,谁知道呢?洪安儿到底是个什么样的人?她是个谜团。

运气来了确实没法挡,尽管我只是当上了"见习部门经理"。试用期两个月,每月四千,两个月后做得好转为正式部门经理,月薪六千加提成,做得不好再说。看来洪安儿正是我的福星。这一次面试，姓郑的老板并没有问我些诸如"有没有女朋友"或者"你的特长是什么"之类扰乱神经的问题，洪安儿为我准备的东西已经绰绰有余。而且其实我就是个应试型的选手，十几年各种大大小小形式各异的考试经验已经将我磨炼成应试专家。只不过之前有些求成心切，不得要领，又碰到一些不按牌理出牌的人。这一次面试，郑老板跟我谈了一个多钟头，大有相见恨晚之意，好像是伯乐见了千里马，临走前还给了我几天假期，让我好好放松放松，整理一下，下周刚好是月初，开始上班。

我差不多是吹着口哨踏着轻快的脚步回到家，一进门就忍不住抱着洪安儿在她脸颊上亲了一口，这一口有点甜甜的味道。洪安儿双颊微红，眼睛里像蒙上了一层薄薄的水雾，愣愣地看着我说不出话，我才意识到自己有点忘乎所以了。

我欣然说："谢谢你，安儿，我找到工作了，这家公司接受我了。"

洪安儿一怔，突然欢呼雀跃，连蹦带跳，她说："你这么高兴吗？我第一次见你这么高兴，太好了，我也很高兴。"

我说："当然，我第一次这么顺利，你真是我的福星啊。"

她兴奋地说："我愿意见到你总是这么高兴，你已经多长时间没这么高兴了？从我见到你的那一刻开始，你好像就没有真正高兴过。"

我慨然道："是啊，安儿，难为你了，跟我一起受了这么多天的苦。"

洪安儿边用热水洗茶杯边说："受苦？我一点也不觉得苦，跟你在一起我很开心，只是我不愿意看到你不高兴。"

我忍不住又问："安儿，你为什么对我这么好？"

"我说过的，因为你对我好。"她的回答还是一样。

我说："我也没怎么对你好。"

她很仔细地往茶壶里放茶叶，用热水泡洗了一遍，倒掉之后再加水冲泡了两杯，递过一杯给我。

"我知道的，身无分文还愿意帮助别人，这世界上已经没有多少这样的人了，这就是深刻的人道主义，这是人世间最珍贵的东西，这些道理我是最近才懂的。"

我不好意思起来，端起茶杯赧然说："我哪有这么高尚，别往我脸上贴金了，怪不自在的。我只不过是机缘巧合，碰巧在你困难的时候拉了一把，你老是念念不忘。忘掉它吧，不要再提起了。"

洪安儿睁大了明亮的眼睛说："忘掉它？怎么可以？怎么可能？你不知道我来这里为了什么吗？就是为了寻找这种情怀。"

我说："我不知道你来自哪里，为了什么，但我要说的是，这确实只是一个巧合，你为我做的事情已经够多了，你没欠我什么。安儿，谢谢你，真的。"

她认真地说："我不是因为觉得欠你什么才这么做，我还不知道你的很多想法，你对我来说……有点复杂，不过，只要你能快乐就可以了。"

我笑了笑："我有点复杂？什么意思？"

她迟疑了一下，吞吞吐吐地说："这个……我是说，人的情感很复杂，我没有把握，很难把握。"

我想了想说："是吗？我这么深不可测吗？我不够真诚是吗？"

她摇头说："不是的。"

我盯着她的眼睛问："那你指的是什么？"

她望着我的眼睛说："比方说，同样的一件事，你有时候会高兴，有时候又表现出不高兴的情绪，所以我有时候会糊涂。"

我又笑起来："我这么喜怒无常吗？丫头，人有时候就这样，很正常。是啊，有时候我脸上在笑，心里头在骂娘，有时候笑是在苦笑，有时候是在嘲笑自己。你不用做什么事都顾忌我的感受，这不公平，我们是朋友，朋友之间应该公平。"

"我们是朋友吗？"她的眼睛放出光彩。

我说："当然，我现在也没什么朋友了，以前的朋友大多失去了联系，你目前就是我最好的朋友，说不定哪天我会喜欢上你。"

洪安儿眼睛闪亮起来，流露出热切的神情："真的吗？真有那么一天的话，你一定要告诉我。"

我又有点不好意思，确实有点得意忘形了，喝了一口茶我说："你真够直白的，不过我现在什么也不敢去想，也许过一段时间信心会长出来也说不定。"

她粲然一笑，"那好，我当你这句话是一个承诺。"

我说："你有时候很单纯，就像一个未经世故的农村小女孩，有时候又很聪明，连骗子怎么骗人都知道，说实在我也看不懂你。"

她羞涩地一笑说："看不懂没关系，喜欢就行。"

我抬头望着天花板轻轻叹了口气："你这么说我真有点喜欢上你了。有时候我在想，你不会是一个流落民间的公主吧？从小受过很好的教育，冰雪聪明，心地善良，却不知道人间的疾苦，我这穷光蛋稀里糊涂的怎么会遇到你？真是奇迹。"

我叹气是因为我知道自己确实喜欢她，可是心里有一种莫须有的说不出来的隔阂，我明白这隔阂是我自己的问题，跟她一点关系也没有。我像一头久困牢笼的野兽，搞不清楚自己是不是已经失去了原始的天性，洪安儿不会明白我的感受。

她微笑，用一种鼓励的眼光看着我说："真这么想吗？说不准就是这样，你干脆这么想就可以了。"

我又叹了一口气说："嘿嘿，还真是公主呀，不怕委屈了自己吗？有这么高贵的血统，干吗蹲在这个地方？"

她轻声说："我喜欢，我也没什么高贵的血统。何况我觉得高贵和血统也并没什么必然的联系，一个人高贵是因为他有一颗高贵的心,并不是血统。"

我说:"这么高深啊,哪里学来的?"

她也叹了口气:"不是吗?可惜这样的人越来越少了。"

我说:"按照进化论的角度,物种必须适应外部环境的变化,所谓适者生存。人也一样,必须适应社会环境的变化,无法适应的人会被淘汰,所以这样的人会越来越少。"

"你这么悲观吗?"她微皱了眉头问我。

我说:"这不是乐观和悲观的问题,好像是一个必然的进化进程,现实似乎也是这样。"

她摇了摇头说:"我倒不是这么认为。"

我问:"你不相信进化论?你读过《进化论》没有?"

她点头:"读过一些皮毛,但不是这么理解的。现在我说不清楚,反正不是这么理解的。"

"这问题太高深,我们不要去讨论它。讲讲眼前的事,我有几天假期,现在也没什么事做,咱们到哪里玩玩?"我觉得再探讨下去有些沉重,于是转了话题。

"好啊,去哪里?太好了。"果然她拍手欢呼起来。

我笑笑说:"我喜欢有山有水的地方,可是我们的钱不多了,要精打细算才行。"

她说:"要不我再去跟他们赌一回酒,再赢个两千四,这样就有钱了。"

"不行。"我立马打断她的话,"这帮人我们惹不起,咱们节省一点,不要跑太远就行了。"

她努嘴说:"为什么惹不起?其实他们挺义气的,我看比那帮什么老总之类的强多了,真的。"

我斩钉截铁地说:"不行就是不行,我宁愿再去借钱,或者干脆哪儿也不去了,也不愿意你去赌酒。"

她微笑:"哦,看样子你也很在意我呀。"

我说:"废话,不在意你在意谁,别得意,只不过是看在你给我做饭的份儿上。还不赶快做饭去。"

"哦,可是我只顾聊天,忘了鸡蛋吃完了,怎么办呢?"洪安儿拍了拍后脑勺。

我说:"出去吃吧,兰州拉面还是吃得起的。丫头,说起兰州拉面,我还想问问你,你那时候吃得下三大碗,现在怎么饭量变小了?那时候我还在担心这丫头这么能吃,我怎么养得起。"

"那时候没营养嘛,这会儿不是营养很充足吗?王强盛和赵伟军不是经常买了酒肉过来吗?"洪安儿笑说。

我说:"你这丫头不地道,别人好心好意买来酒菜,你把人家喝趴下了,还要别人来给你洗碗、扫地。"

她吐了吐舌头,调皮一笑,做了个鬼脸:"你也说他们是别人吧,谁叫他们没事老拿眼睛偷偷在我身上瞄来瞄去,不知好歹,活该。"

第五章　山区小镇

　　墨蓝色的天幕下繁星点点，银白色的月儿洁净得让人惊讶，原来月光可以这么明亮！我简直可以看得清楚远处的山峦在天边勾画出的轮廓，更不用说眼前的田野、树林和旁边小镇低矮的建筑物。

我们去的地方是一个山区小镇。洪安儿找来一大堆旅行社的广告资料，和我策划了半天，说这地方夏天有漂流的旅游项目，又有少数民族歌舞表演，肯定是有山有水的，而且现在不是夏天，人肯定不会多，幽静一点更好。旅游团是不能参加的，虽然一个人才几百块。最节省的方式还是自己坐火车去，有什么好玩的找当地人问问吧。

我们买了一本地图册。我找出以前在学校用过的军用背包和水壶，装进衣物、干粮若干。洪安儿穿上刚在地摊上买的廉价牛仔裤和球鞋，还非要套上我的外衣，说这样出门方便一点。第二天一大早，天刚蒙蒙亮，两个人雄赳赳气昂昂向火车站出发了。

和一个漂亮女孩一起出去旅游那也是以前梦里才有的美事。何况我现在找到一份工作，心情无比舒畅。

火车车厢里的喇叭放着音乐，是一首年代久远的《重归苏莲托》，洪安儿仔细聆听着，一边合着节拍点头，一副陶醉的样子。

我好奇地问她："这老掉牙的歌曲你也听过吗？"

她笑笑说："听过，看来音乐是不受时空限制的，很奇妙。"

我说："伽利略说过，大自然这本书是由数学语言写成的。好像还有什么人也说过'音乐是上帝的语言'之类的话，记不清楚了。总而言之，上帝的语言是不受时空限制的。"

她说："就是嘛，至少是可以沟通不同时期不同地方人们的语言。可见人和人之间还是有相通的地方，通过某种东西，心灵是可以沟通的，这是人类特有的，很奇妙。"

我斜眼望了望她说："你这人挺有趣，总是关注一些很缥缈的东西，最近说出来的话都挺哲理的。"

她望着车窗外不断后移的景色，沉思了一会儿说："那当然，世界因为这些缥缈的东西而变得美丽，变得多姿多彩。想象一下，如果没有了音乐、诗歌、文学、艺术和人类的美好情感等等这些东西，那还剩下什么呢？"

我叹了口气说："这些话好像不应该是由你这么一个年轻女孩口中说出来的，境界挺高的。"

她欣喜道："对了，就是境界，我一直想用一个什么词来概括一下，你提醒我了，就是这个词。毕加索的向日葵是一种境界，达·芬奇的蒙娜丽莎是一种境界，王维的'行到水穷处，坐看云起时'又是另外一种境界，太好了。"

境界？我只有惊讶，无言以对。

四个多小时后，火车在一个小站停靠片刻，这就是我们要来的地方。下了车我问过站里的工作人员，说是离小镇还有七八公里路。我们买了两天后的返程车票。出了小站，只有一条黄泥路通向山坳，想必是通往小镇的。我向前方翘首眺望，问洪安儿："怎么打算？这地方好像人烟稀少，挺荒凉的，不知道来对了没有？"她豪迈地说："既来之则安之，我看风景挺好的，到了镇上再说吧。"她向着蓝天挥手，"啊，我们来了——"

于是我们沿着黄泥路往山坳方向走。这里是山区地带，处在我们居住的城市北面几百公里处。时值初冬时分，天气颇有些寒意。好在现在正是午后，阳光灿烂，天高云淡，并没有萧瑟清冷的感觉。走了一会儿，前面变成了上山的小道，四周草木依然苍翠。峰回路转，眼界忽然开阔，眼前豁然呈现出一片片稻田和庄稼地，大多已经收割完毕，三五农夫在田间燃烧稻草，烟雾缭绕，看来正在准备着来年的肥料。不远处几头黄牛在悠闲地啃着田里的干草根，一群小孩在干枯的庄稼地里追逐着玩足球。虽然已过了秋天，仍能体验到一派活泼而爽朗的田园风光。

"喜鹊！你看，是喜鹊！"

洪安儿指着路边山坡上树丛中一只黑背白腹的小鸟，欢呼起来。那小鸟歪着头在树枝上好奇地张望了一会儿，并不远遁，跳下树枝在草地上寻啄着草籽,不时晃荡着脑袋好奇地看着我们。洪安儿童心大起,一脸跃跃欲试,放下背包蹑手蹑脚地向喜鹊走去。喜鹊停下啄草的动作,狐疑地望着这位不速之客。洪安儿轻轻往前疾走了几步。扑哧一声,小鸟展开翅膀飞向枝头,看洪安儿停了下来,就在树枝上探头探脑。洪安儿等得不耐烦正往回走,喜鹊又飞落在草地上继续寻找它的草籽了。

"喂,鸟儿,"洪安儿回过头向喜鹊招手,"我只是跟你玩玩,干吗跳来跳去?站着别动。"洪安儿说着又轻轻向小鸟走去,从口袋里摸出一颗糖晃荡着,"给你,要不要?很好吃的。"喜鹊望了她一会儿,大概觉得这游戏不好玩,扑棱棱展开翅膀,几个起伏,消失在山野的树林中了。

"不识好歹。"洪安儿嘟哝了一句往回走。我笑说:"它能听懂你的话吗?自言自语的,走吧。""那是它吃亏了,我喜欢它,它不喜欢我。"她兴致索然说。

又走了一会儿,前面几个小孩走走停停,背着书包,看样子是附近的小学生,在唧唧喳喳讨论着什么。

"嗨,小朋友,你们在干什么?"洪安儿眉开眼笑地向他们打招呼。

"哦,大姐姐,我们不是小朋友,是小学生。"其中一位男孩纠正她。

"有什么区别吗?小学生也是小朋友呀。"洪安儿笑吟吟地说。

"上幼儿园的才是小朋友,我们是小学生了。"男孩认真地解释。

"小学生喜欢吃糖吗?"洪安儿笑嘻嘻地问,一边从口袋里掏出一把糖果来。

男孩迟疑了一下说:"喜欢。"眼光光望着她手里的糖,却不好意思凑上前来。

洪安儿将手里的糖递到他们跟前："喜欢就拿去吧。"

男孩望着她手里的糖吞咽了一下口水，讷讷地说："可是我们不认识你们。"

洪安儿微笑着说："现在不是认识了吗？我是大姐姐，他是大哥哥，你们是小弟弟小妹妹。你手里的弹弓真漂亮，可以给我吗？"

小男孩喜笑颜开，说："可以，那我这把弹弓换你这些糖，好不好？"

洪安儿将糖果分发给他们，说："可是我不知道这把弹弓准不准，你试一下给我看看。"

男孩捡起地上一块小石粒装在弹弓上，闭着一只眼睛往路边一棵小树瞄准，噗的一声，石粒果然打在树干上。

"好，我来试试。"洪安儿依样画葫芦，居然也打在树干上，喜滋滋地将弹弓装进口袋，问这群小孩："你们刚才在说些什么？"

一个头上扎着一只粉红色塑料蝴蝶结的小女孩一边剥着糖果一边说："我们在讨论下午放学后打篮球，可是，有两个大学生老是欺负我们。"

我好奇地问："大学生？大学生还欺负你们？"

小女孩说："就是比我们大的学生，好坏。"

洪安儿问："你们几点下课？学校在哪里？"

"四点多一点下课，我们学校就在前面。"小女孩指着前方远处，果然有一栋楼，外面围着围墙，围墙里竖起高高的旗杆，蓝天白云之下，红旗正迎风飘扬。

洪安儿看了我一眼，像在征询我的意见，她说："要不我们跟你们一起打球？怎么样？"

我说："我们先到镇上吧，待会儿有时间再说。小朋友，镇上就在前面吗？"

"不是小朋友，是小学生。"男孩又纠正我，"一直走，

过了我们学校不远就到了。"

我们来到镇上。这是一个还保存着古老生活方式的小镇。仅有的两条长街也是青石板砌成的路面,看样子有些年份了。镇上穿插着一些纵横交错的小巷,大多是石块或者土砖堆砌起来的老式房子。沿街是一些商铺,大半还是旧式的厚实木板门,门上方挂一个圆的或者八卦形状的镜子,不知道什么名称,大约是照妖镜吧。店里墙上贴着古灵精怪的涂鸦灵符,或者在后壁上供着关公、财神爷之类的神像。商铺摆卖着各类琳琅满目的小玩意儿,诸如竹雕、木刻画、手工的绣花袋子、风铃、笛子、花哨的围巾之类,还有卖豆腐花的,卖风味小吃的,裁剪和缝补衣服的,卖茶叶的,卖蜂蜜凉果的,等等。

两条长街的交汇处看来是一个集市,颇为热闹,汇集了粮米铺、咖啡厅、饭馆、旅店、理发店、照相馆,甚至还有一家邮局、一个游戏机室、一间小书店。集市上卖鸡鸭鹅的、竹筐竹篓的、土特产的、蔬菜瓜果的,切烟叶的,令人目不暇接。看样子现在并不是旅游旺季,看不到什么外地人。不过集市上还是熙熙攘攘,本地老乡男男女女似乎也不少,大多衣着简朴、神情憨厚,一个个意态悠闲,背着手踱来踱去,东张西望。也有见了合意的东西的,蹲下来慢慢地讨价还价。

我和洪安儿在一家咖啡厅坐下来。看了看桌上的价格牌我觉得挺便宜的,就要了两杯咖啡和一些糕点。透过咖啡厅的玻璃窗,我可以看到集市上人来人往的景象,这情形正同我小时候在家乡时看到的相差不远。

"这里还挺热闹的,平时都这样吗?"咖啡端上来的时候我问服务员小姐。

她说:"今天是圩日,知道什么是圩日吗?就是这里每逢农历一、四、七,周围的人都过来赶集,所以今天很热闹,平时就安静多了。"

我有点意外，微微一笑说："哦，这我知道，不过这传统恐怕挺古老了吧？小时候我家乡也是这样，给人的感觉好像是回到黑白电影的年代。咖啡不错，挺地道的。"

她笑笑说："是手工磨出来的。老板本来是个城里人，来到这里，觉得这地方好，所以就留下来，在这里开了咖啡厅。"

"是吗？你老板挺潇洒。"我端起咖啡细细品尝，果然醇厚幽香，"这里是挺好的，我喜欢。这里不是旅游区吗？怎么好像不见什么外地人？"

她说："现在是旅游淡季，他们通常是夏天才来，附近有漂流，他们通常跟旅行团来的，白天去旅游景点，晚上来这里买些纪念品之类。"

我说："我觉得在镇上转转也不错，干吗非得去什么旅游景点挤在一起？我小时候最愿意在集市上乱逛，瞧瞧这个，看看那个，口袋里没钱，解解眼馋也好。这里的气氛让人觉得轻松，仿佛回到很遥远的时光。顺便问一句，这里的旅店贵不贵？"

她说："你们要住旅店吗？我建议你们住在老乡的家里，又便宜又方便，晚上有热水，每天每间房大概就三四十块，一日三餐要吃什么可以让他们做，这里的人很淳朴老实，不会骗你们的。"

我说："谢谢，我觉得挺合适，能告诉我怎么找到这些老乡家里吗？"

她笑笑说："当然，我给你画张图，如果你们想到哪里玩，也可以让他们告诉你怎么走、哪里有好玩的地方等等。"她说完果然拿了纸笔给我画了一张图，指点我怎么找到要找的地方。

我由衷地说："这样最好，我还在担心不知道该怎样安排行程呢，太好了。"

"嘿，你今天话挺多的。"洪安儿看着我好像在看一个陌生人，"是不是觉得这位服务员小姐长得不错？你心情特别好？"

"你胡说什么？"我抗议。不过我刚才话是多了点，不对，是我平时确实话很少。除了跟洪安儿说上几句，很少会主动找人说话，所以洪安儿会觉得奇怪。

果然洪安儿说："不对，我没有胡说，你现在心情确实不错，你平时真的很少跟别人说话，我都在担心你呢。"

"担心我什么？"我明知故问。

她说："担心你会憋出病来，整天沉默寡言的，一脸深沉模样，看起来很不开心，就连跟谢宝中、赵伟军他们好像也没什么话。"

我忍不住笑起来说："你这么关心我吗？说得我有多老谋深算、老奸巨猾似的。"

她说："是啊，平时都是我在说你在听，这样不好，以后要多开心一点。"

我笑了笑自嘲说："说真的，遇到你之前我都差不多忘记了怎样跟人说话、怎样笑了。除了去面试时不得不说一大堆废话，赔不少笑脸，我基本上不想开口，也笑不出来。就像罗曼·罗兰说的，见的人越多，就越喜欢狗。想想挺可怜的。"

她笑问："那你现在为什么会说会笑了？"

我由衷地说："当然，首先是因为你，安儿，真的谢谢你，这是我的真心话。其次，不知道为什么我来到这地方觉得很轻松，好像这地方很淳朴，人也真诚，所以话就多了。丫头，喝完咖啡我们去找那帮小朋友打球吧。"

"好啊，"她拍手欢呼起来，"不是小朋友，是小学生。我还在担心你不愿意和我一起去呢。"

来到小学操场，果然那群小孩子正在篮球场旁边，看着两个比他们高出半个头的男生在打球，一脸的愤愤不平。那个头上戴蝴蝶结的小女孩看见我们,赶紧跟她的伙伴说:"大姐姐大哥哥来了。"看来他们还是觉得洪安儿更可亲,把她的次序排在我前面。玩弹弓的男孩走过来跟洪安儿说:"大姐姐,我们借的球,他们说要先让他们打完才轮到我们打,都不知道要等到什么时候。"洪安儿笑笑说:"看我收拾他们。"说完从地上找了一颗石粒,从口袋里掏出弹弓,拉了橡皮筋,"啪"一声响,石粒打在一个大男孩身上,把他吓了一跳。洪安儿一手叉着腰一手指着那两个人气冲冲地说:"哪里来的毛头小子,敢来欺负我的弟弟妹妹,还不把球还给我们!"那两个男孩看来没反应过来,愣愣地看着她不知所措。我虚张声势地说:"你们是哪个年级的?你们老师在哪里?走,找你们老师去,敢来欺负我的弟弟妹妹。"洪安儿说:"对,找他们老师,看他们下次还敢不敢!走,找你们老师论理去。"说完上前要去拉那两个男孩的手。那两个男孩见势头不对,赶紧丢下手中的皮球,一溜烟似的跑掉了。洪安儿指着他们的背影哈哈大笑:"看你们还敢不敢,欺负我弟弟妹妹,来来来,咱们打球。"

我可是大学里的篮球高手,我说:"安儿,你和这些弟弟妹妹一起,我一个人打你们全部。"

她斜睨我一眼,半信半疑地说:"是不是啊?这么小看我们,你可不要后悔。"

一开始我得心应手,在他们中间穿梭。啪,投篮命中,仗着身高优势,篮板球手到擒来。洪安儿张开双手也拦不住我。不一会儿,她指挥一群小孩:"拦住大哥哥,不对,不是这么拦,一字排开,一字排开……喂,你不能冲撞他们,他们还小……对了,就这么拦住他。"一群小孩排成一列,把我拦在外围。这丫头抢了球,在篮板底下不断投篮,我根本冲不出包围圈,只能眼睁睁看着她投了一个又一个,嘴里还不断数着:"一个,两个,三个,哎呀,这个没中,重来,三个,四个……"

一群小孩欢声笑语，吵吵闹闹，他们只有一个目标，就是缠住我，根本连皮球都不去抢。我左冲右突，偶尔杀进垓心，好容易投进一个球，马上又身陷重围。我喊道："这不公平，不公平，哪有这种打法的？"洪安儿笑得上气不接下气，气喘吁吁地数着："十一个，十二个……"

夕阳斜照，在操场上拉出一群长长短短不断晃动的身影。金色的阳光照耀在洪安儿天真烂漫的笑脸上，空气中荡漾着她和孩子们的欢笑声。这一刻我仿佛回到了从前的纯真岁月，我的心情放飞了起来，似乎有什么东西在心中融化开来，又似乎有什么东西在心中升腾起来，我听到了自己久违的笑声，开怀的笑声。

我们重新回到小镇，按照咖啡厅那个女服务员的指点，在小镇边缘处找到那个农家。这是一个大院，看样子有好几间客房，不过这时候只有我们这一对住客。当然我们还是只开了一间房，这样不仅可以节省费用，而且已经成为一种习惯。房费每天三十，吃饭每餐二十块，两个人管饱。主人是一对五十岁上下的夫妇，男的长着一张黑黝黝的脸，下巴上的短胡须又粗又硬。女的略显肥胖，腰身powerful壮。屋里还有一个男孩，大概十四五岁，虎头虎脑的，看来了客人，怯生生地跟我们点了点头，拿了书包进了里屋。

晚饭摆上来，就在他家的大院里，有鱼有肉有汤，摆了一桌，看样子不像是两个人的分量。我诧异地问："不会这么多吧，二十块能吃这么多？你们不会亏本吧？"从来吃饭只有嫌贵的，哪有像我这么问的？男主人冲我咧嘴一笑说："你们尽管吃，别客气，吃完了我们再吃。"原来如此。我说："那怎么成？一起吃吧，来，否则我们不好意思。"男主人说："不客气，你们先吃。"洪安儿也尽力让他们一起过来吃，推让了半天，在我们极力邀请下，终于让他们一家人和我们坐在一起。

男主人拿来一瓶米酒，说是自家酿的，问我要不要来一点，我说："那我就来一点吧，安儿，你就不要了。"

"为什么？"洪安儿显然很想喝，一脸馋相。我说："得了，你酒量大，请不起你。"

"酒多的是，一个姑娘家能喝多少？我给你拿个杯子。"女主人不知深浅，忘了人不可貌相、海水不可斗量的道理，说着去取了杯子过来，洪安儿马上笑逐颜开。

我说："你不知道她酒量有多大。安儿，意思一下就可以了，可不能喝太多。"

男主人来了兴致，问他老婆："你看这姑娘是不是长得有点像咱们家闺女？"女主人笑说："咱们家明慧哪有人家俊俏，不过长相倒有点像，年纪也差不多，而且也爱喝两口。"

男主人说："就是嘛，来来，喝两口。"说完举杯向我们敬酒。

洪安儿问："你们有一个女儿跟我差不多大吗？在哪里？怎么不见她？"

女主人说："到省城打工了，这闺女有孝心，每个月寄钱回来，可辛苦她了，想想这么小就在外头闯荡，多心疼。你们也是省城来的吧？"

我说："是的，我也是外地农村出来的，在省城读书，读完书就留在那里了。"

她点头叹气，"多有出息。明强，听见没有？这位哥哥多有出息，你好好努力读书，将来也像这位哥哥一样留在省城工作，我和你爸就安心了。"她语重心长地叮嘱着儿子，她儿子"哦"了一声默默点着头。

我顿时无语，简直无地自容，我这叫"有出息"吗？可怜天下父母心啊。他们当然不会知道我在省城差一点走投无路了。多少人趋之若鹜的大城市其实也不见得不会饿死人的。我想起自己的父母，差不多两年半了，我只寄过两次钱给他们，只见过他们两次。

"来,咱们喝酒。"洪安儿眉舒目展兴冲冲地举杯,她可不会像我一样有突如其来、莫名其妙的多愁善感,看来心地单纯的人确实更容易快乐,我真的很羡慕她。

男主人黑黝黝的脸上也展现着笑容,说:"看来你酒量真的不错,尽管喝,酒多的是,就当回到家里,不要客气。"

女主人忍不住说:"看你们喝得这么开心,我也来两口吧。"说完自己拿酒杯去了。

这气氛感染了我。我赶紧跑出去到房间里,从军用背包里掏出两包备用的香烟回来塞给男主人。尽管这家人热情好客,总不能花了二十块钱就在这里开怀畅饮吧?推托了半天,他收下一包,从口袋里摸出一小袋烟丝说:"我平时抽这个,要不要试试?"我说:"烟丝?没抽过,试试吧。"洪安儿说:"我也试试。"我说:"女孩子抽什么烟?成什么样子。"男主人说:"就让她试试吧,有什么关系。"说着为我们卷了两根。洪安儿眉开眼笑,点了烟迫不及待地猛吸了一口,忍不住大声咳嗽起来。我说:"丫头,有你这么吸烟的吗?"这丫头又吸了一口,把一股烟雾喷在我脸上,喘着气用手掌在嘴边扇动:"好辣,好辣,比米酒还辣。"女主人忍俊不禁:"这丫头,比我们明慧还淘气。"

洪安儿问:"你们生意还好吧?"

女主人笑笑说:"什么生意?我们也不会做生意,就是家里多出两间房子,有客人来就凑合着收点钱帮补一下,平日里还是要靠田里的庄稼。"

"田里的庄稼?在哪里?"看样子这又勾起洪安儿的好奇心来。

"山里有一块庄稼地,这屋旁边还有一块菜地,我们现在吃的菜就是地里刚摘下来的。"

"真的吗?那我要去看看。"洪安儿恨不得马上拔腿就走。

第五章 山区小镇

"黑灯瞎火的,有什么好看?明天吧,明天带你们去看,城里人就是觉得什么都新鲜,真搞不懂你们。"女主人取笑她。

我放开胸怀和他们对饮。其实我酒量相当大,只是平时喝得少,而且很有节制,这点恐怕连洪安儿也不知道。喝酒这玩意儿是要看对手的,比如现在我就喝得很顺畅,尽管只是很粗劣的米酒。愿意毫无保留地对着某些人喝酒,对我来说那是表示自己毫无芥蒂,对对方没有什么目的,也相信对方对自己没有什么目的,彼此不怕酒后吐出真言,露出自己的真面目来。

我说:"酒这东西看起来纯得像水,外表清凉柔和,喝起来像火,温暖刚烈,这就是酒的性情,不同的人有不同的酒品,就是对酒的理解不一样。"

"有学问,读过书的就是不一样。"男主人脸上的皱纹舒展开来,黑黝黝的泛出红光,像暗红色的玫瑰。

"全世界大大小小这么多个民族,好像都有自己的酒,就连太平洋群岛上的土著人也有,很神奇。如果说世界上还有什么东西是相通的,这也算是一样吧。"洪安儿的脸白里透红,这时候像粉红色的桃花。

"有学问,都有学问。"男主人举杯感叹,"好酒量,都好酒量。"

饭后我和洪安儿搬了木板长凳坐在他们家门前的空地上喝茶。夫妇俩本来建议我们如果无聊可以到镇里的电影院看一场电影。可是我不想为现在的心情换一个环境。看电影有看电影的乐趣,酒足饭饱之后身心的安稳也有它的乐趣。既然是安稳的乐趣,自然需要以安稳作为前提,否则顾此失彼。所以我现在就和洪安儿很安稳地坐着喝茶,一边仰望着寥廓的星空,陶醉在眼前这迷人的景色之中。

所谓"陶"是指心中悠然自得的一种快乐状态,陶渊明所谓"悠然见南山"是也;"醉"自然就是我们现在喝过米酒后的这种状态。我此时正是陶中有醉,醉中有陶。墨蓝色的天幕下繁星点点,银白色的月儿洁净得让人惊讶,原来月光可以这么明亮!我简直可以看得清楚远处的山峦在天边勾画出的轮廓,更不用说眼前的田野、树林和旁边小镇低矮的建筑物。更让人惊讶的是,眼前的景象推翻了"月朗星稀"这么一个习惯说法,月固然明朗,星却一点不稀,正相反,漫天的星星密密麻麻,光华璀璨。横亘在空中的一条星带证明天上确实有一条银河,这不是传说。云婆婆想必今晚有事没有出来,只在远处天边不小心遗留了一丝半缕的轻纱。耳边有不知道名字的小虫子在夜风中窃窃私语,似乎忘记了现在冬天已经来临。远处偶尔传来几声狗吠,更显出这夜晚的寂静。

"好美啊。"

洪安儿手捧着茶杯仰起头望着星空,她突然叹息了一下。月光在她脸上涂上一层柔和的银光,眉清目秀的俊美轮廓清晰可见。我甚至可以看到她明亮如秋水般的眼睛上微微颤动的眼睫毛。这一刻我突然有一种迷离的感觉,仿佛坠入了梦幻之中。不,我连做梦都没有见到过这样的景象。这情景好像是一种幻境,我的脚下好像腾起了云雾,整个人升在星光灿烂的太空中。我的意识也似乎飘浮了起来,越飘越高。我的身边是一位纯真美丽的仙女,她像一团迷雾,她是谁?我怎么会跟她在一起?

一觉睡到天蒙蒙亮,洪安儿已经爬起来洗漱。我说:"喂,这么早起来干什么?"她说:"我听到他们已经起来了。"我侧耳倾听,果然有一些细微的声响,但不知道是什么声音。我说:"你听力真这么好?"她说:"当然,我要去看看菜地,所以就起来了。"

我起身洗漱,洪安儿已经跑了出去。等我出了门,洪安儿一脸喜气地走过来对我说:"走,一起去,我已经跟他们说好了,去完菜地咱们再回来吃早餐,然后我们再去几公里外的一条瀑布,他们说那地方比旅行团去的好多了,不过路不是很好走。"

来到菜地自然又有洪安儿的许多节目,这丫头争着要挑水、浇菜。我也不免拿着锄头翻翻地,除除杂草。夫妇俩饶有兴致地看着我们,男主人说:"咱们倒像是一家人,明慧要在这里就好了。"女主人说:"又说傻话了。你们二位不像是亲兄妹吧?"洪安儿正在浇菜,闻言低头羞红了脸,嘴角边露出一丝浅笑。我讷讷地说:"这个……不是,她好像是天上掉下来的,被我不小心捡到了。"女主人笑笑说:"这种事我是过来人,没什么好害羞的,我看你们心地好,准成。"我说:"不是你们想的那样,我们……我们就像亲兄妹,我姓洪,她也姓洪。"男人憨笑说:"没关系的,我姓陈,孩子他妈也姓陈。"洪安儿这时候竟然很难得地一声不吭,低着头拿眼悄悄看了我一下,眼光里含着笑意。我突然浑身发热起来,张口结舌说不出话。女主人微笑着说:"你们骗不过我的。"

我和洪安儿吃过早餐,按照夫妇俩的指点,沿着山里的崎岖小径往前走。

洪安儿蹦蹦跳跳地走在前面,她回头问我:"你好像真的挺喜欢这个地方,我看你这两天很开心,是不是?"

我抬头望着蓝天白云,由衷地说:"是啊,这里山清水秀,人又淳朴善良,比待在城市里好多了。"

她停下脚步问我:"那你为什么要待在城市?"

是啊,我为什么要待在城市?这问题实在有点突然,而且被她顺理成章地问起,还真难回答。

我想了想说:"这问题我倒没有想过,好像很理所当然似的,你说我读了十几年书,不就是为了要待在一个大一些的城市,多

一点发展的空间吗?"

她说:"多一点发展的空间?这就是你的愿望吗?就像你希望有一份稳定的工作,也是为了多一点发展空间吗?"

我迟疑地说:"应该是吧?"

她柳眉一轩,说:"可是你为什么说更喜欢这个地方呢?你不是说比待在城市里好多了吗?"

这丫头以子之矛攻子之盾,这问题不好回答,我一时为之语塞。想了想我说:"可是,这地方待几天是可以的,要我长期待在这里,可能就不会这么喜欢了吧?"

"为什么?"她的眼神有点困惑。

我说:"为什么?难道要我读了十几年书,上完大学又回到农村?人有时候就这么奇怪,可能是因为人心不足,总有些畸零古怪的欲望吧?何况像他们夫妇俩,不是也希望自己的孩子能飞出山沟沟吗?也许我的父母也是这样想。"

"但我看他们其实挺希望自己的孩子能在自己身边,你没听那个大叔说明慧要在这里就好了。他们好像也不大清楚明慧在城里是怎么样的。"洪安儿不以为然。

我沉吟半晌说:"我也不大清楚,生活究竟为了什么,人们都在追寻些什么,以前也没有时间让我多想,这问题好像太沉重,咱们看风景吧。"

"现在想也一样啊,如果你愿意,我可以跟你一起来待在这里,我觉得你在这里会开心一点,这是我的直觉,那个咖啡店的老板不是也留在这里了吗?"洪安儿不依不饶。

我睁大了眼失声笑起来:"你开玩笑吧?我们才来了两天,不至于就跑到这里隐居吧?好像在逃避什么。我虽然不是很顺利,也还是想有一番作为的,我就不信在城市里干不出点什么来。"

洪安儿凝望着我,似乎要将我整个人看穿:"你这人很奇怪,所以我说看不懂你,你明明知道自己喜欢什么不喜欢什么,可是你的选择让我疑惑。"

"我想很多人都一样，又不是我一个。"我的声音干涩而且毫无气势。

"我觉得你和别人不一样，可是我还是看不懂你……不过……我还是尊重你的选择。"她似乎有点无奈。

"我们还是不要讨论这个问题吧，太复杂了，也许有一天我会来这里的，但不是现在。想想怎么样找到那条瀑布吧。"我承认洪安儿很有见地，在逻辑上我还真说不过她，有一刻我还真的有点心动，不过这是天方夜谭的事。符合逻辑的事并不等于符合现实。这丫头虽然聪明，毕竟涉世未深，率性而行哪有这么简单啊。何况所谓隐士，在古代也不过多是通往长安路的一条"终南捷径"，真像陶渊明这样的人，世上能有几个？更何况据鲁迅先生考证，陶渊明也是有不少仆人帮忙干活的。

再走一段，洪安儿说："就在前头，不远了。"

"你怎么知道的？这附近不像有什么瀑布，荒山野岭的。"我四处张望，四周幽谷深林，日光返影，树木摇曳，芳草萋萋，别无他物。

洪安儿笑道："我听到水声了。"

果然峰回路转，我们眼前出现了一条小溪，沿着山势蜿蜒曲折而下。走近一看，水声潺潺，水花跳跃，整条小溪清澈见底，溪里怪石嶙峋。

我突然童心大起，说："丫头，问你一个问题，什么布剪不断？"

"什么布剪不断？"这丫头狐疑地看我一眼，低头沉思。

嘿嘿，这丫头也有想不通的问题，让她想想吧。我得意洋洋，负手自顾欣赏风景。现在上山的小路就沿着小溪流下来的方向，我们正溯流而上。地势时而平缓，时而陡峭，风光各异。溪流在平缓处形成清澈幽深的水潭,在陡峭处激起层层白浪,散溅出珍珠般的水珠。这丫头还在苦思冥想。我若有所思,语重心长地说:"别想了,脑袋想得太多容易头疼,况且有些问题本身就没有什么意义,想明白了答案也没有用,不如不想。"我正得意于自己的一语双关,想略略弥补刚才在"喜欢和选择"逻辑上的尴尬,她突然脸上浮现出笑容说:"我知道了,是瀑布,对不对?"我愕然。

一路沿着溪流往上走,水声渐渐越来越响,脚下的小路只剩一条淡淡的路痕,山石陡峭。再转一个弯,只听前方轰然作响,眼前隐隐现出几块巨大的岩石。再走一阵,忽然水气扑面而来,眼前赫然出现数条流瀑,自几块巨大岩石中飞流直下,如白练从天而降,撞在底下巨大山石上,正如白银撒地,玉珠飞溅,水气弥漫,在阳光下熠熠生辉。流瀑之下,一泓巨大的泛着淡淡碧绿的潭水,翻翻滚滚,却分明清澈见底,自石崖上流向山涧,形成我们刚才看到的溪流。

"哇,太美了!"

洪安儿忘乎所以,返身张开双臂拥抱我,在我脸上亲了一口。看我有点不知所措,洪安儿兴奋地说:"你上次高兴的时候拥抱我,我现在也很高兴,所以拥抱你,不对吗?"我有点眩晕,这拥抱来得有点突然,我还不知道该怎么反应,她已经在欢呼雀跃,"我们到水里去。"她说着一边脱下脚上的球鞋。我刚说了句:"水太冷了,别闹。"洪安儿已经脱下袜子,卷起裤脚往水里探,一脚深一脚浅地往水流平缓处走去。"喂,小心,当心石头很滑。""哇,好凉快。"她走到潭水间一块凸出来的石头上坐下,用手轻轻拨了几下水面,一边笑吟吟地向我招手,"快来。"我只好也脱了鞋袜走下去,一阵沁凉冰冷的感觉电流般透过全身——现在正是冬天——似乎渗进了身体充满整个胸膛,耳边响起哗啦啦的水声。我忍不住打了个冷战,像要抖动掉满身灰尘;我感觉一阵冰冷的畅快，心里像有什么污垢在融化脱落。

上午的阳光透过树梢投下斑驳的光影，在水面上摇摇晃晃，仿佛水里有什么可爱的精灵在跳跃嬉戏。晶莹剔透的流水轻抚着我浸在水里的双脚，感觉如此温柔。我情不自禁用双手捧起溪水喝了一口，有一股甜丝丝的味道。我慨叹不已，说："都说现在没有一条河是干净的，我还以为一千公里之内见不到一条清澈的河流，没想到这地方还有这种一尘不染的流水。"

明媚的阳光照着洪安儿晶莹如玉的容颜，波动的水面映照着她晃动的身影。这一刻我凝望着她，有一点魂不守舍。可是她并没有留意到我的凝望，低着头用手轻轻梳理着微微荡漾的水面说："人为什么面对自然的山水会觉得如此亲近，会显得心旷神怡，会觉得这些山水就是美的？这样的感觉真好，像见到了久违的老朋友，但其实这个朋友又是你以前没有见过的。"

我收起略带迷惘的思绪，定了定神说："我们以前就是来自大自然，自然就是我们共同的故乡，也许我们的体内就有这样的潜意识，抹也抹不掉，只不过平时没有想起来罢了。"

下午我们回到小镇，在镇上悠闲地转悠。洪安儿买了一个绣花荷包，跟卖荷包的那个女人聊了半天。我买了一些茶叶，洪安儿又跟卖茶叶的聊了半天，还跟他学了几句本地话。晚上我们在农家里吃过饭，到小镇上看了一场电影。第二天一早离开了小镇，踏上了开往省城的火车。

这三天两夜的旅行无疑是我毕业后最开心的时光，因为这些山山水水，因为身边的洪安儿。回来后我还在回味。人的记忆就是有这个好处，可以将一些美好的情节像放电影一样重复播放，而且可以根据自己的需要做出删剪、编辑甚至加上一些想象，随时随地回味。然而回味归回味，新的日子已经开始，日子总是要过的。洪安儿也说她现在要开始找工作了,而且她真的每天早出晚归地在找工作了。

　　谢宝中回来了,带了石慧娟说要请我们和赵伟军、王强盛吃饭。谢宝中面有喜色,看样子他前段时间混得不错。果然吃饭的时候说升职了,工资涨到三千多,加上石慧娟两千多,可以过过小日子了,争取明年结婚。现在找了另外的房子,打算这几天搬出去。当然,这里的房租他会付到下个月。想到这位一起相处了差不多两年的老哥们儿就要散伙,我还真有点依依不舍。"天下没有不散的筵席,兄弟,以后常联系,好好对待小洪,不容易。"他语重心长地拍拍我的肩膀,看来他已经将我们看成是一对情侣了。

第六章 吃 醋

洪安儿瞪眼道:"我不是跟你介绍了吗?冒冒失失的,连我们HTR的老板是男是女都分不清楚,你做的哪门子销售经理?喝的是哪门子干醋?"

我终于进入新公司上班了。新公司总共只有十几号人，除了老板的总经理室和财务部的独立办公室，其他人暂时都挤在外面的办公大厅里。"销售部"就在公司办公大厅的一个角落里，用几块矮屏风隔开，算是相对独立。我的位子在这个角落的最后面，而且有一台不错的电脑。销售部的"地盘上"摆了八张办公桌，但目前只有四个人。老板说以后还会发展扩大，暂时就这样吧。看来我这个小经理不大好做，归我管的三个人中，谢志刚是老板的亲戚，邓树青是老板娘的远房亲戚，只有郑琼小姐是和我一起来的新手。而且我只是个"见习"的部门经理，在两位老员工的眼里恐怕不会有什么分量。

谢志刚三十多岁，完全不符合我"不要抱怨生活"的信条。他长着一张郁郁不得志的苦瓜脸，张大眼睛的时候额头上的皱纹像幼儿园小朋友在纸上涂鸦的水波纹，头发则像他们涂鸦的树冠。而且他总在"抱怨生活"，抱怨的内容大体跟他的工作没什么关系，表明工作对他来讲还不是什么头疼的事。"这浑小子总不让人省心，早上起来又跟他奶奶吵架了。"他冲着邓树青吐苦水，看来邓树青正是他的倾诉对象，"他奶奶也真是，孩子不会做作业教他不就完了吗？从昨晚就逼着他自己写，他妈妈看不过眼要自己来教，他奶奶还不让，非得让孩子自己做，吵吵闹闹了一晚上，连早上也不让人安心睡觉，一觉醒来又在吵。"邓树青出主意："让一个人来教就行了，奶奶教的时候嫂子最好就不要管了，否则小孩不知道听谁的好。"谢志刚说："我哪有这么好命？搞得里外不是人，老婆和老妈反倒都怨起我来。"邓树青安慰他："哪家没有一本难念的经？想开点吧。"谢志刚愤愤不平地说："学校也真够莫名其妙的，你说一年级的学生，谁会写两百字的日记？小孩子回家不是做作业就是看电视，你让他怎么写？写我今天做了什么作业看了什么电视吗？这不是难为家长，没事找事

第六章 吃醋

吗?"邓树青说:"还好我还是单身,看来单身也有单身的好处。"

邓树青大概二十七八岁,他在说最后这句话时用了颇为意味深长的语气。这句话的对象显然不是谢志刚,而是坐在他前面的郑琼,所以这一句话里头连用了三个"单身"突出重点。然而他的言行举止表示他并不愿意"单身",这时候他拿眼睛往郑琼小姐的背影瞄了又瞄,搭讪说:"大学生,刚出来工作的感觉怎么样?"这几天邓树青总是西装革履,头发梳得光亮,身上洒了浓浓的松香味的香水,不时对郑小姐关心有加。我正好对这种气味很敏感,原因是之前有一次有幸出了一次差,长途大巴上的厕所就是用了这种香水味的空气清新剂,而我很不幸就坐在厕所边的位子,香水和厕所的味道混杂在一起,让我一路头晕脑涨,欲吐不能。这味道印证了条件反射的科学理论,我这时候似乎又像坐在大巴厕所边那个位置上忍受胃里的翻腾。

郑小姐戴着一副黑框眼镜。现在的眼镜样式精致,纤细小巧,简直可以媲美项链和手镯之类的装饰品,正符合眼下男人们对女性的审美观,不像前几年的眼镜又宽又大又凸,两百米开外就可以看得见闪着的白光,像金鱼凸出的大眼睛。郑小姐皮肤白皙,长发披肩,语音轻柔清晰,穿了合体的职业套装,戴了眼镜更显出她斯文秀气的高雅气质,难怪邓树青要垂涎三尺,大献殷勤。可是郑小姐不为所动,她显然很明白这里谁是她的上司,尽管邓树青已经有意无意地告诉过她自己是老板娘的亲戚,然而以她的聪明,也判断得出既然邓树青是老板娘的什么亲戚,为何这么久还混不上一个部门经理,还要受一位新进来的年轻人领导。这时候她听了邓树青的话不卑不亢地回答:"我算什么大学生,洪经理才是响当当的正牌大学毕业的。"她拿了一份打印得工工整整的表格走到我面前很有礼貌地说:"洪经理,这是您要我整理的资料,您看看有什么问题,需不需要修改一下?"

我翻了翻表格说:"很好。各位,咱们现在到会议室开个小会,讨论一下下一步的工作计划，大概半个小时，请大家拿了笔记本和笔到会议室去。"

做上司的诀窍我还没有学到多少，不过也并不是一无所知。总之，除了压力大一点，要在业绩上对老板有所交代，其他的事情都比做下属来得容易。比如一个下属如果沉默寡言，或者坐在座位上发呆，那是行不通的。他自己也会觉得惴惴不安，需要躲避着别人的眼光，或者装模作样拿支笔在本子上记着什么。而做上司就不一样，你大可以半天不说一句话，等别人来揣摩你的心理。也许别人会认为你正运筹帷幄，觉得你深不可测。做上司要的就是这么一点深不可测。水至清则无鱼，不管有鱼没鱼，先搞浑浊了再说，别人就看不清你。人对未知的东西多少都有一些畏惧，这是人性的弱点，须好好利用。如果你居然有闲余时间去喝喝咖啡，钓钓鱼，跟客户打打麻将，那是更高的层次，我这时候自认还达不到。不过连洪安儿都说我沉默寡言，可见这点我不需要装出来，天生就是这样。所以谢志刚和邓树青虽然都是有关系的老员工，见我按兵不动，摸不清我的底细，也都不敢造次，除了说说工作之外的牢骚话，跟女同事调剂一下气氛，目前对我表面上还是挺恭敬的。

当然树立威信并不能单靠高深莫测，否则黔驴技穷之时，露出了真面目，那是要惹人笑话的。所以要点之二，是要取得老板的支持。这点与前一点相辅相成，相得益彰，做法却要截然相反。你对老板决不能沉默寡言做深沉状，让他觉得你比他还高深莫测，这是自找麻烦。你应该掏心掏肺，胸无城府，事无巨细，最好是早请示晚汇报。当然不能一味溜须拍马，那是自认没有能力的表现，国营单位可以，私人企业老板大多不吃这一套，除非企业已经上了轨道和规模，官僚主义已经盛行——我琢磨不出如此高深的道理，谢宝忠这么跟我探讨过的——你必须在要紧处有自己独特的见解，但要将这些见解融合在老板的言谈中，这样他

第六章 吃 醋

会认为这是他自己的见解,而你刚好理解而且愿意执行他的见解,这是需要相当高的技巧的。就比如一个人棋艺高超,要和上司下棋,赢棋固然不难,要杀得天昏地暗,老板过足了棋瘾,而你刚好输了一步,这就不是件容易的事。

我并没有如此的本事,只好勉力为之。为了这份目前四千块、两个月后也许是六千块的薪水,哪怕耗尽自己的精力和才智。晚上在家加班加点苦读营销和机械类书籍,早上向老板汇报我要做什么事,白天向两位老员工要以前的业务资料,找技术部的人了解产品性能,到财务部查找有关的报表,拟定业务流程,制订计划表。一边不停地收集资料,熟悉业务程序,一边下班前跑到总经理办公室汇报我今天做了什么事、我为什么要做这些事等等。

若干天下来,看样子郑总经理暂时还是认可我的工作。有一次他跑到我座位旁拍拍我的肩膀,总共拍了两下:"不错,就这么干,相信你们会出成绩的,起码要先把工作热情带动起来。"我有点受宠若惊,这比我跑十次总经理办公室强多了,这是我等待已久的机会。

我趁热打铁拿出一叠资料说:"谢谢郑总,我准备从明天开始分组拜访客户,我和郑琼一组,邓兄和谢兄一组。按照您的指示精神,这是我准备的客户资料,里面有联系人的地址、电话和主要负责人的资料等等。我们目前需要做到的是确认他们具体哪个人负责机械配件项目,目前用什么品牌的产品,大概的价格多少,他们有什么特殊的需求。这是我设计的客户档案表,我们每拜访一个客户回来之后都会填写这些内容,以后不断补充,这样,以后我们公司就会有越来越多详尽的客户档案——您觉得还有需要补充改进的内容吗?"

"就这么干吧,边实践,边改进,有什么困难跟我说。"郑总满意地点点头,又拍了拍我的肩膀走了。

我要的正是这句话,我要的正是这个机会。我这叫狐假虎威,我知道要让两位老员工心甘情愿地打电话约客户然后出去拜访那是一件难事，我一直没有把握。万一我开了口而他们找什么借口来个阳奉阴违，甚至不予理睬，事情就难办了，我这见习经理恐怕就很难当下去了，所以我一直按兵不动。这下可好，我是"遵照总经理的指示精神"，而总经理说"就这么干吧"，省下了许多麻烦不说，更可见郑总是站在我一边的，下面的工作好办多了。

郑总今年三十六岁，头发稀疏，脸色晦暗，眼眶下有发黑的眼袋，即便是在中午也常常闻到他隔夜的酒气，证明他交际广泛，夜生活相当丰富——夜夜笙歌的人大多如此。他来公司后的第一件事就是给供在总经理室的财神爷上香祷告。据老员工们说，郑总不仅对财神爷很虔诚，对各路神仙也都不敢怠慢，周围稍有名气的寺庙道观都曾沾了他不少光。而且各路神仙显然对他也相当眷顾垂青，给他的回报相当丰厚。这几年来，郑总称得上是顺风顺水，据他自己所言，前几年做的是塑料、钢材、废纸等进口生意，狠赚了一笔，因为他有门路搞到批文。这两年政策变了，该走正道做正当生意，所以转型做食品进口，成了一家瑞士奶粉企业的代理商。去年开始多元化经营，在原来的基础上增加了红酒和机械配件的项目。据他所说，他最看好机械配件项目，所以专门成立了这家机械设备公司，亲自在这里压阵，而将其他生意都交给夫人打理。看来谢宝中说得没错，他在某一个思想熠熠生辉的晚上对我说："你别看那些有钱人道貌岸然的，他们大多都有原罪。"

"要舍得花钱，没有行不通的路，没有打不通的关系，不就是钱吗？"这是郑总的口头禅。

自从郑总亲自过来拍了拍我的肩膀，果然三位同事对我刮目相看。下午我分派了任务，次日开始，各人分头行动，打电话，约客户，见面拜访，一切按照计划进行。

然而成绩才是硬道理。邓、谢二人手上有老客户的单，那

第六章 吃 醋

是老板前段时间留下来给他们的专用业务。我和郑琼却还在无头苍蝇似的奔忙。所谓财大气粗，反过来讲就是兜里没钱心里发慌。郑总虽然发话"要舍得花钱"，可是钱并不在我口袋里，总不能见了人就请吃饭，垫钱我是垫不起的，而且因为不好意思，还没来得及请示郑总请客报销的额度。所以虽然颇见了许多"潜在客户"，上班差不多两个月，"客户档案"建立了不少，饭还没请过一次，业务也没接下一单，看来黔驴技穷之时将至，我不禁暗暗着急起来。

洪安儿在我来到新公司后很快也找到了工作，说在一家公司当助理。我问她什么公司，什么人的助理，她说暂时保密，这丫头居然还对我保密！一开始她跟我一样，晚上在家以一目十行的速度草草翻看资料，有时候还跑到图书馆查书。过不了几天，回来得也晚了，有时候还一身酒气。问她干什么，说是应酬。"应酬？有什么好应酬的，刚上班就要应酬吗？"我觉得奇怪。"工作嘛，身不由己。"她这么回答。奇怪，这是什么话？"身不由己"的前一句就是"人在江湖"，这些话通常不是一个刚工作不久的女孩应该说的，似乎她已经变成一个老江湖。但她这么说，我有什么办法？

某一天下班之后，我正挤在回家的公共汽车上，手机响了，是一个陌生的号码。我接过一听，居然是洪安儿打来的，说晚上有应酬，晚点回家，晚饭你自理吧。"丫头，哪里来的手机？"我问她。"公司给我的，我还有事，晚上见。"这丫头匆匆挂了电话。公司给的？我一个部门经理也没有给我配手机，我只是将原来那部旧手机缴了费重新启用，她刚工作一个多月就配了手机？真是不可思议。

某一次，洪安儿回来的时候已经九点多，脸上红扑扑的，带着酒味，还混杂着香水的味道，身上穿一套时髦得体的浅咖啡色职业直筒裙套装,皮鞋也换成新的,头发烫成波浪形,整个一个高级白领的装扮,手里提着大包小包换下来的旧衣物。见我睁大了眼惊讶得合不拢嘴,洪安儿在原地转了一圈问我:"怎么样?漂亮吗?这样会不会成熟一点,不会像个毛丫头了?"我愣了半天,问这些是从哪里来的。"老板给的,说是工作需要,今天下午要见一个大客户,临时买给我的。"她眨了眨眼说。

我喊了起来:"工作需要?你越来越不可理解了。不对,我越来越看不懂你,你到底去了什么公司?你到底在做什么?真有这种公司吗?"

"真有,才刚刚开始呢。"洪安儿不无自豪地说。

晚上我又睁大了眼睛辗转反侧,想破了头也没有一个满意的答案。洪安儿既然说暂时保密,我不便再问什么,况且其实我刚才已经问了,她并没有回答。我不是一个喜欢探听别人隐私的人,但她就在我的身边,一个活生生的女孩。我除了有好奇心得不到满足的不顺畅感觉,更多的还是一种心理上的落差产生的失落感。这情形就像自己的一个自小亲密温顺、对你百般依赖无话不谈的孩子,当一切成为习惯,突然有一天她却有了自己的秘密,这时候显示出一种独立的姿态不愿意再让你走进她的内心世界。卧榻之侧岂容他人酣睡,可是洪安儿正有滋有味、心安理得地酣睡在我卧榻之侧,可见她并非"他人",我应该是她的亲人,但她为什么要对我保密呢?我为什么对她的变化很在意?她为什么有这样的变化?我喜欢她吧?我有多喜欢她?不止一点吧?她是不是喜欢我?有一点吧?不止一点吧?

事情好像有不可遏止的势头,而且发展的趋势总出乎我想象之外。

第二天早上,洪安儿照例一早起来为我准备早餐。还好,她似乎没有因为有了一份看起来很不错而我还不知道是什么样的

第六章 吃醋

工作而刻意改变什么。尽管我觉得心里有些不安,但她的神情很自然,这让我又踏实了一些。早餐之后她说要送我去上班,那也没有什么,两个人一起外出上班也是很顺便的事。

出了门,洪安儿径直领着我来到村口的停车场,说要给我一点惊喜。我心里正觉得奇怪,到停车场来干什么？她朝一辆停在那里的红色小汽车走去,从手袋里掏出遥控器按了一下,汽车门打开了。我呆立当地,晕头转向,揉了揉眼睛。没错,这里是村口的停车场,洪安儿正打开车门坐上驾驶员的座位,向我招手示意我坐上汽车。我讷讷地问是谁的汽车,她说是公司刚给她配的。我讷讷地问到底是什么公司,真有这么阔绰吗。她说是工作需要,暂时保密。

保密,保密！对了,保不保密有什么关系？我跟你有什么关系？手机、香水、新衣服、汽车,汽车之后是什么？不可想象。

她摇下车窗望着我等我上车,我一动不动。她说:"你是不是觉得有点奇怪,回头跟你解释,上车吧。"我向她挥挥手说:"你自己走吧,我待一会儿。"她说:"怎么啦,不是说好送你去上班吗？""我……"我解开衣领下的纽扣透气,突然整个人失去了气概,像气球泄了气,我说:"我突然想起要在附近办点事,你先走吧。"她不安地问:"你好像不大高兴？没什么事吧？"我说:"我挺好,有什么不高兴的,就是到附近办张电话卡,你先走吧。"她犹豫了一下说:"那好,你自己小心,晚上见。"接着开了车转入马路,不一会儿就消失在茫茫车流之中。

我脑子里一片混乱,想捋出个头绪,思维却像笨重的石磨没有力气去转动。她是什么人？管她是什么人。咦,她怎么会开车？管她怎么会开车……我迈着不由自主的机械步伐跟着人群,差点上错了公共汽车。我是不是喜欢她？她是不是喜欢我？这时候好像不适合思考这个问题吧？但偏偏这个时候,这样的思绪像在满天浓密的乌云中划出一道闪电,只有这道闪电是清晰可见的,奇怪了。

　　来到公司我还是静不下心来,心口像被什么堵着,喘气都好像不顺畅。邓树青等人见我脸色不善,都低着头拿一个本子写着什么。郑琼拿起电话不断地给客户打电话。我待了一会儿,想开个小会吧,动手准备开会的提纲,却不知道要说什么,满篇都是废话。才记起今天还没有到总经理室向老板请示。算了,没什么好请示的。我借口出去买点东西,在楼下的小卖部买了一包烟抽起来。

　　"也许我现在和她有了距离。"我望着眼前冉冉升起的烟雾不由自主地想刚才那道闪电问题,"正如本来混合在一起很稳定的物质并没有感觉到彼此粒子间的吸引力,一旦有了距离,变成了电子和离子,不就有吸引力了吗?闪电不就是这样产生的吗?"

　　我不知道自己为什么会去想这个古怪的物理问题,我在物理学上得到解释,可是心里并不肯就此罢休。沿街走了一圈,看了看时间,只不过消磨了十几分钟。总不能整个上午都在外面溜达吧,我只好悻悻然回到办公司。

　　郑琼一见我回来就对我说:"洪经理,刚才有您的电话,是HTR重工打来的,一个女的叫Angel,说让您有空过去一趟,有业务跟您谈谈。""HTR重工?打来找我的? Angel?"我很诧异,我并没有联系过HTR重工,而且也不认识里面什么人,怎么会有电话找我?

　　郑琼一脸油然而生的敬仰之色,说:"是的,洪经理,HTR可是大型工程设备企业,您跟他们联系了吗?真了不起。"我问她:"那个Angel有没有留电话,或者说其他的什么?"她说:"没有,只是说让您有空尽快过去,到国际大厦十九层找她。"

　　会是谁找我?找我有什么事呢?我百思不得其解。奇怪的事情太多了,光怪陆离,无迹可寻。反正在公司也没心情做什么事,干脆过去看个究竟,左右不会吃什么亏,见识一下大公司的

第六章 吃 醋

风范也是好的。我对郑琼说："准备一下名片和公司资料，你和我一起去吧。"

"我吗？好呀！"郑琼兴奋不已。

我们坐上公共汽车。我本来打算今天碰到郑总的时候厚着脸皮问他能不能预支一些业务应酬费，顺便问问餐费、车费、电话费等报销事项。我现在口袋里所剩无几，领的第一个月工资还了一些债务，买了一套体面一点的衣服，垫付了一些费用。第二个月的工资还没有领到，这时候已经又穷得叮当响了，可是我刚才居然忘了这件事。

一路狐疑不定。到站下了车，远远望见国际大厦高高耸立，果然气派非凡。人面对高大的建筑物往往有一种相形见绌的感觉，觉得自己很渺小，正如我有一次看见一个三千多块钱的钱包觉得兜里那点可怜的人民币没有资格住进这样的"精品豪宅"。这时候郑琼说："洪经理，我手心都出汗了，您还这么镇定，就是不一样啊。"我说："我其实也挺紧张，不要紧，见识一下也好。"我这么说其实是在为自己鼓气。大厦巍峨雄伟、堂哉皇哉，自动玻璃门擦得锃亮，大堂的大理石地板一尘不染，光洁得可以看得见人的倒影。到了十九楼刚出电梯门，长相端庄的前台小姐用甜美的微笑相迎，问我们找哪位，我说找 Angel，她问有没有预约，我大着胆子说她约我们来的。前台小姐笑吟吟地引我们到一间简约、典雅、宽敞的会议厅前，很优雅地做了一个请进的手势，让我们稍候片刻。又问是要茶还是咖啡，我说两杯红茶，然后坐在那里惴惴不安地等候。

门外响起高跟鞋有节奏的清脆的声音。我知道 Angel 要进来了，马上起身端立。郑琼也赶快站了起来。我整了整衣领，脸上尽量做出一个从容的笑容望着门口。可是我的笑容在霎时间凝住，来不及转化成惊讶或者别的什么表情，挺尴尬地停留在脸上。我看见洪安儿袅袅婷婷地走了进来，对我温柔一笑，很有风度地跟我握了一下手:"欢迎,洪先生,这位是……"她望了郑琼一眼,脸上的笑容也消失了一大半。

不用提我有多么的——即便多么高明的调酒师、调味大师也调不出我此时心里的那种味道吧。我哑口无言,愣愣地看着她,甚至忘了脸上的表情经历了怎么样一种变化。我也不知道脸上该有什么样的表情,更不知道该说些什么话。我一路上准备的许多说辞现在都成了名副其实的废话。这里是HTR重工,本来我应该赔着笑脸介绍我们的公司和产品,可是我现在笑不出来。我稀里糊涂,搞不清楚自己的角色。郑琼见我对她的话没什么反应,只好赶紧作了自我介绍,和洪安儿交换名片。

"哦,郑小姐,也是销售部的,今年多大了?你的眼镜……挺好看。"洪安儿犹豫地递出自己的名片,仔细地看着郑琼的名片,看来对她似乎不感兴趣,又似乎很感兴趣。

郑琼谦虚道:"谢谢,我今年刚毕业,跟着洪经理学习呢,请多多指教。"

洪安儿沉吟了一下:"跟着洪经理学习呀?你们经常在一起吗?"

"是的,洪经理很关心我,他是个好人,能力又强,又没有架子,能跟他一起工作是我的运气。"郑琼这时候不失时机地给我戴高帽。

"你是哪里人?"洪安儿脸上收敛了笑容。

"我是山东的。"

"哦,山东人啊,蛮漂亮的,有男朋友没有?"洪安儿淡淡地说。

"还没有,我想年轻人还是要以事业为重。"郑琼见洪安儿似乎脸色不豫,不知道自己说错了哪句话,这时候小心翼翼起来。

"你这想法很好,给你个建议,等你差不多坐到我这个位子,

第六章 吃 醋

再找男朋友吧。洪经理，是不是这样？"洪安儿似乎松了一口气，脸上又浮现出笑容，看了我一眼。

"是，我会记住您的鼓励，您这么年轻就坐到这样的位置，真让人羡慕，像我这样的人只怕一辈子也做不来,您是我的榜样。"郑琼看来对这位大客户崇敬有加，羡慕之情油然而生而且表露无遗，她根本不会想到洪安儿问她这些是出于什么样的目的，更听不出她的话里有一股酸酸的味道。

洪安儿没有理会郑琼的恭维，转头对我说："我以为你会一个人过来的。"

我深吸了一口气说："你要让我过来早上就可以跟我说，何必这么费事？而且你可以打我的手机。"

洪安儿微笑着说："可是我要让你公司的人知道，HTR重工的业务是主动找上你的。"

郑琼睁大了眼睛一脸迷惘，她怎么会弄得清楚这里面的来龙去脉呢？连我自己也稀里糊涂。不过洪安儿的言下之意是希望我一个人过来单独跟她谈，这个她还是清楚的。她惴惴不安地说："您是不是要和洪经理单独谈业务上的事，这个我不大懂，要不我先回去了？"

洪安儿不置可否，拿起咖啡杯送到嘴边，又意味深长地放下来，皱了皱眉头，盯着我和郑琼面前的两杯红茶。

郑琼脸色尴尬，起身站了起来。我说："郑琼，等一会儿，你不用先回去。"我望了洪安儿一眼冷静地说，"郑小姐和我是同一组的，安……Angel，有什么事请说吧。"

"你……"洪安儿有点局促不安，眼里似乎有很多话，望了郑琼一眼，很显然有这么一个外人在场她不能畅所欲言，犹豫了半天，她拿出手中的一份材料说，"洪先生，你们公司的产品我了解，这是我们公司所需要的产品目录，你们拿过去研究一下，如果没有问题，我们可以先签一年的合同。当然，出于对我们公司利益的考虑,我希望贵公司可以预先提供一部分产品供我们试用,你觉得怎么样?"

我忍不住问:"这些你可以决定吗?"

她笑了笑,凝视着我说:"我可以决定的,我做了这么多事就是为了……你不明白吗?"

我当然明白,她做了这么多事都是因为我,可是她怎么能做到在这么短的时间,就可以决定HTR的事务?

我艰难地说:"我明白,那么我们以后再讨论这个问题吧,你的资料我们先拿回去看看,下次再谈。"尽管我有很多疑问要问她,但现在显然不是合适的时机。

"可是……"她欲言又止,"你要和郑小姐一起回去了吗?"

我说:"是的,公司里还有一点事情要处理,那么我们先走了。"我尽量用平静的表情向洪安儿道了别。

走出国际大厦时郑琼对我说:"这位 Angel 小姐真的很神奇,年纪轻轻的,好像还没有我大,已经是HTR本市分部总经理助理,兼任决策部常务委员,真了不起,真想不到。"

我喟然叹气说:"是啊,真想不到。"

郑琼说:"洪经理,她好像对我们公司很感兴趣,可是我是不是说错什么话了?她见到我似乎有些不高兴。"

我说:"你没说错什么话,表现挺好的。"

她说:"可是我觉得她有什么话要跟您单独谈,您为什么不跟她谈下去?她不是说要签一年的合同吗?您的态度似乎有点那个……跟平时不大一样,嗯,这是不是您的策略?"

真是自作聪明,我苦笑说:"我能有什么策略?我会跟她谈的,有些事情我还需要梳理一下,咱们回公司再谈吧。"

我的思绪更加混乱,整个人好像堕入了迷雾中。她怎么能做到？怎么可能？一个初出茅庐的毛丫头，一跃而成为 HTR 本市决策部常务委员，凭什么？新衣服、手机、汽车、决策部常务委员……就凭她？即便她再聪明能干、拼搏勤奋也不可能，她背后一定有什么人在支撑她，这是显而易见的结论。难道她果真是什么公主、格格或者贵族子女？可是她为什么要跟着我这么一位穷人一起挨苦日子？对了，难不成是个超级聪明无所不能的女特工？像电影里的情节一样为了掩饰身份潜伏在我身边？可笑，潜伏在我身边干什么？我又不是掌握什么秘密的重要人物。看来似乎只有一种可能，我想不出其他的可能。尽管我很不愿意这么想，尽管这想法很卑鄙，可是，除非她是被 HTR 老板看上的人，除非她跟她的老板有不同寻常的关系——加班、喝酒、应酬、香水、新衣服、手机、汽车、决策委员——这不很正常吗？这世道这种事情还少吗？她不是很年轻漂亮吗？她不是常常吸引男人贪婪的目光吗？

　　妒火，我本来早已忘记的妒火，这时候在我胸中熊熊燃烧，像久已没人光顾的古董房子着了火，噼噼啪啪，蓬蓬勃勃，无法停歇。回到公司我无法冷静，到开水房喝了一大杯冷开水，可是有形的开水浇不灭无形的火焰。我跑到洗手间关了门吸烟，一边开解自己：关我什么事？她又不是我什么人。可是这样的开解有等于无，骗不了自己。我只好又想，也许自己想歪了，她不是很单纯吗？天真无邪像个纯真的孩子，怎么会干这种事？不可能！对了，她刚才不是对郑琼表示出显而易见的醋意吗？这不表明她很在意我、她很喜欢我吗？这样想着，心里似乎真的好受了些。然而这好受不到一分钟，"加班、喝酒、应酬、香水、新衣服、手机、汽车、决策委员……"又冒了出来，纷乱的念头像战乱时的兵马错将我的脑袋当成了战场，左冲右突，往来交战。

　　午后我一个人跑到外面吃便当，吃完后跑到附近的书店消磨时间，直到三点多，思绪总算平稳下来，我才回到公司。

当我悻悻然回到座位时，谢志刚和邓树青崇敬地向我点头微笑。郑琼很有礼貌地对我温柔一笑说："洪经理，刚才郑总来找过您，让您有空去总经理室一下。"我去了总经理室，门关着，郑总不知跑哪里去了。差不多五点，郑总亲自过来了，拍了拍我的肩膀，和颜悦色地说："听小郑说你今天去了 HTR，怎么样？是不是有点眉目？来来，到我办公室谈谈。"

我向他汇报上午的情况，刚开了个头，外面有人敲门。前台接待员小姐进来说："郑总，会议室来了客人，说是要见洪经理。"郑总说："让他等一会儿，我正有要紧事和洪经理商谈。"接待员说："来的是 HTR 的 Angel 小姐，说上午洪经理刚去过她公司，她现在过来回访。"

"HTR？哎呀，马上到，马上到。"郑总如闻圣谕，急匆匆从大班椅靠背上提起西装外套穿在身上，大踏步向门口走去，突然又停住脚步，"小洪，你先去招呼一下，我安排一下晚上的酒席包厢，还有，整理一下思路，马上来。"

我来到会议室。此会议室非彼会议室，和 HTR 的相比简直小巫见大巫。见了面洪安儿马上说："今天你过来咱们没谈清楚，我想了半天，有很多话要跟你说，就自己过来了，待会儿下班一起回去吧，我等你下班。"我说："你不用搞得这么麻烦，晚上我们不是在一起吗？有什么话晚上说，还在乎这一点时间吗？"

她说："我本来想给你一个惊喜，可是你好像不大高兴，我放心不下。"

我言不由衷："我挺惊喜的，没有不高兴。"

她半信半疑地说："是吗？那就好，合同的事跟你们老板谈了吗？我希望可以帮到你。"

我说："谢谢你，刚刚跟他在谈这事，你就过来了。"

她说："会不会打扰你？"

第六章 吃 醋

我说:"不会,我们老板听说你过来,高兴得不得了,他马上就过来见你。"

她忙说:"可是我只想见你,我现在不想……"

"哎哟,Angel 小姐,让您久等了,"郑总学了红楼梦里王熙凤的风范,人未到,声先到,一阵风般走进来,"大驾光临,真是蓬荜生辉啊。"

我只好站起来为他们介绍:"这位是郑总经理,这位是HTR 决策部的 Angel 小姐。"

"没想到,没想到,Angel 小姐真是年轻有为啊。"郑总满脸堆笑,紧握着洪安儿的手恨不得不放,这让我心里很不舒服,可是我能说什么?洪安儿抽出手微笑着说:"多多指教。唐突得很,我今天来没有什么目的,只是过来……随便看看,郑总您要是有事,尽管去忙。"

郑总忙说:"不忙,不忙,再说了,再忙也要陪陪您,您能过来是我的荣幸,照理应该是我先去拜访您的,礼数不周,礼数不周,请坐,请坐。"忙着递名片与洪安儿交换,拿了她的名片细细地鉴赏。

洪安儿看了我一眼,掩饰住脸上的失望:"我跟洪经理以前是认识的,所以过来看看他。"她似乎还想试图提示郑总不要在这里凑热闹,她只是想单独跟我谈谈然后跟我一起回家,可是这里是人家的地盘,而且郑总并没有这么聪明,哪里能领会到她的意思。

"哦,认识,这样最好,认识好,大家是自己人,自己人。"郑总兴冲冲地说,"Angel 小姐,请移大驾,参观一下我们公司,当然了,我们公司起步不久,小得很,不入法眼,不入法眼。"郑总常和各路神仙打交道,这时候将洪安儿敬若天神,自然要用"法眼"一词抬高她,只不过百密一疏,错将"恭移法驾"说成"请移大驾"。

洪安儿望了我一眼，无可奈何，只好跟着他在公司里转了一圈。我当然也只好陪着。视察完毕，郑总恭敬地说："Angel小姐，能不能赏脸一起吃个饭？我已经在'腾云阁'订了包厢，那里的菜色还算地道，不知道合不合您的口味？"洪安儿迟疑道："吃饭就不用了吧，除非……洪经理，你说呢？"郑总察言观色，马上说："当然，小……这个洪经理也一起去的，就咱们自己人，没有外人，咱们朋友叙叙旧，不谈生意，洪经理，你说是不是？"郑总平时见面称我"小洪"，这时候居然改成"洪经理"，我还能说什么？当然只好勉为其难，邀请洪安儿共赴"腾云阁"。

这顿丰盛的晚宴吃了两个多小时，郑总极尽热情，对洪安儿毕恭毕敬，并且充分歌颂了美好的友谊。"这是洪经理工作做得好，我们是合作关系，不用这么客气。"席间洪安儿这么说。"对，对，高论。我们是朋友关系，紧密合作关系。"郑总喜笑颜开。我不禁想起那个优雅女人一加一等于三的问题，差一点忍不住问起他们来。

"你觉得你还有必要住在这里吗？"饭后坐上洪安儿的红色轿车回到家之后我直截了当地问她。

"什么？我当然还住在这里……你是不是想搬家？搬到哪里？那倒是个好主意。"洪安儿喜滋滋地问。

"你现在是HTR的决策部高级职员、总经理助理，还跟我住在一起，这不大合适吧？"我说，心里嘀咕着，她不会不明白我的意思吧？

"这有什么关系？我当然还跟你一起。不过搬家倒是个好主意，我们现在有钱了，也应该换一个好一点的地方。"她似乎满不在乎。

"我们？你老板不会有意见吗？"我只好打开天窗说亮话。

"我老板怎么会有意见？我老板对我挺好的，真的挺不错，

第六章　吃　醋

嘿嘿,那是她有眼光。"洪安儿洋洋得意,那笑声简直有点轻狂。

"这个我知道,是对你挺好,好得不正常吧?你们的关系很亲密是吗?"我尽量控制着自己的情绪。

"嗯,怎么说,好像是对我挺亲密的,不正常吗?我觉得挺正常。"她若无其事。

"他知道你跟我住一起吗?"我艰难地问。

"不知道,这是私事,干吗要告诉别人?"她一边说一边拿热水瓶倒开水,似乎我跟她谈论的话题正像她手上这杯平淡无味的开水。

我压抑着不断冒出来的火气说:"我越来越看不懂你,别人这样对你,你……你觉得这样正常?"

她放下杯子说:"有什么不正常?我得到这些是付出代价的,这是我应得的。最重要的,我觉得这样可以帮到你,你……你怎么这样看着我?好像要把我吃掉似的,你不高兴吗?"

我冲口而出:"我能高兴得起来吗?你知道你在干什么吗?你把我当成什么人了?你不要廉耻,我还要呢!"

"你说什么呀?什么廉耻不廉耻?"她惊讶地盯着我,目不转睛,突然蹙起了眉头,"哦,你……你混账!你怎么能这样想?你是不是这样想?不是的……你真的这样想吗?"她今晚并没有喝多少酒,可是此刻涨红了脸,喘着粗气,胸脯一起一伏。

我马上意识到自己的话太过分了,在我的印象中她似乎还没有对我发过火,如果事情不是我想的那样,岂不糟糕?不对,如果事情不是我想的这样,岂不再好不过?不对,可是……

我讷讷地说:"对不起,安儿,我是不是想错了?我想错了,是吧?"

洪安儿面无表情,愣愣地看了我好一会儿,突然跳了起来挥舞着手臂:"混账!你想得没错,一点没错,我不知廉耻,我跟别人有一腿,我死皮赖脸赖在这里不走,我痴心妄想,我没有资格待在这里，我走，马上就走！"说完气呼呼地转身大踏步往门口走去。

我赶紧去拉她的手，被她重重一把甩开。我在她后面喊："安儿，你去哪里？这么晚了……"一边追到房门口，"砰"一声响，门关上了。我匆匆开了门追出去，洪安儿一声不吭，低着头气鼓鼓地往村口的方向走，我尾随着她说："是我错了，对不起。外面这么冷，跟我回去吧！"她不理不睬，一路走到停车场，上了车关上车门。我喊道："安儿，你要去哪里？至少也要跟我说一声，我担心你。"她沉着脸发动了汽车，开出停车场扬长而去，我对着正在远去的汽车狂喊："洪安儿，回来，我喜欢你！"

我的担心是实实在在的，不仅担心她一个人不知道会不会出什么意外，而且担心她一去不返；我的懊悔也是实实在在的，不管出于什么原因，我确实深深地伤害了她。为什么我能深深地伤害她？这一点我很清楚，只是因为她深深地依恋着我，不管出于什么原因，她所做的事情都是为了我。我怅然若失，棒打不走的小狗现在也要离我而去了。

我沿着她汽车开出去的方向象征性地走了大约五公里又往回折，在一座大城市里步行寻找一个开着车的女孩简直就是大海捞针。黑夜里的冷风吹得两旁的树叶沙沙作响，却吹不散我纷乱的思绪。经过上次和洪安儿来过的酒吧，我忍不住转了进去。酒吧里依然灯光闪烁不定，红男绿女，觥筹交错，吵闹喧嚣，卖酒女郎来回穿梭，只是不见了那个傻得可爱的农村女孩，连赌酒的那帮人也不见了。我想喝上一杯，可是摸了摸口袋，一个子儿也没有，刚才太匆忙出门忘了带钱，我只好灰溜溜地走了出来。

"安儿，我收回我的话。"我对着冷冷的夜风说。可是我知道说出去的话像泼出去的水一样收不回来，不对，泼出去的水也许还能残留下一堆水渍，说出去的话已经消失在空气中。我长叹了一口气，这口气也一样迅速消失在茫茫的夜里，不留下半点

第六章 吃醋

痕迹。也许她真的没做什么，可是，怎么解释她的平步青云呢？这城市真是一个大染缸啊，纯洁如洪安儿者也要受它的污染。可是，我还是喜欢她，不是吗？我一直就喜欢她，即便她做了什么，不管她做了什么。如果我事业成功，是个有钱人，她还会这样吗？我有什么理由对她指手画脚？我眼睁睁看着她堕落，我是个懦夫，保护不了自己喜欢的女孩，甚至一直连对她表达自己的爱意的勇气也没有！

信不信由你，自从我认识了洪安儿，生活总像戏剧般神奇。这不，正当我垂头丧气在马路的人行道走着时，我看到对面停着洪安儿那辆红色的汽车，大海捞针的小概率事件又让我碰上了。顾不上来来往往的车辆，我一躲一闪地穿过马路，来到一家小酒馆门前。不用说，洪安儿一定在里面喝闷酒。我赶紧走了进去，门口一个女服务员笑容可掬：“欢迎光临，请问是一个人吗？”我说我找人，目光往酒馆里四处张望。我果然看到了洪安儿，她正独自斟了一杯酒仰头往嘴里灌，我赶紧走了过去坐在她对面。

"嘿，小子，是你啊？你还能找到我？找我干吗？"她将酒杯往桌上重重一顿，像古代公堂上审判官的惊堂木，震得桌上的菜碟子跳了起来，同时引来了周围不少惊讶的目光。

看样子她已经喝了不少，脸色红润，目光迷离，可是脸上有擦拭过的泪痕，看来刚才是和着泪水下酒。一个女孩独自在深夜里流泪买醉，这个样子多少有一种风尘感，我不禁一阵心疼："我的话很过分，是我错了，对不起，你忘了它吧。"我知道收不回来，所以要求她忘掉。

她又独自倒了一杯酒，摇晃着脑袋，嘿嘿一笑说："可是我的记忆力很好，何况有些话是不能忘的。"一缕秀发斜披在她酡红的脸颊上，但她没有去梳理。

"你喝太多了，明天还要上班，跟我回去吧。"我看见桌子底下有两个空酒瓶，桌上还摆了半瓶没喝完的，她喝的是韩国烧酒。

"你跟着我干什么？干吗要我回去？我不是不知廉耻吗？你不怕我丢你的脸吗？"她突然又伤心起来，眼光里扑闪着泪花。

我小心翼翼地说："咱们回去再谈好吗？"

她斜睨我一眼，嗤之以鼻："干吗跟你回去？你是我什么人？"

我的鼻子有点酸酸的，无言以对，是啊，我是她什么人？

她又拍了一下"惊堂木"，愠怒道："怎么不说话了？喝酒！不喝酒你就马上回去。给我一支烟，听见没有？"

我唯唯诺诺，她发号施令让我喝酒，看样子还有回旋余地。我赶紧把椅子移到她身边，倒了一杯酒喝下去，在口袋里摸了摸，可是我没带烟，只好让服务员去拿。洪安儿要她加两瓶酒，我只好不吱一声。洪安儿点了烟，冲我的脸吐烟雾，我也唯有忍受。洪安儿要我倒酒，我只好为她倒酒。洪安儿说："不行，你要先喝，先自罚三杯。"我只好自罚三杯，再陪着她喝。

沉默了一会儿我说："安儿，你为我做了很多事，这我知道，不过，我不愿意你再去做一些你不愿意做的事情，你明白吗？"我尽量诚恳地说。

"可是我愿意做，不行吗？"她吐着烟圈，满不在乎地说。

"我这是为你好。"我推心置腹。

她横了我一眼，终于笑了一下："你为我好？你对我有多好？有没有对香梅好？"

我踌躇着说："这个……咱们先不谈这事好吗？跟我回去吧。"

"真的这么想让我回去吗？别到时候又要赶我走。"她口气松动了下来，让我眼前现出一丝曙光。不管怎么样，先将她带回去再说，我赶紧说："不会的，如果你觉得合适，可是……"

第六章 吃 醋

"可是你还在怀疑我？"她又冲我脸上喷烟雾，一副玩世不恭的模样。

"我不是怀疑你，只是……我不愿意你再去做一些你不愿意做的事情，我是为你好。"我兜了半天又在重复刚才的话，简直语无伦次。

她哼了一声问："身上带钱了没有？"

"没有。安儿，咱们回家再谈吧。"我想趁热打铁。

"酒还没喝完，喝完再说，你真是麻烦，麻烦透顶了——干杯。"她转动着眼珠，不知道在想什么。

转眼间两瓶韩国烧酒差不多喝完了，她对我眨了眨眼，微微扬头说："你先出去，在汽车旁等我。"我心中一凛，说："干吗我先出去？不是一起回去吗？"她冲我喊："听见没有，再啰唆就不跟你回去了，你不知道吃饭要付钱吗？你出去，我结完账出来。"

我犹豫片刻，只好悻悻然到外面等她。一分钟后，洪安儿以差不多百米冲刺的速度跑了出来，按下手中的遥控器："快上车，快上车，他们要追出来了。"我稀里糊涂，她已经开了车门将我推了进去，自己钻进驾驶室，发动汽车猛踩油门，一溜烟转入了马路。两个服务员急匆匆从门口奔出，挥着手气急败坏地嚷着什么。我惊讶地问："怎么啦？他们追你干吗？"她笑嘻嘻地说："你不知道吃饭喝酒是要给钱的吗？我没带钱，你带了没有？"我搔了搔头说："我忘带了，可是，这样不大好吧。"她狠狠地说："就你是个好人，把我想得这么坏，我就是要坏给你看。"

一夜无话。我想跟她说点什么，但看来她的气还没有完全消掉，回到家怏怏不乐，洗了澡一声不吭钻进被窝，只留给我一个背影。

第二天早上她跟我说："下午到我公司一趟，我让你见识一下我的老板。"我有点意想不到,头皮发麻。我干咽了一下口水说:"好像不合适吧?我见他干什么?"她白了我一眼说:"迟早总是要见的,你害怕她吃了你不成?这点胆量也没有吗?"

我受了刺激,愤愤说:"我怕他什么?不就是有权有势吗?还能把我怎么样?下午几点?"

洪安儿脸上似嗔非嗔,似笑非笑,说:"随便你,下午我们都在公司,来不来也随你便。我先走了,早餐在锅里,你自己吃吧。"瞪了我一眼,拎了包自顾出门走了。

上午我到总经理室询问报销事项,郑总很豪爽地让我到财务部预支五千块业务费用,还笑眯眯地拍我的肩膀:"不够的话,尽管向我要,要舍得花钱。"

下午我在公司坐立不安。见鬼,要去见她老板!这位假想之中的情敌是什么样的?我一无所知。可是毫无疑问,我除了年轻气盛一点,什么都处在绝对的劣势,况且还要到别人的地盘上去。这是一场年轻的羊和老狼的对决,而且羊必须到狼窝里去对决。我为自己鼓了半天气。既然答应了她,那就义无反顾吧,不是说迟早总是要见的吗?对了,我年轻,要拿出年轻人的气势来,风萧萧兮易水寒,壮士一去兮未必不复还。

我雄赳赳挺直了身板来到堂哉皇哉的国际大厦 HTR 十九层会客厅。洪安儿居然和颜悦色地跑过来端了一杯咖啡给我。我说我要喝红茶,她说她喝咖啡所以我也只能喝咖啡。真不知道这是什么待客之道。对了,我想起来了,上次和郑琼过来的时候洪安儿曾意味深长地盯着我们的两杯红茶。我无暇多想,问她老板在哪里,我要马上去见他。她说这会儿有客人在她办公室,安心等一会儿吧。然后就笑嘻嘻地看着我。

我的勇气像西餐厅里装铁板牛扒的那一块铁板,这会儿还热乎乎的,可是担心再过一会儿就会慢慢冷却下来。所以我憋着

第六章 吃 醋

气，无心跟洪安儿说什么，虽然她这会儿正对我很温柔地笑。过了一会儿，外面传来一阵脚步声，一个略显沙哑的女声在门口说："Angel，日本客人要走了，说过来和你道一声别，你出来一下，送送他们。"洪安儿向我做了一下手势走了出去。不一会儿，外面传来了叽里咕噜的日本话。

我从来没有想象过日本话会让我如此惊讶和震撼。我的意思不是说日本话很了不起，而是因为这些日本话有很多是洪安儿在说的。没错，她不仅在和日本人说日本话，而且说得无比顺畅，抑扬顿挫，而且不时给那个沙哑女声充当翻译，因为那个沙哑女声只会和日本人说英语。

我独自坐在会客厅里发愣，忘了要憋住气积蓄和保留勇气，直到我听到他们相互间在说"撒哟娜拉"和拜拜。

这时候洪安儿陪着一位五十岁上下的女士走了进来，显然就是那个略显沙哑的女声的主人。这位女士面带慈祥，气质高雅，端庄大方，一进门就对我微笑点头。我这时候已经忘了此行的目的，不由自主站起身挤出笑脸相迎。洪安儿笑吟吟地介绍："这位是我们张总经理，我的老板，这位是某机械设备公司销售部洪经理，我们现在正在谈一个配件合同。"我赶紧递过名片说："多多指教。"她跟我轻轻握了握手说："你们谈就可以了，Angel，你自己决定吧，这样，产品样品什么时候送过来试用，你回头跟我说一下就可以了。小洪，你先坐，我还有点事，不陪你们了。"说完点点头款款走了出去。

我恍恍惚惚，终于想起来此行的目的，我说："安儿，你不是要让我……她就是你的老板？你的老板是个女的？"

洪安儿瞪眼道："我不是跟你介绍了吗？冒冒失失的，连我们HTR的老板是男是女都分不清楚，你做的哪门子销售经理？喝的是哪门子干醋？"

我简直无地自容，会客厅的地板上整洁光亮，显然没有地缝可钻。

"可是……"我的声音在喉咙里打了个结,转不出来。

"可是什么?可是你还是不相信我?你还会觉得我和老板有不正常的关系吗?我和她有一腿是不是?"洪安儿脸上似笑非笑。

我羞愧难当,歉然道:"你别取笑我了,安儿,对不起,实在对不起,是我想歪了,我该死。"

洪安儿面带薄怒,轻嗔道:"你为什么把人都看得这么坏,这么不堪?你对人这么没信心吗?还是对自己没有信心?"

我怔怔地说:"我是对自己没有信心。可是你怎么会讲日语?看来连英语也很精通啊,还会给别人翻译……"

她嘿嘿一笑,得意地说:"我不单单会讲日语和英语,德语、法语、西班牙语、阿拉伯语、俄语,这么跟你说吧,世界上主要的语言我都会一点,这是我能进这家公司的原因之一。当然,我还会其他东西,比如说,经济学、金融学、管理学、法学、哲学,还有自然科学什么的,我这么说你明白了吗?"

我如在梦中,一头雾水。我说:"你不说我还有点明白,你一说我更不明白了。你是科技大学少年班毕业的,而且是其中出类拔萃的顶尖天才人物吧?否则真是不可思议。"

她嘴角边露出一丝笑容,说:"你可以这么想,就像你之前猜想我是个什么格格呀、公主呀或者贵族一样。我不是告诉过你了吗?"

我讷讷地说:"你什么时候学会开车的?我好像记得你连身份证都没有,你有驾驶证吗?"

她微微一笑说:"是啊,没有就不会想办法吗?我自然有自己的办法。如果你明明会开车,不能仅仅因为没有驾驶证就不开车了吧?正如你明明是个人,不能因为没有身份证就不把自己当人了吧?为什么要拿这些束缚自己?如果有什么东西在束缚着

第六章 吃 醋

你,是不是该自己想办法解决?我自然有自己的办法。当然,我基本上还是个好人,这点你不会怀疑吧?我做的事情基本上不会危害其他人,除非有些人危害到我或者危害到我的原则。"

我追问:"你的原则是什么?"

她笑笑说:"以后再告诉你。"

我的脑海涌出无数疑窦,我试探地说:"我曾经怀疑你是一个无所不能的女特工,看来我的怀疑还是有根据的。"

她粲然一笑:"女特工?看来你的想象力挺丰富,我缺乏的就是这个,要向你学习。"

我只好苦笑:"向我学习?开玩笑吧?"

她说:"不谈这些了,我待会儿还有点事,你要不要等我下班?"

看来她还是不愿意告诉我什么,我只好说:"不了,我先回公司吧。"

她说:"那好,晚上回家等我,一起吃饭。前些天这里有一个大型博览会,各路宾客汇集,忙得不可开交,现在终于结束了,总算可以喘一口气。"

第七章　公主与王子

我无话可说,只有将她紧紧抱在怀里。

"原来真有这种童话一般的感觉,我很幸福,我现在真的像一位公主一样。"洪安儿踮起脚尖吻我。

奇怪的是，一回到家里，日子一如往常。只要回到这个简陋的窝我的心里就能平静下来，这是一种惯性吧，这绝对是一件好事。洪安儿下班买了菜回来下厨做饭，吃完饭洗碗打扫，俨然一位温顺乖巧的家庭主妇，似乎什么事也没有发生过，而且脸上喜滋滋地含羞带笑，心里像藏着什么喜事。我忍不住问她："你笑什么？好像心情挺好的。"她低头红着脸说："当然心情很好，你不知道吗？傻瓜。"

我当然知道，她心情好的理由有一大串，只不知道她现在是为了哪桩。我当然心情也不错。昨天白天我还在炉火中烧，昨天晚上我还在担心洪安儿一去不复返，今天大半天我还在想着怎么对付一个假想中强大无比饿狼般的情敌。现在这一切烦恼都已经烟消云散，现在她正对我笑语盈盈，这一切如在梦中，我除了暗自窃喜还能做什么？

"走，咱们出去逛逛。"吃完饭洪安儿兴致勃勃，她到房间里换了一套便装，催着我出门。

我踏着轻快的脚步跟洪安儿在外面闲逛。尽管心中依然有许多疑惑，但这又不是现在才有的事，我已经差不多习惯了各种各样千奇百怪、匪夷所思的遭遇。管他呢，这样的生活不正是我梦寐以求的吗？至于它怎么会发生在我身上，上天知道，洪安儿可能也知道吧？何必多想。

"羊肉串！"街边一个小摊炭火烧得正旺，羊肉串正滋滋地冒着油。洪安儿放亮了眼光垂涎欲滴，拉着我的手上前要了几串，就着炭火旁大快朵颐。我的眼前浮现出一个脏兮兮的农村女孩的形象，真是今时不同往日，丑小鸭此刻已经蜕变成美丽的白天鹅。一对小情人走过来也要了几串，在一旁窃窃私语，情意绵绵。女孩拿了手上的羊肉串喂男孩吃。洪安儿看了他们一眼，也拿了羊肉串伸到我嘴边。我失声一笑说："你这习惯倒是没怎么改变。"她说:"当然,我本来就不会有什么改变。"

我们在街边的人行道漫无目的地走着。寒潮来了,夜里的风比昨晚还要凛冽,摇曳的树枝在风中嘎嘎作响。可是我的心情和昨晚完全是两个样。我身边是喜气洋洋东张西望的洪安儿,我喜欢她现在的样子。夜风卷起她微卷的秀发,昏黄的街灯在她脸上勾勒出柔和的曲线,她微微皱着冻得有点发红的鼻子,扬起头望了望天空,突然扑哧一笑。

"笑什么?"我停住脚步问她。

"笑你生气的样子,真让人受不了,不过这时候想起来挺可爱,嘻嘻,不害羞。"她用手指刮脸,做了个顽皮的表情嘲弄我。

"喂,我生气的时候什么样子?"我有点不好意思。

"好像真要把我吞进肚子里似的,气急败坏的,眼睛瞪得像斗牛场里的公牛。"洪安儿面带薄怒,只是眼角含着笑意。

我摇了摇头说:"真有这么丑恶吗?"

洪安儿把脸凑了过来,戏谑说:"你当时肯定是在想,一只小狐狸精,一头老色狼……"

"别说了,不是这样的。"我求饶似的看着她。

她斜睨我一眼:"那你怎么想?"

"我……"我无言以对。

她忍俊不禁说:"算了,开两句玩笑,急成这样。我是说你的样子很可爱。"

我自嘲:"都成红眼公牛了,还很可爱?"

天上一轮弯月挂在马路对面的高楼上方。一阵凛冽的寒风带着散乱的枯叶掠过,洪安儿微微抖动了一下身子,拉了拉衣襟,向我身边靠了靠。

"安儿,冷吗?"我想伸过手搂她,可是犹豫了一下缩回了手。

"有点。"她又往我身边靠近,我闻到她身上一股淡淡的幽香,在夜风中若有若无,心里头升起一股暖意。

又一阵寒风吹过,洪安儿半闭了眼,搓了搓手,捂着鼻子。

我还是伸手搂过她的腰:"你生气的样子也很可爱,不仅是生气,不生气的样子也很可爱,我……"我有点心猿意马。

"你生气的样子虽然可爱,可是我更愿意看到你开心的样子。"她转过身看着我,把我上衣的拉链拉上去,又帮我整了整衣领。她的一缕秀发拂过我脸上,她用手把头发往后捋了捋,晶莹如玉的脸离我这么近,我可以看到她微红的鼻尖和她口中呵出的薄薄的白气,她的眼睛柔情似水。

"我现在很开心,真的。"我也帮她整了整衣领,用手指轻轻刮了一下她的鼻子。

她凝望着我说:"这几天还经常带那个郑琼出去见客户吗?那个郑琼挺文雅,挺漂亮,是不是?我看你对她挺关心的。"

我心不在焉地说:"我挺关心她吗?那只是工作关系。"

她轻声说:"那个郑琼她……也这么想吗?"

"咱们不要说她了,老提她干吗?"我看着她眼波流动的双眸,心里迷迷糊糊起来。

"不提她了。"她温柔一笑,妩媚地说,"你真这么在意我吗?如果我真的这样做了……如果我真的离开你,你会怎么样?"

我用两根手指拦住她的嘴不让她说出下面的话,如果她真的离开我……我的心怦怦乱跳起来。

她抿嘴一笑,双瞳剪水,柔声说:"开玩笑的,我不会离开你,我才没有那个香梅那么傻,说实在的,你还想香梅吗?香梅她……"

我突然情不自禁,一把抱住她,将她紧紧搂住怀里,狠狠地吻住她的嘴唇。

火苗在胸臆间蹿起,不可抑止。洪安儿似乎犹豫了一下,

第七章 公主与王子

用手轻轻一推,我用力将她抱紧,她嘤咛了一声,整个人瘫软在我怀里,半闭着迷离的眼。我继续吻她,她方才被风吹得冰冷的嘴唇渐渐变得温润,有一种甜丝丝的味道在嘴角溢出。

我久久地吻着她不放。洪安儿喘着气,双手环抱我的后背,将温软的胸脯紧紧贴在我身上,一起一伏。慢慢地,她的身体微微颤动,鼻尖的气息渐渐深重,呼啦啦在我耳边响起,正像寒风吹过烈火的声音,一阵阵将我缠绕包围,充斥了整个夜空。我的世界只剩这一片冰与火的交战。

缠缠绵绵。不知道过了多久,洪安儿涨红了脸,在昏黄的灯光映照下像一朵寒风中盛开的腊梅。她嚷道:"你这人坏死了……"我用嘴唇堵住她的嘴,继续吻她。良久,她媚眼如丝,双颊绯红,有气无力地说:"我快乐得要死了……"我说:"你不能死,你死了我怎么办?"她张开眼睛凝视着我,羞涩地说:"我一开始就喜欢你,只是有点看不懂你,怕把事情弄糟了,所以一直不敢轻举妄动。"

我说:"这句话好像应该由我来说。"

她努嘴轻嗔:"你这人老是一本正经的,害我老担心。"

我歉然说:"我一直没有信心,安儿,对不起,是我的问题。"

她轻轻摇晃着我的肩膀,把头埋在我怀里,柔声说:"不是的,这是我的问题,我一直也很犹豫,我把握不定,觉得你是个挺复杂的人,不知道怎么样才能让你真正快乐起来。喜欢一个人对我来说很不容易,对我来说很重要,我怕搞砸了,吓跑你,其实是我自己没有信心,直到昨天晚上你说你喜欢我。"

我惊奇地问:"昨天晚上?"

她抬起头说:"是啊,你不是冲着我喊你喜欢我吗?"

我惊讶地说:"这你也听见了?你不是在汽车里头吗?车已经开出去那么远你也能听见?"

她展颜一笑,像一朵腊梅绽放:"当然,别的话可以听不见,这句话怎么可以听不见?你不知道我听力很好吗?你不知道我听见这句话有多开心。"

我无话可说,只有将她紧紧抱在怀里。

"原来真有这种童话一般的感觉,我很幸福,我现在真的像一位公主一样。"洪安儿踮起脚尖吻我。

我吻了她一下问:"你是公主,那么我是什么人?"

她吻了我一下说:"你当然就是王子,我是白雪公主,你是白马王子,咱们就是童话故事里的一对,嘻嘻,心情太好了。"

真是童话一般的场景。是啊,她心情当然很好,一切似乎尽在她的掌握。我呢?我当然应该也很高兴,幸福来得超出我的想象,像一阵大浪一瞬间就把我淹没,我甚至还没有意识到自己什么时候开始站在海边。

她哪里体会得到我此时此刻突如其来的感受?这时候兴冲冲地问:"我们是不是该搬家了?谢宝中他们都搬走了,留着一间房空着,好像还有他们的影子,感觉怪怪的。"

我若有所思:"这个……是该搬了。"

她的眼里有一丝疑问:"你好像还是不大高兴,怎么回事?是因为工作的事情吗?是不是觉得太突然?"

我默然,我的眼睛里一定有一团迷雾,这不可能逃得过她的眼睛。

她说:"之前说暂时保密只是想给你一个惊喜,我只是希望能帮到你,这点你不会不明白吧?"

我觉得是时候敞开胸怀开诚布公了,我说:"就算再笨我也该明白了。我知道你在帮我。"我勉强笑了一笑,"不过这样的方式,我到现在还没有反应过来。但是不管怎么样,我都要谢谢你。哦,我不知道以后还会发生什么,我只希望在这件事之后,你不要再为我做什么,我还没有整理清楚是怎么回事,我需要时间来思考我现在的现状。说实在话，也许我不会有答案，好像有一只无形的大手在支配着我，我无从选择，好像在按照谁的安排或者旨意在进行。我不知道这样对我来说是件好事还是坏事。"

她疑惑地问："怎么会呢，你不是希望有一份稳定的工作，在工作中有发展的空间吗？按照我的理解，目前的状况不正是这样吗？为什么你会这么说？我不明白。"

我说："也许刚才我表达得不够清楚，本来就很难说清楚。我是说，我现在很幸福，这样的幸福我梦寐以求，但这幸福来得太突然，我不知道它从哪里来，怎么会无缘无故出现在我面前。是的，你不会明白，我也不明白，我是希望能这样，可是似乎又不是这样，到底是怎么样我也说不清楚。就拿你来说，我似乎很熟悉，又觉得陌生，你的过去我一无所知，你的现在我也一头雾水，但不管怎么样，我喜欢你，真心喜欢你。"我简直语无伦次，我不知道这种表白有没有意义，但总算是说出了心里头一直以来的困惑。

洪安儿沉思良久，叹了一口气说："我多么想将一切都告诉你，我无意隐瞒你什么，可是我真的有我的苦衷，原谅我吧。总之，你把我看成白雪公主，把自己看成白马王子，我们是童话里的一对，这样就可以了。"

往事一幕幕地浮现在我眼前。说是往事，其实只是这两个多月以来的事情：我在一个偶然的机会，在一个荒野地里发现了她，那时候她看起来生命垂危，可是不一会儿就不可思议地恢复了体力，之后就一直跟着我。她不知道吃东西要付钱；她对周围的事物表现出十足的好奇；她有超乎寻常的听力和感觉；她酒量奇大，自称不会猜拳却从没有输过；她不知道天高地厚和人心险恶；她记忆力超群，看书一目十行，而且越来越聪明；她喜欢凑热闹，参加陌生人的婚礼；她喜欢现炒现卖，而且似模似样；她像小孩子一样单纯,而且爱和小孩子玩耍;她对我相当依恋,而且很喜欢我;她喜欢观察人的行为,研究人的心理和社会现象;她热爱阳光、自然和一些诸如境界之类虚无缥缈的东西;她越来越表现出超乎寻常的逻辑归纳、演绎推理、综合分析等思维能力;她莫名其妙就会开车,她会不知道多少国语言,她的知识似乎呈爆发式增长……她是何方神圣?她不愿意告诉我,可是她现在成了我的恋人。

我和洪安儿搬了家,过起安稳的幸福小日子。新居在一个环境很不错的住宅小区里,每个月租金两千,虽然只有一房一厅一阳台,但典雅亮堂。我们把它布置得温馨浪漫,还买了新家具、电脑和新床。当然我那张神奇床垫也搬了过去铺在新床旁边,这是一种习惯。有一次我跟她接吻亲热,想借机顺理成章地爬上她的大床,结果被她一脚踹回神奇床垫。"想得美……我还没准备好,以后再说。"她正色说。看来她还想维持这种习惯,这让我对那张神奇床垫更加痛恨不已,却也只能无可奈何。不用说,我总能从洪安儿身上不断发现新的东西,她总是给我层出不穷的惊喜,她像一部永远阅读不完的绮丽诗篇。其中乐趣,自不必为外人道。

第八章　心灵的翅膀

她微微一笑说:"我是说,想象力就是它们的翅膀,心灵的翅膀,插上了翅膀,它们就可以自由飞翔了。"

我若有所思。真神,她这一番虚无缥缈的话还真让我好像插上了翅膀。

几个月后,春天来临,柳绿花红。

我压抑已久的"事业心"也像春风里的野草般疯长,每天忙得不亦乐乎。我的"销售团队"已经从四个人摇身一变成了八个人,初具"规模"了。我的头衔自然去掉了"见习"二字,月薪自然也是六千元起,而且有不少提成。我还清了所有债务,抽空去考了汽车驾驶证,换了崭新的手机,穿上不俗的品牌服装。我的朋友圈子越来越大,我的业务范围越来越广。根据马斯洛的"需求等级理论",我目前的需求层次从最基本的"生理上的需求"来了个三级跳,一跃而成为对"尊重的需求",而且隐隐然正在向最高层次"自我实现的需求"挺进。我的自尊心先是像一只受到安抚的猫妥妥帖帖地蜷曲在温暖的窝里,之后这只猫睡醒了不安于现状,不时跳到屋顶巡视自己的地盘,俨然一位检阅队列的将军。

我其实还是告诫过自己,我其实什么也没有变,我并不见得比几个月前更聪明或者力气更大一些,也没有变得更高尚。不过这几乎是所有"领导"的通病:张三当上了副科长,再不肯去挤公共汽车,这并非他真的胖得挤不上车门,而是觉得身份不同,再不愿意去跟普通百姓的汗臭味混在一起。这叫"自大"。"自大"一词之关键在于"自",自以为之意也,本身并不见得"大"了多少。

高明的老板会尽量满足你自认为的"高层次需求",这比"低层次需求"的成本低多了。比如他要满足你生理上的需求是要白花花的银子的,远不如拍拍你的肩膀说上几句掏心掏肺的好话来得省事,而且部属往往因此感恩戴德视为知己,何乐而不为?历来伟人大多是这种"会用人"的高手,比如刘备之于赵子龙,比如宋江之于李逵,旁观者很为李逵们愤愤不平,李逵们却一边任劳任怨一边沾沾自喜,奈何?

第八章 心灵的翅膀

郑总当然没有刘备和宋江的水平，我也并非赵子龙和李逵。"钱不是最重要的。"郑总改了口头禅，"要做正确的事，人只要活着都在做事，只有正确和不正确之分。"我当然知道他的把戏，然而我也忍不住"任劳任怨、沾沾自喜"。我"任劳任怨"是因为我现在是个大忙人，睡眠不足，早出晚归，电话整天响个不停。培训新人，拜访客户，计划、组织、协调、指挥、控制、汇报、应酬都是我的日常工作，而我的信条偏偏又是"不要埋怨生活"，不任劳任怨还能怎么样？我"沾沾自喜"不仅是因为我现在自以为成了公司的栋梁，自以为公司有很多事都离不开我，而且因为洪安儿这段时间真的不再为我做一些我意想不到的事，而我居然能够得心应手应付眼前的事务，这证明我还是有一点实力的。

洪安儿现在准时上下班，很少再有什么应酬，也不再过问我的公事。晚上我们看电影，我的手机突然响起，我只好跑到过道上接听。"什么事？"回来的时候她问我，我说："郑总说有事让我出去一趟，不管他了，我正陪着你这个大客户呢，继续看电影吧。"有一次我正和她在花前月下接吻，手机铃声又不识趣地响了，我只好接听，挂了电话我愤愤地说："什么鸡毛蒜皮的屁事也来找我，也不看看是什么时候。"她淡淡一笑说："看来你真成了大忙人了。"

我和郑总走得很近，越来越近，这是游戏规则、自然规律，只要你还想在这里做，而且又有"高层次需求"，就必须、必然这么做。这不免让我不得不涉及他的私人生活。众所周知，郑总夜生活很丰富，几乎夜夜笙歌。于是我晚上也忙了起来。最初是陪他晚上吃饭喝酒，后来是陪他第二场，当然，如果有第三场我是坚决不陪的。

一开始洪安儿好像也没说什么。数次之后，我醉醺醺满身酒气地回家，洪安儿问我："喝这么多干吗？哪有这么多应酬？"

我说:"工作应酬,今天推托不掉。"过两天我又醉醺醺满身酒气地回家,洪安儿皱着眉头问我:"今天又推托不掉?我要跟你们那个姓郑的提意见了,怎么越来越晚了?"

我幡然醒悟,觉得这样对待洪安儿有点说不过去,况且我对这种无聊应酬越来越觉得厌烦。所谓应酬,无非就是各怀目的,各自施展权谋,戴着伪装的面具假惺惺地表达自己的真诚,否则喝酒称不上"酒局",吃饭称不上"饭局"。所谓"局"者,"设局"之"局"也,俗称"圈套"。有事没事奔赴各种"圈套",这不是我的本事,所以应酬对我来说是件累活,我越来越觉得厌烦。

我歉然说:"我也身不由己,这种饭局真没意思,以后尽量不去了。安儿,你也不用跟他说什么。"

收敛了几天,我又不得不醉醺醺地回家。洪安儿脸色不豫,不过她还是耐着性子拿了拖鞋给我,帮我脱下外套。

"满身酒气,以前倒没怎么见你喝酒,怎么变了一个人似的?"她抖动着我的外套,用鼻子嗅了嗅,皱起眉头问,"怎么有女人的香水味?"

我浑身燥热,一阵心虚的慌乱,结结巴巴说:"安儿,别误会……免不了有一些逢场作戏的场面,我只是跟她们喝酒,连碰也没碰她们一下。今天郑总说来的是大客户,叫了几位陪酒小姐,我不得已跟她们喝了几杯酒……哪里有香水味?"这是实话,我确实只跟她们喝酒,而且尽量避免与她们有任何身体上的接触,最后实在忍受不了这种乌烟瘴气的场面提早溜了出来。

洪安儿肃然说:"你可要小心,你要的就是这种生活吗?"

我慌忙说:"你别误会,我不是这种人……哪里有香水味?"

"你不知道我的嗅觉也很灵敏吗?当然,几乎闻不出来。"洪安儿似笑非笑,"男人是不是都这德性?得陇望蜀,我以为你是个例外,你是不是个例外?"

我讷讷地说:"我……我不会做对不起你的事情,我发誓我没有……"

她叹气说:"好了,女人总相信这种誓言,总愿意相信自己的男人不会做出这种事,我也相信。我只是问你,你要的就是这种生活吗?这种趋势不大对头呀。"

我轻吁了一口气,可是心里并不轻松。是啊,我要的就是这种生活吗?她说的一点没错,这种趋势不大对头。我挥了挥手,可是挥不去什么,只好抱住头沉重地说:"我也是无可奈何才这样,我不知道会这样,挺烦的,其实我也挺烦的。"

她沉默片刻,缓缓说:"最近你总是说身不由己,无可奈何什么的,你好像过得并不快乐。你不是说希望掌握自己的生活吗?我以为这样做你就可以把握自己的方向,可以更自由更快乐,可是你并没有比以前更快乐,为什么会这样?"

"我也不知道为什么。"我语音干涩。

"那你到底希望有什么样的生活?"她凝望着我,眼中有不解之意。

我无言以对。我梦寐以求的生活看来并非如我想象的一样。我现在有了一份收入颇丰、有头有脸的工作,有一位美貌与智慧并重、温柔善良、热情大方而且处处为我着想的恋人,所谓春风得意,羡煞旁人。可是为什么还有这么多烦恼?真是人心不足啊。我不禁想起小时候父亲跟我讲了无数次的故事,没记错的话是一则格林童话,说的是一个穷老渔夫有一天捕到一条金鱼,这条神奇的金鱼开口对老渔夫说,如果放了它,今后它会满足他提出的所有要求。渔夫是个善良的人,他没有提出任何要求就把金鱼放回海里了。他回到家,家里有一个贪婪的老伴,得知渔夫的做法后勃然大怒,于是不断逼迫老渔夫向金鱼索取。贪婪之心不断膨胀,从索取食物、金钱、房屋、仆人,到自己想做皇帝、神仙……最后,金鱼发怒了,它收回了所有的东西,老渔夫又变成一无所有了。

洪安儿就是那条无所不能的金鱼，被我不小心捞了起来，而且这条美丽的金鱼不愿意回到海里而一直跟在我身边。我不安分的心就是那个贪婪的老太婆……是啊，我到底希望有什么样的生活？如果我提出来，或许洪安儿就会帮我实现，比如说我也许能成为一个富翁之类的成功人士、社会名流。

"我不知道。"我艰难地开口。

"你想听听我的感受吗？"她眼光中有殷切之意。

"我很愿意。"我看着她的眼睛，正像迷雾中的一盏明灯。

"多陪陪我。"她柔声说。

我胸口一热，一把握住她的双手说："好的，我很愿意。"这是我的肺腑之言，一阵暖意流淌在全身。

她温柔一笑说："其实我也很迷惘，我只想做个快乐的普通人，可是很不容易。我也跟你一样，觉得像有一只什么大手在掌控着自己的生活。我们似乎总是要受到这个世界的影响，像处在熙熙攘攘的人海之中随着人群左右摇摆，不知道自己的方向，就像大海里的小鱼随波逐流。"

我点头说："我深有同感，你的形容很贴切。"

她握着我的手说："也许那是因为我们缺乏想象力。一阵大浪卷来，大鱼可以从容一些，小鱼是必须随波逐流的，所以小鱼都希望变成大鱼，可是并非所有的小鱼都可以变成大鱼。"

我再点头说："是的。"

她说："可是飞鸟就不一样，飞鸟有一双翅膀，它可以自由飞翔，它是不怕海浪的。"

我一怔，说："你想让小鱼变成飞鸟吗？那更不是一件容易的事吧？"

她微微一笑说："我是说，想象力就是它们的翅膀，心灵的翅膀，插上了翅膀，它们就可以自由飞翔了。"

我若有所思。真神，她这一番虚无缥缈的话还真让我好像插上了翅膀。

我现在不再热衷于应酬和各类饭局了。何必大费周章？有什么公事就在办公室谈，这不是很正常吗？否则为何要称之为"公事"？下班后有时候我甚至关掉了手机，特别是跟洪安儿一起的时候。我的生活离不开她，否则没什么意义可言，这是我现在很深刻的理解。我开始找回以前和我要好的同学和朋友，比如帮过我的张秋伊和刘文杰，比如谢宝中和石慧娟、赵伟军和王强盛。当然我和洪安儿现在已经是公开的情侣。跟他们在家里聊天打牌，在路边大排档喝酒，到郊外野餐，到卡拉OK唱歌，到操场打篮球，诸如此类。这比和那帮老总、客户混在一起自在多了。洪安儿似乎对现状挺满足。她说她现在工作很开心，同事的关系也很融洽，她不想再改变什么。而且她真的韬光养晦起来，几个月来并没有再展现她常常令人意想不到的光芒。她偶尔也会带她的一些同事过来和我们的朋友一起玩。她又回到了那个简单女孩的淳朴、好奇、开朗的本色上来，我喜欢她的这种本色。我常常能看到她和朋友们一起开怀大笑，听到她银铃般的笑声荡漾在爽朗的空气中，我的心也随着她的笑声一起飞翔在辽远的天空。我丝毫没有怀疑，她突然停止了各种各样光怪陆离的变化，只是因为我也不想再改变什么，这也许就是我们共同要寻找的一种生活状态吧。

星期天我和谢宝中他们挤在洪安儿的车上到郊外爬山。正是初夏季节，阳光明媚，和风吹拂，蓝天白云之下是郁郁葱葱的山林野草。空气中渗着树木的香气，沁人心脾。一路欢声笑语，石慧娟拿着相机兴致勃勃地四处捕捉镜头。

洪安儿似乎突然想起了什么，警惕地问："慧娟姐，你在照相吗？有没有照到我？"

石慧娟笑道:"哪能忘了你这个大美人?当然有,来,再给你照一张。"她将相机镜头对准洪安儿,"站好了,这里风景不错。"

"不要!"洪安儿叫了起来,摆手躲闪开,神色莫名其妙地有些慌张,"你刚才照了我吗?这怎么可以?"

"有什么不可以?"石慧娟拿镜头追逐着她。

洪安儿边闪边问:"你的是数码相机还是普通感光相机?"石慧娟说:"是普通相机,怎么啦?嫌我的相机老土呀?"

洪安儿似乎松了一口气说:"还好,我的照片不可以放在网络上……喂,"她向我招手,"你过来,慧娟姐给我们照相。"

石慧娟揶揄:"原来要跟心上人一起才肯照呀,想羡煞旁人啊。"

洪安儿腼腆一笑:"那当然。"

我们坐在半山腰的凉亭上闲聊。洪安儿问石慧娟:"你跟宝中哥什么时候结婚呀?"石慧娟说:"你问他吧。"谢宝中说:"本来想年底结婚,现在又有点犹豫了,前段时间房价又涨了。本来想供一套六十多平方米的小房子,闹了半天,不够付首期,看看这两个月房价能不能降下来吧。"石慧娟瞪着谢宝中埋怨说:"积蓄总跟不上房价的涨幅。前两个月勉强还够的,都是你,不听我的。"谢宝中无奈地笑笑说:"着什么急?再等等吧,我就不信,它还能一直涨上去。"

赵伟军说:"你还别不信,像我的一位同事,前几年就说要买房,结果到现在还没有着落。整天摇头叹气,说咱们这些人,工作了这么多年,都是在为房地产商打工,以后还不知道要打多少年,上辈子欠他们似的,对自己的父母也没有这么尽心尽力。"

洪安儿说:"不要让房子什么的束缚了自己的生活,房子虽然重要,但并不是最重要的,生活快乐才最重要。"

谢宝中摇摇头说:"这是有钱人说的话,吃饱了肚子说,肉吃得太多没好处,血脂高,该多吃青菜杂粮,差不多就是这种口吻——没有一套自己的房子,在这个城市里总有一种漂泊的感觉。"

石慧娟附和说:"是呀,总有一点找不到家的感觉。"

我说:"咱们活得是不是都有点像松鼠?找一个自己的窝,然后不断地收集松果什么的。据说松鼠会将吃不完的各类坚果藏在不同的地方,即使这些食物够它们吃上一两年的,可是它们还是在孜孜不倦地不断寻找,希望可以找到更多。有时候它们甚至都记不清楚这些食物藏在哪里了,可是还在不断地寻寻觅觅。"

王强盛接口说:"是啊,前段时间报纸不是说,有一位老兄清理垃圾的时候把一个破塑料袋清理出去了,里面装着他老婆私下里藏的十几万块钱,简直痛不欲生。"

谢宝中说:"所以老百姓喜欢积蓄,就是因为没有安全感吧,平时省吃俭用,日子过得紧巴巴的。不过想想,这也是没办法的事,现实就是这样,现实总有它存在的理由,这理由咱们就不必讨论了。谁不想活得潇洒一点?可是那也是有钱人的事。"

洪安儿看了他一眼,若有所思说:"你觉得有多少钱生活才能过得很潇洒?"

谢宝中说:"怎么样也要有一百万吧?当然,除了这个,还要有一份稳定的收入,这样就差不多了。"

石慧娟戏谑说:"想得美,一百万?咱们俩不吃不喝,那也要十几年吧?"

谢宝中笑笑:"幻想一下还不行吗?说不准明天买张彩票就中了。"

洪安儿说:"假如现在你们有一百万,你们都想干些什么?"

石慧娟说:"那还用问?马上买房子结婚,再买一辆车,一百万也差不多了,还是要继续奋斗。"

王强盛说："我要有一百万立马自己开一家公司，不用再去看老板的脸色，这就是有钱人的好处，不用做什么事都到处求人。"

　　赵伟军拍了拍光亮的脑门儿说："做什么白日梦？不过我如果有一百万，首先找一个漂亮的女朋友，"他望了望洪安儿和我腼腆一笑，"像你们一样，多让人羡慕，但这是可遇而不可求的。"

　　洪安儿微微一笑，转过头问我："你呢？"

　　我说："我没什么其他想法，想想看，我女朋友又能干又漂亮大方，不止值一百万吧？况且现在收入也不错，汽车也有了，房子现在不用考虑。只不过，如果有一百万，我想给乡下的父母换一套房子，假期的时候可以到处去旅游，见识一些不同的人情风俗，自然风光。当然，就像王强盛所说的，有了钱就不用看别人的脸色，不用做一些自己不愿意做的事情，可以做自己想做的事，就这样。"

　　洪安儿说："其实这些我们现在就可以做到，干吗非要等到有了一百万？这不是画地为牢，给自己设了一个紧箍咒吗？我想，快乐有时候是很唯心的一件事，如果心里头有一个紧箍咒，有钱人也不一定快乐，因为他们会想要得到更多，永远不会满足。"

　　我笑笑说："我这个女朋友是不是有点与众不同？"

　　谢宝中说："小洪说得挺有道理，只不过一般人不会这么想，或者想到了也做不到。我在杂志里看到过这么一个故事：一个有钱人看到一个流浪汉在草地上晒太阳，有钱人对流浪汉说，这么懒，难怪你要挨穷。流浪汉问他，你这么忙着赚钱干什么？有钱人说，我现在虽然忙，以后老了就可以什么事也不用干，跷着脚晒太阳。流浪汉说，我现在就在跷着脚晒太阳。"

　　石慧娟接口说："那是自欺欺人。我看到的是另外一个故事，一对男女看破世情，来到一个荒岛隐居，够潇洒浪漫吧？吃了几天生鱼肉生野兔肉，不习惯了，钻木取火吧；洞穴里又冷又湿，又有野兽出没，搭建个小木屋吧；屋里黑灯瞎火的，能有一盏小电灯多好；当然穿着兽皮也不舒服，最好有几件衣服；生活有点枯燥，最好有几本书……故事我记不清楚了，诸如此类，最后他们只好撑着小船千辛万苦回到现实世界中来。"

洪安儿笑了起来说："这也是一个紧箍咒。我的意思不是这样，我只是说，我们应该知道自己真正想要的是什么样的生活，不是去逃避什么，而是去实践自己的幸福。"

石慧娟眨了眨眼："我听不大懂，洪列，你知道她说的是什么吗？"

我说："我似懂非懂，她总跟我谈一些境界的东西，境界这玩意儿很高深，只可意会不可言传。"

又过了数月，有一次洪安儿专门在一个彩票销售点门前停下车，问我要不要进去买几张彩票。我并不在意，笑笑说，你运气好，号码你来挑，就算是为福利事业做做贡献吧。

十几天后，吃完晚饭，洪安儿笑嘻嘻地说："有一件事要告诉你，你可要有心理准备。"

我说："什么事？笑得这么高兴，喜事吧？彩票中奖了？"

她睁大眼说："咦，你怎么知道？"

我也睁大了眼说："咦，真的中了？中了多少？"

"你自己看看吧。"她扬了扬手里的一本银行存折，递给我。

我打开一看："多少？不会吧？这么多个零，个、十、百、千、万、十万……不是吧？一百一十七万！哈……哈……哈……"我发出一阵短促而不连续的笑声，"天，不是在做梦吧？"

洪安儿似笑非笑地说："是在做梦，不过这个梦似乎对你有好处……这些钱我存了定期，你不会急着用吧？"

我笑得合不拢嘴，半天才说："这是你的钱，我怎么会急着用？天，真的有这么多吗？无法想象。"

她淡淡说："那就好，你什么时候要用就跟我说吧。你不是说我是你的福星吗？"

我仰天大笑："那也不能这样吧？上天是不是对我们有点那个……太眷顾了？岂有此理，那家伙叫什么来着？他说好运来了挡都挡不住，原来真是这样啊。"

她迟疑地说："你不会得意忘形吧？真这么高兴？我做对了没有？其实生活并没有什么改变，你干吗这么高兴？要是我告诉你这是跟你开的玩笑你会怎么样？"

我一把把她搂在怀里，忍住笑说："高兴一下都不行吗？是的，其实没什么改变，你还是我的安儿，我的福星——存折都已经在你手里，还会是假的吗？"

她犹豫了一下说："你是因为我中了彩票才这么高兴要拥抱我吗？"

"不，安儿，中不中彩票我都这么喜欢你，真的，我只是觉得现在更有底气了。"我由衷地说。

她说："那就好，我希望我们的爱情不会掺杂上任何铜臭味。"

"那当然，对我来说你才是最重要的，金山银山也换不了我的安儿一根小指头。"我忘情地拥吻她。

我现在更加自信起来，工作上有条不紊，从容淡定。心里有底气就是不一样，以前觉得难以拒绝的一些场面现在也是小菜一碟，比如郑总安排的饭局，比如对所谓大客户的一些无理要求。以前我也会拒绝，但总是小心翼翼，心里多少总会有点不安——心里的不安就像肉里的刺，所以连强盗都要以"盗亦有道乎"来掩饰——现在我觉得理所当然。没错，有了钱可以不用看人的脸色，可以不做自己不想做的事，多好。很多人忙忙碌碌挣钱，不就是为了这个吗？不就是想图个心安理得吗？说得文雅一点，不就是为了心灵上那么一点可怜的尊严和自由吗？

　　我把一些面目可憎的客户安排给郑琼、邓树青他们跟，自己只跟一些脾性合得来的客户。这样做的结果其实比想象中的更好，我反而可以跟他们成为朋友。洪安儿不是说过吗？一个优秀的业务人员，很重要的一点就是怎么样跟人建立关系，让你的客户成为你的朋友，这样才能建立一种长期的合作关系。我现在觉得既然要做朋友，首先的条件就是双方必须平等。而且事实确实如此，一再的低声下气是建立不了长期合作关系的，正如乞丐不可能和掏钱请客的人交朋友，清政府不可能和八国联军交朋友。我甚至把这一套拿来教育我手下的业务人员。

第九章 丑媳妇见公婆

看样子洪安儿掩饰不住天真活泼的本性,只在刚进门的时候安静羞涩了一会儿,这时候已经和我母亲混得差不多了。母亲眉开眼笑,脸上荡漾着幸福。洪安儿朝我挤眉弄眼,指着相片道:"原来你以前是这个样子,傻不愣登的。"

"国庆假期快到了,我当然也很希望和你一起去四川呀、云南呀到处转转,可是我还是想跟你回一趟老家,看看你父母亲,我还没有见过他们呢,丑媳妇……嘿嘿,丑媳妇终究也是要见……你的爹娘的。"洪安儿说这句话的时候羞红了脸。

我带她买了一大堆礼物。国庆节一大早开着她的汽车往我们那个小县城出发,黄昏时分到达。不用说,我的父母亲见到我们有多么惊讶和欣喜,这对他们来讲绝对是一个意外。毕业到现在我只回去过两次,甚至我和我的父母亲之间都显得有些生疏了。"你回来了,怎么也不先告诉我们一声?"父母亲惊喜过后,一脸茫然,怔怔地望着洪安儿不知道该说些什么。

"阿列,这位是……"进了家门母亲好不容易小心翼翼地问。

我说:"妈,她是我女朋友,叫安儿。"

"伯父、伯母,你们好。"洪安儿向他们鞠躬,羞红了脸腼腆地站在一边,看样子她也不知道该怎么应付。

"你好你好,怎么称呼你?"母亲见她鞠躬,有点不知所措,居然也弯下腰向她点点头。

洪安儿脸更红了,弯着腰手足无措。

"妈,不是跟你说了吗?她叫安儿,是我的女朋友。这次一起过来看你们了,您不用这样客气。"我赶紧过去挡在面前扶她。

"哦,进来坐吧。都站着干什么?"还是父亲镇定一点,"来,东西给我拿着,带这么多东西干什么?人来了就好。"

"家里简陋得很,请坐,请坐。"母亲慌忙把安儿让进屋里。

洪安儿怯生生地环顾四周,侧身半坐在木沙发上。母亲赶紧拿了热水瓶倒开水冲洗茶杯,一边说:"路上累了吧?先喝点茶。"

洪安儿站起来说:"不累,伯母,我来吧。"

母亲慌忙说:"我来,我来,你坐你坐,你是客人,怎么能让你来。"

我笑笑说:"妈,不用这么客气,她不是什么客人,是我女朋友,您怎么光顾着招呼她,也不跟我说几句?"

母亲笑骂:"这小子!有没有欺负你呀,安儿?"

洪安儿羞涩地说:"没有,他对我很好。"

母亲端过茶给她,"我这儿子心地好,就是不懂得讨好人,他要是欺负你,你跟我说,我教训他。"

我说:"妈,您怎么这样?我哪里欺负她了?这会儿您就这么护着她了?她……她应该端茶给您才对。"

洪安儿脸更红了,赶紧将手中茶杯端回给我母亲,讷讷地说:"您先喝茶……列哥他……他没有欺负我。"

母亲端过茶喝了一口放在桌上,笑得合不拢嘴,搓了搓手说:"没有就好,没有就好。安儿啊,长得真像商店里的洋娃娃,真俊啊,咱们县城就没见过这么俊的闺女。"

父亲埋怨她:"哪有你这么称赞人的?没见识,你看人家多不好意思。"

母亲说:"我说错了吗?要不该怎么说?是很俊俏嘛,咱们儿子有眼光。"

父亲憨笑,"你看你看,说你没见识,哪有称赞人家像洋娃娃的,应该说像那个……像那个……我也不知道该怎么说,嘿嘿,像画里的人儿。"

我说:"别顾着赞美安儿了,外面还有些东西没拿进来呢,安儿,咱们出去拿。"

母亲说:"外头还有什么东西?老头子,你跟阿列去。安儿,你坐,喝茶,喝茶。"

出了门,父亲将我拉到一边说:"好小子,眼光不错,有两下子,我看这闺女挺老实,是个正经人,你们现在发展到什么程度了？可得抓紧一点。"

我说："差不多了吧，放心，她跑不了。"

"跑不了？"父亲眼神里透出疑惑，马上恍然大悟，"跑不了好，好，该出手时就出手。"

汽车停在小巷和大街的拐弯处，我打开后车厢取出大袋小袋的礼物。父亲瞠目结舌，好一会儿才回过神狐疑地问："这是谁的汽车？"我说："是她公司配给她的，她是一家公司的高级管理人员。"

父亲睁大了眼说："好家伙，真看不出来……你以后不会给她欺负吧？"

我笑笑说："您不是说她挺老实吗？怎么这会儿又不相信自己的眼光了？您就放心吧。"

我不知道洪安儿用了什么方法，就这么几分钟时间，当我和父亲拎了大包小包进了屋，我看见我生命中最重要的两个女人笑容满面，像一对母女一样亲密无间地说着悄悄话。她们正在翻看一本旧相册，一边指指点点，不时发出一阵笑声。看样子洪安儿掩饰不住天真活泼的本性，只在刚进门的时候安静羞涩了一会儿，这时候已经和我母亲混得差不多了。母亲眉开眼笑，脸上荡漾着幸福。洪安儿朝我挤眉弄眼，指着相片道："原来你以前是这个样子，傻不愣登的。"

我还有一个姐姐是一位小学语文老师，嫁给一位中学物理老师，算是"门当户对"，而且"文理兼通"。父亲乐颠颠地过去叫他们，一起提了一大堆鸡鸭鱼肉过来。

母亲和姐姐下厨做饭，洪安儿也要过去凑热闹，被母亲推搡着回来："怎么能让你来？一边坐着，跟阿列爱干吗干吗去。"我说："您别娇惯了她，平时都是她做饭的。"母亲乐呵呵地说："去，去，没你们的事，等着吃饭就是，你这小子有福气。"

我们和父亲、姐夫一边看电视一边聊天。姐夫是个不苟言笑的憨厚汉子,见了洪安儿这么一个"洋娃娃"、"画里一般的人物",似乎比她还羞涩,不好意思抬头看她。不过洪安儿一会儿就找到了话题,他们居然谈论起了物理学问题,因为这时候电视里正播放一个发射卫星的镜头,我父亲问这卫星上了天它怎么就不会掉下来。

"这个有点复杂,怎么说呢?这里边涉及很多理论,比如说万有引力、向心力、离心运动、逃逸速度等等……"姐夫摇了摇头,显然他觉得要解答父亲的问题并非三言两语可以说得清楚,所以不知道如何措辞。

洪安儿望了望物理老师,自告奋勇地说:"我这么解释您看对不对。比如我如果在地上捡一块石头扔出去,石头飞行一段距离后就掉在地上,成一条抛物线对不对,"她用手比划着抛物线的形状,"如果我再用力一些,石头就飞得更远,这条线更低平一些。"她又用手在空气中比划了一下,"如果我的力气足够大,呼——石头激飞出去了,很远很远。"她遥指着窗外,仿佛真有一块石头急速飞出,父亲和姐夫不由自主往窗外天边极目远眺,眼光追逐那想象中的石头。洪安儿说,"那石头还是会往下掉,不过因为地球是球形的,地面是往下弯的,所以石头老掉不到地面,绕着地球在转,是不是这样?"

"对,对,就是这样,地面有一个曲率,石头的飞行轨迹也有一个抛物线曲率,当这个曲率大于或等于那个曲率,石头就掉不下来……爸,您听懂了吗?"物理老师由衷佩服,连连点头,扶着眼镜看着我的父亲。

父亲咧嘴一笑说:"她的我听懂了,你的曲率我听不懂。什么这个和那个、大于或等于的,太复杂。"

洪安儿意犹未尽,继续说:"这是第一逃逸速度,同样的,地球也像一块石头,围着太阳在转,如果速度慢下来就会掉进太阳里，对不对？"

"对，对。这是第二逃逸速度，第二逃逸速度。"姐夫又扶了扶眼镜望着她，脸上的惊讶表情和我大同小异。

洪安儿眉飞色舞，继续侃侃而谈："假设这块石头是一道光线，光线穿过引力场也会有一个曲率，但因为它速度太快，这种弯曲微乎其微，一般物体的引力吸引不了它。但也有例外，那就是黑洞，对不对？"

物理老师连连搓手说："对，对，那就是黑洞，光线遇到黑洞也会被吸引进去，逃不出去。"

洪安儿眼光闪动，顽皮一笑说："请教您一个问题，有没有这样一种情况，光线穿过黑洞的边沿，它既没有被吸引进去，又逃不出黑洞的引力，就围着黑洞在转，就像月亮围着地球转，形成一个光环，那一定很漂亮。"

物理老师擦着额头上的汗，讷讷地说："光环？是很漂亮。这个……理论上似乎是有的，不过……我对黑洞没什么研究。"

父亲对洪安儿竖起大拇指说："看来你把我们县的这位高级教师难倒了，了不起，了不起，有学问……比我们阿列怎么样？你没有经常出什么难题难为他吧？"

洪安儿低头羞涩一笑，谦虚道："没有，平时都是列哥在教育我的。"

饭后，我和姐姐、姐夫在客厅聊了一会儿天，突然意识到耳边没听到洪安儿的话语，不由得有点奇怪。这丫头吃饭的时候忍不住又是喝酒，又是欢声笑语，哪还有刚来时的一份生疏？仿佛和亲人阔别已久的不是我而是她，这时候她在干什么呢？

我到厨房里看了看，原来她正和我父亲在饭桌上下象棋。我知道父亲棋艺非凡，在周围罕逢对手，应该不会输给洪安儿，因为洪安儿平时和我下过几盘棋，互有胜负，我知道她的水平。

第九章　丑媳妇见公婆

我走过去看了看,仔细判断一下,果然洪安儿形势不利,正愁眉苦脸盯着棋盘,勉力支撑。

我笑了笑,不想打扰他们,于是回到客厅继续和姐姐他们聊天。

聊了好一会儿还不见他们人影。母亲过来说:"这一老一小对上阵了,看来杀得难分难解,老头子遇到对手了。"我诧异,忍不住又跑过去观看。

这是第二盘棋,之前洪安儿果然输了一盘。只见父亲脱了鞋蹲在椅子上吸着烟,微皱着眉头,心无旁骛默想着什么,一会儿点点头,一会儿又摇摇头,看样子他遇到了难题。奇怪的是洪安儿也并不轻松,伸长了脖子,长发下垂几乎要盖住了半边棋盘,举棋不定,好容易才上了一步马。

"你不应该走这步棋,否则要输掉。"父亲提醒她。"那我重走一步。"她把马退了回来,思索了一会儿,进了一步卒。父亲微微一笑,横走了一步车。

我在一旁观看,疑惑不已。二人旗鼓相当。父亲的黑棋大刀阔斧,攻势凌厉,洪安儿的红棋防守严密,以逸待劳,隐隐然暗藏杀机。再走几步,父亲突然神色凝重,猛抽起烟来。再过一会儿,他似乎松了口气,摇头叹息道:"可惜,可惜,你如果不这么走,我就要招架不住了,好险。"看样子峰回路转,现在轮到洪安儿苦思冥想。我从来没有见她这么认真下过棋,我和她过招,便如中世纪骑士的决斗立见分晓,哪像现在她和父亲下棋,像张飞遇到了马超,洪七公遇到欧阳锋。

我又回到客厅和姐姐、姐夫喝了一泡茶,回来见他们正指指点点讨论刚才的棋局。洪安儿见了我笑笑说:"伯父棋艺高强,我输了一盘,第二盘好不容易打成平手。你来下,我去跟姐姐他们聊聊天。"

洪安儿去了客厅。父亲还在盯着棋盘思索。他疑惑地说:"这丫头悟性这么高,看来她第一盘是让了我,嘿嘿,想让我也没这么容易。第二盘她明明也有很多机会能赢,真搞不懂,这丫头棋力忽高忽低,有时奇峰突起,犀利无比,有时却臭招频出,看来八成是在让着我……阿列,看来这丫头还挺会让着人,怪不得你说不会给她欺负,原来你知道她的脾性。嘿嘿,小子,抓紧一点,那个什么'黑洞'——对了,你小子该就是个'黑洞',让她逃不了,只能围着你转,是吧?"

晚上母亲为我们打扫了两间房,一间是原来我住的,另一间是原来姐姐住的。夜深了,洪安儿磨磨蹭蹭很不情愿地住进姐姐那一间。半夜里她蹑手蹑脚溜进我的房间,钻进了我的被窝。她悄声说:"听不到你的呼吸声我睡不着,明天一早我再溜回去。"我说:"丑媳妇连公公婆婆也见过了,茶也端过了,还害什么羞?"

这一晚该发生的终究发生了。温香软玉在怀,我不想再做柳下惠。压抑已久的激情迸发了出来,不可收拾。这一次洪安儿不再将我踹下床,也没有半推半就。在这静谧的黑夜里,小房间里春意融融,她向我展示了一个女人水一般的柔情、火一般的血性。其中的翻云覆雨、悱恻缠绵,不必细说。

当然,次日一大早她又溜回了姐姐的房间。之后的时间,洪安儿俨然一个小媳妇,眼角眉梢都含着笑意,帮我母亲准备早餐,吃完早餐陪我母亲上街买东西,从商店里搬了一个 DVD 机和十几张 CD 唱片回来,播放起我父母爱听的邓丽君的歌曲:

> 甜蜜蜜,
> 你笑得甜蜜蜜,
> 好像花儿开在春风里,开在春风里。
> 在哪里,
> 在哪里见过你,

你的笑容这样熟悉,
我一时想不起。
啊——在梦里,
梦里梦里见过你。
……

她跟着邓丽君哼唱。

洪安儿现在身上有一股强大的吸引力,正像一个黑洞让我的目光无处可逃。看着她低颦浅笑,嘴角含春,如此地娇俏动人,晶莹璀璨,美艳不可方物,如明珠,如美玉,我恍恍惚惚,如在梦中游荡。

姐姐姐夫又过来了,洪安儿建议我们去照相馆照一张全家福。照完全家福回到家,洪安儿又找我父亲下棋。晚上她居然说服我父母跟我们去看了一场电影。我父母亲说托她的福,他们已经十几年没有看过电影了,还不知道现在电影院的音响效果这么好,差点把他们的耳朵震聋了。

我拿出自己积蓄的几万块钱给父母,并向他们表达以后为他们换房子的想法。洪安儿存折里有一大笔钱,但那是她的,我现在还不好意思用她的钱,不过我现在有底气用自己的钱。

"不用,不用,你拿回去。"母亲把钱塞回给我,"你那边花费大,我知道不容易,你们自己用吧。"母亲用了"你们"一词,显然认为我们以后肯定会在一起。父亲也点头说:"这房子挺好,住这么多年,旧是旧了点,有感情了,换什么换?"

好说歹说,母亲收下了两万块钱:"先给你们存着,以后结婚了,给你们买东西用。"洪安儿羞红了脸低头微笑。

这一晚我和洪安儿自然又是如鱼得水,情意浓浓。韶华似水,美好的时光总是过得飞快,转眼间假期就要过去了,父母亲催促我们回去,说不要耽误了工作。洪安儿依依不舍之情溢于言表,

这一份真挚连我都为之感动，更不用说我父母亲了。

我们终究还是开车离开了家乡。在车上她噙着泪花说："我现在才真正体会到亲情的可贵，一家人在一起多幸福。"我知道她在想念自己的亲人，可是我不知道她的亲人在哪里，我说："如果可以，我也想见见你的亲人，只是……不知道你什么时候愿意带我去见他们。"她脸上突然闪现出一丝忧伤，犹豫了一下说："我……到时候再说吧。"我知道她一定有什么难言之隐，我不愿意让她难堪，安慰她："我的亲人就是你的亲人。"她果然展颜一笑，说："当然。你爸爸妈妈真可爱，你爸很有智慧，我想下棋输给他可不容易了，他老提醒我不能这么走，搞得我费了好大劲儿才下了个平手；你妈心地善良，做事总先考虑自己的亲人；你姐很贤惠，看起来柔弱，其实心里很明白，知足常乐；你姐夫憨厚老实，其实知识渊博，只是不善言辞。我羡慕你爸妈的相濡以沫，也羡慕你们的血缘亲情。"

我笑笑说："我很高兴你这么说，他们是很善良，我也很善良。"

停顿了一会儿她又说："在我看来，血缘关系就是整个人类善良一面的根本起源。人由于天然的血缘关系，种群中有了相互依存，相互信任，相互保护，相互关爱，这些东西不正是善良的起源吗？这些东西是不会泯灭的，而且会在朋友、同乡之间甚至整个社会扩展。我记得以前你说过人类进化的问题，好像说善良的人会越来越少，那时候我就不同意你的说法，只是不知道怎么反驳你。现在我觉得善良也是一种本性，想想自己身边的亲人和朋友，你也许就会认同我的话，是不是这样？"

我摇了摇头说："我说过那样的话吗？看不出来，你挺悲天悯人的。"

她淡淡地说："什么悲天悯人？我只是在寻找我的幸福，

第九章　丑媳妇见公婆

我只是这么想，假如人没有善良的一面，是不会有幸福的。"

　　回到家我做的第一件事就是将那张神奇床垫搬出房间搁在阳台上。想想不解恨，我又把它搬到楼下交给保安处理。除去了这个障碍，我和洪安儿像掉进了蜜糖罐里，甜甜蜜蜜，黏黏糊糊，缠缠绵绵，不知今夕何夕。管他今夕何夕！

第十章 "武林高手"

洪安儿身形骤起，在这间不容发之际，飞身腾空而起，像一只展翅的飞鸟，半空中右脚面向按住我的大汉面门踢来。那大汉猝不及防，叫出声来，躲闪不及，赶忙用双手格挡。

时光飞逝,转眼又是深秋。我和洪安儿逛街,在一家商店里买了衣服。她在柜台结账的时候我说我先到马路对面的书报亭买本杂志,让她在商店门口等我。买完杂志我在交通路口斑马线前等红灯,我看见她就在马路对面向我招手。绿灯刚亮,我匆匆向她小跑过去。这时候我看到一束刺眼的汽车灯光向我急速靠近,我下意识地用手去推挡灯光,我挡了个空,整颗心提了起来。什么也来不及了,汽车呼啸而来,急促的喇叭尖鸣声和刺耳的急刹车声划破夜空,瞬时淹没了我的意识。我被一股巨大的力量卷上半空,整个人腾云驾雾般飞了出去,我的眼前是一个急速旋转的灯光闪烁的世界。我呼唤了一声"安儿"但没有听到自己的声音,然后一切似乎突然安静了下来,我像是撞上了什么,可是并没有痛觉。

我就这么死了吗?不会吧?可是没有痛觉。这么猛烈的撞击怎么会没有痛觉?我晕头转向地从地上爬起来。安儿你在哪里?我想这是我的灵魂在呼唤你,像《人鬼情未了》里面的情节,我的灵魂可以看到车祸的现场,你应该正在摇晃我流血的身躯吧?

可是我没有看到自己流血的身躯。周围的人群张大了口惊讶地张望。洪安儿站在一部歪停在斑马线前方的白色小汽车的车头盖上,那姿势英姿飒爽,傲然鹤立,气定神闲,宛如武侠片里飘然若仙的侠女,只差手中的一把宝剑。小汽车后面是两道深深的刹车痕,驾驶室里是一位衣装时髦的贵妇,这时候花容失色,呆若木鸡。洪安儿望了我一眼,转头大喝一声:"有你这么开车的吗?!"

看来我并没有死,因为有好心人过来查看我的伤势。我竟然安然无恙,刚才只是跌坐在绿化带上,连皮也没有擦伤一块。人群中一位男子拿出相机咔嚓咔嚓拍摄这匪夷所思的场面。洪安儿飞身而下,一把夺过男子手中的相机:"不能拍照,我有肖像权，问过我没有？"那男子赶紧说："我是日报记者，请问能采访你吗？请问你叫什么名字？当时发生的情况是怎么样的？你飞身救人，勇气可嘉，请问你是个武术高手吧……"洪安儿不理不睬，低头摆弄着手中的相机，过了一会儿她将相机递回给他说："记者也不能拍，无可奉告，相机还给你，我要走了。"说完走过来匆匆朝我浑身查看一番，说，"没事吧？咱们走。"拉住我的手穿过人群。那位自称记者的男子在后面追，气急败坏地喊："你怎么把我相机里面的资料都删除掉了，喂，喂……"

我稀里糊涂钻进她的汽车。离开了商业大街我问她："你是怎么救我的？你真的是个武林高手？我怎么一点都不知道？会轻功？空手道九段？喂，你到底还会什么……"只见她紧闭双唇，脸色苍白，浑身微微发抖，似乎连方向盘都把握不定。我忐忑不安地问："怎么啦？刚才汽车撞到你了吗？受伤了吗？"她一声不吭，似乎在调整着呼吸，好一会儿才说："没事，可能刚才能量消耗太大，过一会儿就好，不要说话。"

转过两条街，她在一家快餐店门口停下车。进了快餐店她要了两份猪扒饭，狼吞虎咽地吃起来，不到十分钟两份猪扒饭都进了她的肚子，血色才慢慢回到她脸上。

我一直惊讶地望着她，直到她吃完饭我说："受伤了吗？武林高手练完功都这么吃饭的吗？"

她微微一笑说："什么武林高手？你不知道人在危急的时候体内的潜能会瞬间激发出来吗？也许我刚才就是这种状况吧。当然，潜能激发出来以后是需要补充的。"我将信将疑地说："可是危急的是我呀，我怎么就激发不出潜能？"她说："也许你吓蒙了，一下子不知道怎么反应，你不知道我很在意你吗？所以我就拼了命了。"我愕然无语。

第二天晚上回家。洪安儿脸上神色凝重，在客厅里踱来踱去。

我问她什么事,她说没什么。可是我一眼看穿,她是在敷衍我。我忐忑不安地说:"安儿,我没见你这样过,你从来都很从容,天大的事也一副胸有成竹的样子,一定是出了什么事,能告诉我吗?""真是个混蛋,"她涨红了脸,"看来什么事都可能要让他搞砸了,我们现在的生活……多不容易,多不容易啊,他凭什么破坏我们?那个混账记者,我明明删除了他相机里的资料,怎么还会有这些照片?"

我疑惑地问:"什么照片?"

她将一份报纸塞到我手里,气冲冲地说:"他把我们的照片登上去了,这件事情可能很严重,不仅报纸,我想网络上也会有,我讨厌这些人。"

日报上果然登着我们的照片。洪安儿英姿飒爽地站在车上,还有我倒在地上一副狼狈模样的照片。报纸上的标题是"神秘女郎勇救青年,二人携手悄然离去"。内容是一神秘女郎在千钧一发之际将一男子从狂奔着的汽车前救出,然后二人飘然而去云云。笔者文笔流畅,其中的细节描写,便如武侠小说里的情节,将洪安儿救我的一幕描绘得神秘而且高超。我才知道那一股将我甩到半空的力量出自她一只右手,她将我甩到旁边一块绿化带的草地,一个跟斗翻上汽车车头盖上,把车头盖踏出一个深深的脚印。看来她体内激发出的潜能十分可怕。

我说:"这也没什么,登出来就登出来吧,要是你不愿意张扬,我不说出去就是了。其实也没什么大不了,知道了又怎么样,又不是什么丑事。现在科技发达,可能那个记者身上还有针孔相机之类的装备,或者别的人照了下来拿给他的吧?爱管闲事的人多的是。"

她气呼呼地说:"你不知道的,事情可能很严重……假如,我是说假如事情很严重,这里不能住了,我们离开这个城市可以吗?"

第十章 "武林高手"

我愕然，好一会儿才回过神说："离开这个城市？为什么？就为了这点事吗？有这么严重吗？"

她肃然说："也许，可能很严重，我不知道怎么跟你说好，你应该相信我吧？"

我说："我当然相信你，可是……"

她思索了一会儿，又摇头说："也许没这么严重，我只是说万一……不会的，也许我多心了，他们想凭几张照片找到我也没这么容易。"

"凭照片找到你？"我突然想起那一次跟谢宝中到郊外爬山的时候洪安儿不愿意让石慧娟照相，看来是有道理的。"你是不是有什么仇家？很厉害吗？对了，我记得你说过你是逃出来的，你担心有人会来捉你回去？"

洪安儿迟疑了一下说："也可以这么说吧。"

我慨然说："开玩笑吧？现在是什么时代了？这是法制社会。你的仇家都是些什么人？黑社会？江湖门派？真当咱们警察叔叔是透明的吗？我就不信了，况且，还有我呢，我在大学的时候可是练过拳击的。"

洪安儿愣了一下，嫣然一笑说："你真练过拳击？很好。也许是我多心，也许他们并不会来，是的，要不他们早就该来了。"她在大厅里踱步，低头沉思，"可是，我还是不想冒这个险。"

"我会保护你的。兵来将挡，水来土掩。"我豪气干云地拍着胸膛说，可是到底有点心虚，"我们要不要报警？"这句话一出口我就后悔了，现在什么事情也没有发生，报什么警？何况此话一出，气概全无。

洪安儿微微一笑："不用，从现在起你最好尽量不要离开我，当然，你要时时刻刻保护我。"

"当然，只要我还有一口气。"我又来了气势。

"好吧，兵来将挡，水来土掩。先去吃饭吧，吃完饭看电影，

不管他们了。"洪安儿挥了挥手，满腔豪情地说。

这两天洪安儿像得了什么病，脸上身上的表皮大块大块地脱落，像蛇在蜕皮。我万分担心，要带她去医院看看。可是她说不要紧，可能是风干物燥，过几天就好了，坚决不让我陪她去医院。我记得去年遇到她时也是秋天时节，她也是这个样子，恐怕真的是风干物燥所致。我找来一本中医书细细查看，果然似乎是秋燥的症状。既然她不肯去医院，我只好自己做起了中医师，照书里的药方到药店抓了防风、白芍等药回来煎了，好说歹说，洪安儿盛情难却之下，只好捏了鼻子喝下去。如此数次，果然见效神速，不几天又是细皮嫩肉，而且白里透红。我不由得沾沾自喜起来，俨然成了自学成才的江湖郎中。

几天后我和洪安儿出去吃饭，晚上看完电影回到家门口，我拿出钥匙开门。

"等等，小心，里面有人。"洪安儿悄声说。可是已经来不及，她说得太小声，等我反应过来，我已经习惯性地跨进了门。黑暗中我的手被什么猛地扯了过去，脚下吃了一绊，整个人摔倒在地上。我不由自主地叫了一声想爬起来，可是后脖子被一只大手按住，挣扎不起来。我听到洪安儿娇叱一声，然后是一个低沉的男声低喝："老实点，进去！"

房间里的灯亮起来。我勉强抬起头往门口张望，看见洪安儿慢慢走了进来，她的身后跟着两个穿黑西装的大汉，其中一个身材肥胖的大汉用什么东西顶在她腰间，另外一个高瘦大汉随手关上了门。

不会吧，像电影里的情节，怎么会落在我们头上？难道洪安儿担心的事情终于发生了？

"嘿嘿，果然真是个大美人啊，好俊俏的模样。"原来大

第十章 "武林高手"

厅沙发上还坐着一个人，方脸短发，看样子是这伙人的头目，旁边还站着另一个年轻白净的家伙。这时候头目模样的站了起来，缓缓向洪安儿走来。我已经判断出对方有四个人，方才两个先行潜入房里，两个埋伏在楼梯口防火门后面。都是穿着黑西装，正像电影里黑帮的打手装扮，只是少了黑墨镜。

我嘶吼一声："你们是什么人？想干什么？放开我！"

"老实点。"按住我的人在我脑袋上拍了一下。

洪安儿望了我一眼，眼神里满是着急，不过她马上镇定下来，缓缓说："各位大哥，有事好商量，先放了他。你们要什么我都可以给你们，出来混的不就是为了求财吗？"

那个头目模样的说："好说，好说。我们也不要你什么，只要你老老实实跟我们走。"

洪安儿嫣然一笑说："这么说你们是来找我的？可以问一下，谁让你们来的吗？"

头目模样的说："行有行规，请恕在下不便相告。看来姑娘是有身份的人，在下也不敢得罪。这就跟我们走一趟吧。"这家伙居然掉起了书袋子，说起话来文绉绉的。

洪安儿冲我一指说："我可以跟你们走，不过你们必须先放了这位先生，你们不会是来找他的吧？"

我知道洪安儿的意思，我喊道："不行，你们是什么人？想干什么？"

洪安儿身后的肥胖大汉叫道："跟她啰唆什么？带走了就是。识相点，要不是有人交待对你客气点，嘿嘿，这么一个大美人落在我们手里……可惜啊，可惜。"

头目模样的喝道："住口，休得无礼。"

洪安儿微微一笑："可惜什么？如果我不愿意跟你们走呢？你们是不是就要对我动手动脚？"

头目模样的说："姑娘最好还是老老实实跟我们走，我知道姑娘身手不错,不过这时候……嘿嘿,何必扯破了脸皮,大家脸上都不好看。"

洪安儿神情自若,微微冷笑说:"就凭你们几个小毛贼?"语音未落,突然一个前扑,右脚迅即反撩,站在她身后的肥胖大汉狂叫一声,捂着下体蹲了下去,看来要害被踢,龇牙咧嘴地在地上滚动,痛苦不堪。洪安儿身形骤起,在这间不容发之际,飞身腾空,像一只展翅的飞鸟,半空中右脚面向按住我的大汉面门踢来。那大汉猝不及防,叫出声来,躲闪不及,赶忙用双手格挡。我得了自由,在地上翻过身,见那大汉两条腿正伫立在眼前,正是仇人相见格外眼红,我奋不顾身用手勾住一条腿往后猛拉,那大汉跌坐地上,被洪安儿一脚扫在头上,扑地倒下,一动也不动了。

这几下兔起鹘落,对方措手不及。这时候只剩站着的二人,都慌忙从腰间拔出匕首。洪安儿冷笑一声喝道:"还不给我躺下!"一个扫堂腿向头目模样的脚下扫去。那人退开一步,手中胡乱挥舞着匕首向洪安儿刺去,一边慌张地喊着:"别过来!"洪安儿侧身闪过,喝道:"咏春寸劲!"砰砰两拳,也不知道打在什么地方。这时候另一名高瘦大汉正向我挥动匕首,我一时手忙脚乱,节节败退。"咏春寸劲!"洪安儿又一声娇叱,砰地一声,一个茶杯夹着劲风打在这家伙的后脑勺,他摇晃了一下,睁着眼睛稀里糊涂地站在我眼前,我赶紧补了一个右勾拳把他打倒在地。

四位大汉倒在地上哼哼哈哈。洪安儿将匕首踢到一边,问那头目模样的:"谁派你们来的,现在可以说了吧?要不要再尝尝我的'咏春寸劲'?"

那家伙犹豫了一下,忍痛说:"我们也是受人之托来找您,并没有什么恶意,姑娘想必是有身份的人,何必来为难我们?我们都是些小人物,有眼不识泰山,不知道姑娘竟是咏春高手……姑娘高抬贵手,我们这就回去,再也不出来混了。"

洪安儿喝问:"你怎么知道我是个有身份的人?!"

第十章 "武林高手"

那家伙苦着脸说:"姑娘开玩笑吧?能出得起大价钱,雇得起我们的人,都是大主顾,我们可不会做其他人的生意。"

高瘦汉子嘟哝:"什么大价钱?这世道生意难做,还有什么大价钱?早知道这样,老老实实在家待着,出来献什么丑?"

方才要害被踢的肥胖大汉哼哼哈哈埋怨:"还不是你?好好地过来相请就是了,非要耍什么威风?这下子还有什么威风?"

那家伙喝道:"闭嘴。嘿嘿,我是叫他们闭嘴,不是叫姑娘闭嘴。我猜姑娘是离家出走的吧?虽然我也不知道雇主是谁,我猜您不是高官子女就是什么总裁、董事长的女儿、媳妇,姑娘真是身在福中不知福啊,是不是跟家里闹了别扭?这事我见得多了,不如跟我们回去,有什么事跟家里好好谈谈,没什么谈不拢的。姑娘是为了这位先生出走的吧?这个……嘿嘿。"

洪安儿啐了一声:"这么说你真不知道雇主是谁?"

那家伙赶紧竖起三个手指头:"真不知道,我发誓……"

洪安儿打断他的话:"谁交待你们要客气点的?你对我们还挺客气的啊?"

那家伙点点头勉强挤出笑脸:"客气,客气。我们对您……你们二位是尊敬有加,不敢得罪,不敢得罪。"

洪安儿冷笑说:"不敢得罪?要不是我有点功底,这时候只怕身上多了两个窟窿出来,这叫不敢得罪吗?"

那家伙赔笑说:"哪里哪里,姑娘不知道,那些刀子,吓唬人的,耍耍威风,壮壮胆而已,您不信可以去瞧瞧,塑料做的。"

"塑料做的?"洪安儿捡起地上的匕首,用手一掰,果然应声而断。

"是不是,我没说假话吧?哎哟,姑娘的'咏春寸劲'这么厉害,这时候我一边胳膊还动不了呢?"那家伙牵动一下手臂,咧着嘴说。

洪安儿点了点头,用那把断了刃的刀柄敲了敲那家伙的头说:"好吧,你们怎么知道我在这里的?怎么找到我们的?"

那家伙缩了缩头说:"这个我就不知道了,找人不是我们的事,我们只负责请人,我们也是得到通知说你们在这里,所以过来请了。"

洪安儿气道:"有你这么请人的吗?"

那家伙讷讷道:"礼数不周,恕罪,恕罪。"

洪安儿说:"找我的那帮人是谁?你们是不是一伙的?"

那家伙吞吞吐吐说:"这个行有行规……我们还想混口饭吃,能不能不说呢?"

洪安儿扬了扬手中的刀柄:"你说呢?是不是想再尝尝我的'咏春寸劲'?"

那家伙哭丧着脸说:"我还是说了吧,反正脸都丢尽了。我们是保安公司的,那帮找你的人是一家侦探社的,我也没见过,真不知道是谁,他们只发来一张传真,上面有姑娘的照片,说是请到了姑娘,自然会给我们报酬。双方都不见面,这是行规……我们只是些小人物,骗你是孙子、小狗。"

高瘦汉子又嘟哝起来:"什么保安公司,也不怕人笑话。"那头目模样的家伙瞪了他一眼。

洪安儿沉吟片刻,问他:"保安公司?你们老板是谁你总该知道吧?"

"嘿嘿,我就是总经理,我们公司就四个人。"那家伙指了指高瘦汉子,"这位是副总经理。"

洪安儿哭笑不得,皱着眉头想了想,拱拱手道:"失敬失敬。"想了想,挥了挥手,"好吧,都给我滚蛋,不准再来了!"

"不敢,不敢。"四个人灰溜溜地开了门走了。

我一直一声不吭地看着她审问四位彪形大汉,心中的疑虑像火炉上的开水壶,这时候蓬蓬勃勃在翻腾。四人刚走出房门,

第十章 "武林高手"

我就忍不住问道:"怎么就放了他们……这究竟是怎么回事……"她说:"你一定在奇怪我怎么会咏春拳,是的,我学了点皮毛,我还会一点跆拳道和洪拳,太极拳太难,来不及学了,咱们有机会切磋一下。"我诧异地说:"你这叫学了点皮毛?都能把那些大汉打得屁滚尿流了,如果学得再好一点,那不比李小龙还厉害?"她微微一笑说:"李小龙的截拳道我也学了一点,不过现在不是讨论的时候,你如果有兴趣咱们以后再切磋,现在咱们要跟着这四个家伙,看他们的老窝在哪里,这叫欲擒故纵。别人摸到自己的窝里来了,咱们还不知道他们是谁,那怎么行?走吧。"不由分说拉了我的手出门。

满腹疑问闷在心里发酵。

远远看到四人轰隆隆开动一部老掉牙的黑色破轿车。洪安儿和我赶紧来到停车场,开了她的红色小车沿着黑色轿车的方向赶去。二十分钟后,黑色轿车在一个酒吧门口停下,四人进了酒吧。我和洪安儿悄悄跟了进去,远远察看他们的动静。四人找了一张酒桌坐下,垂头丧气地叫酒,一边唉声叹气不已。不一会儿,其中两个跑到一旁跟两个妖娆女孩搭讪,两个女孩到他们酒桌旁坐了下来。我们站在远处再观察片刻,洪安儿皱眉说:"看样子他们今晚要在这里找些乐趣,冲冲霉气,不会回老窝了,我可不愿在这里干等,走吧,回去再说。"

满脑疑惑回到家,清点了一下。门锁并没有坏,看样子他们是从阳台上爬进屋里的。而且并没有损失什么东西,抽屉里的现金一张没少,连那张存折也没有动过。看来四人虽然脓包,却颇有职业道德,难怪口口声声都是"行规"。可是我的担心更加强烈了。这些人不是为了钱财而来,很显然他们是冲着洪安儿来的。洪安儿是什么人现在并不是最重要的,重要的是,有人来找她了,要她回去。回到哪里去也不是最重要的,重要的是不能让她回去,不能让她离开我,绝不能,我现在离不开她。

"安儿，他们是什么人？你有一点头绪吗？他们是来让你回去的吗？你不会回去吧？"我惴惴不安，尽管我很清楚洪安儿绝不会离开我，我还是忍不住要这么担心。

洪安儿过来牵我的手说："你放心，凭他们这些脓包，再多几十个我也不会放在眼里，我只是担心……不会的，他们不会来，他们来不了的。"

"他们是谁？你担心的是什么？"很显然洪安儿口中的"他们"并不是这些"脓包"，难道还有更厉害的人物在找她？

洪安儿微笑着说："相信我，我们可以应付，我们不会分开。"她低头沉思了一会儿，摇了摇头，喃喃说，"我只是奇怪，怎么会是这四个脓包找上门来？没有理由呀。"

次日是周六，吃过早餐，我还沉浸在昨晚的纠缠中，头脑混乱。门铃突然响了。洪安儿透过猫眼看了一会儿，突然打开了门，喝道："干什么？昨晚修理得不够吗？胆敢又找上门来！"

门口正是昨晚那四人，居然又找上门来。我心头一凛，暗暗戒备。只见那头目模样的短发汉子点头哈腰地对洪安儿说："不敢，我们不是来惹事的，昨晚是我们不对，把事情搞砸了。我们既然请不到姑娘，有一句话是必须捎带给您的。"

洪安儿说："什么话？昨晚为什么不说？"

他赔笑说："昨晚我们……办不好事情，跟侦探社的人沟通了一下，说是有一句话要捎带给您。"

洪安儿说："什么话？快说。"

那家伙说："侦探社的人说，有人交待他们传话，叫姑娘小心一个叫什么 Anson 的人，他正派人找你，好像要对你不利……"

"Anson？谁叫他们传话的？你知道吗？"洪安儿神色紧张地问。

那家伙说："本来这是行规，说不得的。我好不容易旁敲侧击了一下，嘿嘿，终于给我探听到一点消息……姑娘，做我们这一行不容易，您能不能给点信息费？多少补偿一下……嘿嘿。"

洪安儿掏出钱包，拿出两张百元钞票递给他。那家伙手指做了个数钱的动作，示意再给一点，洪安儿瞪了他一眼，又拿了两张给他。

那家伙说："侦探社也只是收到一份电子邮件，说让他们找到你，带这句话给你，他们也不知道是谁发给他们的，只是说，找到你之后把话带给你，你自然会给他们报酬。"

洪安儿奇道："我给他们报酬？就这样吗？他们还说了什么没有？"

那家伙说："就这样，没了。"

洪安儿说："那他们怎么不自己来找我？"

那家伙嘿嘿一笑说："行有行规嘛，这叫分工合作，他们怎么能抢了我们的饭碗。他们本来想让我们请到您，把您带到他们那里，由他们直接告诉您的。昨晚他们听说您这么厉害，可能不敢惹，就让我们直接带话过来了，还问您能不能多少给一些报酬。"说完又伸出手来。

洪安儿怒道："不清不楚，报酬没有，还不给我滚，以后不许来了。"说完将他们赶了回去。

我看洪安儿脸色不豫，焦躁不安。我担忧地问："怎么啦？那个 Anson 是什么人？就是背后那个指使的人吗？"

她犹豫了一下，迟疑地说："我也不是很清楚。可是这里已经暴露了，虽然不怕他们，但总是会纠缠不清。咱们也不要管什么侦探社和保安公司是些什么人了，惹不起还躲不起吗？这里是不能住了，离开这个城市，咱们换个地方吧。"

我讶异地说："什么？离开这个城市？可是，我们的基础都在这里，朋友什么的都在这里，一时半会儿要到哪里去？"

她说:"哪里都可以,工作和朋友虽然重要,但更重要的是我们可以在一起,不是吗?"

我说:"当然,可是……"

她说:"那就听我的吧,周一不要去公司了,打电话请个长假,收拾一下就走,相信我。"

我讷讷地说:"真有这么严重吗?我的工作……"我突然又有点依依不舍。

她在客厅里踱来踱去,边想边说:"这些都不重要……也不是说走了不回来,我只是需要一点时间,整理一下思路,说不定过几天我就想明白了……何况我们还有这么多钱……只要和你在一起,我什么都不怕。你愿不愿意?你如果愿意,咱们就还在这里住,兵来将挡,水来土掩。"

我见她犹豫不决,显然事情可能很严重,但又没有一个头绪,我说:"那么还是按你想的去做吧,只要和你在一起,其实在哪里都一样。"

她说:"好,我们出去转一转,放松一下,就当是给自己放假吧。放心,一切都会好的,没有什么人可以破坏我们的生活,我现在只是有点混乱,想先离开这里的环境一下。"

疑团太多,一个接着一个,层出不穷。习惯成自然,想也想不清楚,不如由它去吧。就这么决定了,我和她商议着要去哪里。

洪安儿说:"既然要出去一段时间,那就当是休长假吧,反正我们有的是钱。"她扬了扬手中的存折,"好好放开胸怀,你不是说希望到各地旅游,见识见识不同的人情风俗、自然风光吗?难得我们现在又有钱,又有时间,该好好享受一下了。你说先到哪里好?"

我心念一动,试探地说:"要不咱们先去四川?"

"好啊,去四川。"没想到她爽快地答应了,这让我多少

第十章 "武林高手"

有些意外，我本来以为她会不愿意，因为她的家乡在四川，而她以前似乎不愿意让我了解她的过去。

我说："我们坐飞机去吧，这样快一点。"

她说："不了，坐火车才能一路看风景，沿途有什么好地方也可以下来看看。"

我点头说："好吧，就这么定了。"我赶紧敲定，以免她醒悟过来又要反悔。

第十一章 "无神雕之侠侣"

这时候我已经跟那精瘦汉子交上手,无暇顾及身后情形。狭路相逢勇者胜,何况对方头目已经倒地。我舞动汽车防盗锁,奋勇上前,也顾不上什么招式,没头没脑往他身上招呼。只听身后哭爹喊娘,哎哟之声不断,显然洪安儿大获全胜。

坠入凡尘的星星

能跟心爱的女孩一起出去长途旅游，而且身上又有大笔钱，那更是以前梦中都不敢奢望的美事。我们踏上了开往成都的火车，一路上我把众多疑团闷在心里，没有提起有关她家乡的事，她也闭口不提，而且一路上也并没有中途停下来各处看看。出了火车站，在小摊上买了一本四川地图册，到附近一家旅馆用我的名字开了一间房。晚饭后，洪安儿在灯下仔细地研究地图册，用铅笔在地图上划来划去，然后跟我详细讨论该去哪一处名胜，吃哪一些风味小吃，哪里还有余暇去想烦心的事。

晚上我们在旅馆周围转了一圈，欣赏了一会儿夜景，回旅店房间洗漱完毕。洪安儿说："早点睡，明天一早出发。"

车马劳顿，我躺下后不一会儿就迷迷糊糊睡着了。转眼天亮，我和洪安儿按图索骥，不一会儿来到一处风景优美的山坡上。只见鸟语花香，莺歌燕舞，白鹤展翅，金鱼摇尾，莲花盛开，杨柳依依，一派姹紫嫣红。我们在风景如画的地方相依相偎，悠闲散步。我正奇怪现在时处初冬季节，此处怎么会是一片江南春天景色。不对，莲花是夏天才开放的。正疑惑间，突然狂风大作，眼前黄沙漫漫，乌云滚滚，黑压压一片。我正在惊讶，只听云端一声巨响，原来是一个天神般的巨人，站在云端之上，手里还拿着一根什么兵器。不得了，该不是什么天上的神仙要来捉拿洪安儿回去吧？我幡然醒悟，对了，以前怎么一直没有想到，原来洪安儿是天上的仙女！下凡找上我这个凡人了，怪不得她……原来她是个仙女，心中的一切疑窦现在都迎刃而解，怪不得她神通广大，文武双全。我仔细一看，那巨人银甲白袍，额头上还长着一只眼睛，不是二郎神是谁？那二郎神本领高强我是知道的，孙悟空也打不过他，这便如何是好？我赶紧拉了洪安儿就跑，只希望他是路过此地，别有贵干，或许急匆匆地并不是来抓洪安儿的。我跑得气喘吁吁，回头一看，要命，洪安儿手舞双剑，脚踏祥云，正

第十一章 "无神雕之侠侣"

与二郎神的三尖两刃枪斗了个难解难分，天昏地暗。

我纵身而起，却飞不上天帮忙，急得我直跳脚。情急之下我冲着二郎神喊道："嘿，你这家伙怎么老爱管这种闲事？"二郎神一愣，在空中摆了一个架势，瞪眼厉声道："大胆，洪安儿不守天规，私自下凡，你小子勾引天上神仙，该当何罪？！"

我慨然说："我和洪安儿两情相悦，真心相爱，何罪之有！"

二郎神怒道："好小子，你刚才说什么？说我多管闲事吗？此事从何说起？"

洪安儿在云端上冲我喊："你快走，这二郎神凶得很，待会儿就走不了了。"手舞双剑猱身而上，二人又缠斗在一起。

我想这二郎神看样子还愿意跟我讲道理，那是求之不得。俗话说"阎王好见，小鬼难缠"，这二郎真君地位尊崇，又是玉皇大帝亲属，只怕比阎王爷级别还高，正好晓之以理，动之以情。我说："你年少之时，不是也劈山救母吗？你母亲不是也爱上了姓杨的凡人了吗？否则哪来的你？怎么越老越糊涂了？怎么轮到你妹妹就不行了？你妹妹华山三圣母和李郎相好，生下了沉香，干你什么事？干吗把三圣母压在华山之下？逼着沉香也来个劈山救母？如今你又来这里多管闲事，我和洪安儿好好的相亲相爱，干吗来拆散我们？好好的神仙不做，专干这种缺德事，忘了自己是从哪里来的了？"

二郎神罢手不斗，抓头搔耳说："对啊，我干这缺德事干吗？君子成人之美，来来来，择日不如撞日，既是这等好事，不如你们俩就在此成亲吧，如何？"

洪安儿娇羞羞低头道："可是此地本来鸟语花香，倒是个成亲的好地方，给你这么一闹，满地狼藉，如何成亲？"

我正想见好就收，提议将就将就算了。二郎神哈哈一笑道："无妨，无妨。"将手一指，祥光灿然，我们已经身在一所华丽大堂，高朋满座，灯笼高挂，烛火荧荧，连我老爸、老妈、姐姐、姐夫等人也微笑端坐，喜气洋洋。洪安儿婷婷袅袅，身穿大红喜服，头上遮着一块鲜亮红布。来不及诧异，二郎神唱道："一拜天地。"我和洪安儿鞠了一躬。二郎神再唱："二拜高堂！"我突然转念一想，糟糕，洪安儿的父母是什么样的我还不知道呢，只怕他们没有来，此等喜事，怎能少了他们？四处张望，果然前面空着两张檀木交椅。我转念又想，无妨，此乃古式婚礼，古式婚礼……岳父岳母大人是不是不用参加？好像是吧？正想不清楚，二郎神喝道："为何不拜高堂？"我正犹豫不决，二郎神掐指一算，横眉竖目道："原来如此！竖子欺我太甚！"拉了洪安儿腾空而起，驾一道金光，倏忽远去。我急道："真君留步……"追出大堂，脚下怪石嶙峋，眼前风沙弥漫，我张口狂呼："安儿回来！安儿回来……"脚下给什么绊了一跤，掉入了一个无底深渊，飘飘荡荡……

"喂，你干什么？做噩梦了吗？我在这里，你没什么事吧？"恍恍惚惚间我听见了洪安儿的声音，睁眼一看，她正摇晃着我的肩膀，满眼都是关切。"安儿，你回来了？"我赶紧将她抱住，没错，温香软玉在怀。她说："什么回来不回来？你做什么梦了？什么真君留步，安儿回来？梦见谁了？"

我长吁了一口气，将她紧紧搂在怀里，过了好一会儿才定下神来，我说："还好只是个梦。"

她问："你到底做的是什么梦？大呼小叫的。"

我说："你是不是天上的神仙？七仙女？不对，七仙女嫁给董永了，你是她姐姐还是妹妹？"

她失声一笑说："什么七仙女八仙女，你想象力够丰富的。到底梦见了什么？"

我把梦中的景象向她详细描述了一番。洪安儿笑靥如花，咯咯地笑个不停。突然她凝住了笑容，眼神里露出一丝担忧，说：

第十一章 "无神雕之侠侣"

"我知道你在担心什么,你什么也不用担心,什么事也不会发生。"

我苦笑说:"我不担心,你是仙女嘛,我担心什么?大不了生个儿子,以后让他劈山救母去。"

之后的时间,我和洪安儿携手饱览巴蜀的名胜古迹。在成都凭吊杜甫草堂;到武侯祠参谒诸葛亮;北上都江堰参观工程浩大的秦代水利工程,发一些浩然长叹;上青城山体验"青城天下幽"的道家境界;游黄龙惊讶于层层叠叠的浑然天成的人间瑶池;在九寨沟迷醉在空明澄澈、五彩缤纷的童话世界之中;在川北草原策马奔驰(当然是洪安儿带着我,我不会骑马,她是武林高手,无所不能),听"羌管悠悠霜满地"。之后一路南下,到乐山参谒天下闻名的乐山大佛;登峨眉拜谒骑白象的普贤菩萨;在金顶遥望苍苍莽莽的云海……四川天府之国,山川秀美,人杰地灵,物产丰富,美景美食数不胜数。我身边美人如玉,柔情似水;眼前风景如画,目不暇接。真是情景交融,美不胜收。说不尽凝眸相睇尽温柔,道不完喜心翻倒胜神仙。一路如梦如幻,如痴如醉。人生如此际遇,夫复何求?

时光荏苒。东西南北,十来天下来,几乎转了小半个四川。我依然忍住了好奇心,不去问哪里是她的家乡。洪安儿也真忍耐得住,若无其事。跟别人哗啦啦流畅地讲四川话,就是只字不提家乡亲人的事,仿佛根本就没有这回事。

不过她还是满足了我部分的好奇心,那就是她之前说的"有空切磋一下",当起了我的"武术指导"。通常的情况下,我跟着她早睡早起,晚上早早甜甜蜜蜜恩恩爱爱之后,安然入睡,早上早早爬起来,找一个清幽之地,练习"咏春寸劲"或者拳击、搏击之类。男人大都曾经有过一个当"大侠"的梦想,都曾经幻想过自己是多么的武艺高强,如何的柔情侠骨、扶弱济贫,否则武侠小说和武打片不会这么火爆。这也许是一种很古老的原始欲望,潜藏在各人的体内。说实在她这个"武术指导"当得马马虎虎,既没有严谨的姿势,也没有要求我扎"咏春马步",更没有木人桩可打,只是面对面做一些最基本的动作。我们更多的只是一种游戏,练着练着有时候就变成绕着树林相互追逐,或者干脆抱成一团傻笑。

"喂,你是不是无心教我?是不是留了好几手?"有一次我抗议。我没有发现她有什么多厉害的绝招,更不会飞檐走壁。"好,我有一招,现在教给你,看好了。"她跨前一步,右手往我脸上一巴掌迅速无比地抡过来,根本来不及格挡,但在即将扇到时她却突然收劲用手指在我脸颊上轻轻一抹,笑盈盈地说:"怎么样?学会了吗?"我愕然说:"这不是咏春拳吧?这招叫什么?"她笑笑说:"这招叫什么?叫'上来就是一巴掌'。"我疑惑地问:"'上来就是一巴掌'?哪有这么长的名字?你瞎编的吧?"她板着脸一本正经地说:"集中意志和力量,往最合适的地方打,所以我能打到你。你没有集中意志和力量,所以挨打了,知道吗?好好去想想,回去吧,下次再练。"我若有所悟。

自此,我和她常常在清冷的晨曦中,或者在淙淙的流水旁,或者在幽谷深林处,或者在荒芜的田野上,或者只是在旅馆旁的小公园里,时而马马虎虎游戏,时而勤勤恳恳切磋,别有一番乐趣。

某一天来到一个偏远小村。这小村比我们去年旅游的小镇更显得偏僻落后许多。这里是真正的山区,高山险峻、雄伟、突兀,另有一番风景。只是人烟稀少,几处山脚下稀稀疏疏搭建一些简陋的农舍小屋,三三两两散落在地势相对平缓处,所以并不是一个集中的村落。小村旁是一条简易公路,路边一条湍急的小河,河上用两根树木钉在一起架起一条简易小桥。

午后时分,我们正在公路上走着。我们基本上是漫无目的地来到这里的,因为洪安儿说,要见识见识真正的"民风民俗",

第十一章 "无神雕之侠侣"

最好到深山的乡村里来。我们在地图上找到这个地名，叫疙瘩村，觉得名字挺够味，很好奇它是什么样一个疙瘩，于是转了几回车，又步行了十几里路来到这里。

"嘿，小朋友，小学生。"洪安儿脸上荡漾着笑容，边喊边挥着手。

我顺着她目光的方向望去，只见两个学生模样背着书包的小男孩正走在小木桥上，一摇一晃，不过他们似乎已经走习惯了，如履平地，还抬起头向洪安儿张望。

两个小孩过了桥，走上一个斜坡，上了公路，愣愣地望着我们。显然他们对于陌生人的打招呼不大习惯，不知道洪安儿要干什么。

洪安儿故技重演，从口袋里掏出一把糖果，笑嘻嘻地说："想吃糖吗？给你们。"我真佩服她口袋里怎么老有糖果，其实她自己平时并不怎么吃。

"想吃，给我们的吗？"大一点的男孩腼腆地说，眼睛盯着糖果，可是到底不好意思伸出手。

"给我，我也要。"小一点的男孩向前一步，毫不客气地从洪安儿手中拿了一颗糖。

"我也要。"大男孩也拿了一颗。

"我还要。"小男孩又拿了一颗。

"我也还要。"大男孩跟着又拿了一颗。

洪安儿手里只剩下一颗糖，她问："剩下这一颗给谁？"

大男孩望着洪安儿说："我有红领巾，他没有。"

小男孩说："我是小组长，他不是。"

大男孩说："我是三好学生呢。"

洪安儿咯咯笑了起来，从口袋里又摸出一颗糖说："好吧，不用争了，一人一颗，给你们。"

两个小孩喜笑颜开。

我知道下一步该干什么，我说："你们学校在哪里？你们什么时候下课？下完球打球吗？"

大男孩指着公路一头说："学校在那一头，转个弯就到，我们四点钟下课，下完课玩游戏，打球。"

我问："你们村里有旅馆吗？"

大男孩问："什么是旅馆？"

我说："就是给客人住的地方，住的房间，有没有？"

他摇摇头说："我不知道。"

小男孩说："有，我们学校里有一个房间，是给老师住的，是不是那里？"

我说："好吧，你们先去上课，上完课我们找你们打球。这附近有什么好玩的地方？"

两个小孩对望一眼，凑在一起商量，看来商量不出什么结果，大男孩问："你想玩什么东西？"

我说："比如说，什么地方人多一些、热闹一点的，有没有？"

小男孩想了想说："我知道了，有一座庙，有时候人很多的，你们过了桥走一段路就到了。"他用手指着河对面，脸上有一丝不解，"那地方好玩吗？"

我和洪安儿小心翼翼地过了小木桥，循着小男孩所指的方向一路找去。洪安儿说："这两根木头钉在一起就算是一座桥，要是河水涨了怎么办？"我说："也许河水不会涨，这边可能雨水稀少。"与河对岸差不多，一路所见多是三三两两土不溜秋的房子，门前挂着一串串玉米和辣椒之类，红黄相间，颜色倒是蛮鲜艳。远远能望见几只山羊在陡峭的山崖上走来蹿去，简直像在表演杂技。走了一段路，只见前方一块地带稍稍平缓，山坡旁边果然有一座庙，不过我和洪安儿都差点哑然失笑，这庙是用竹棚搭起的，要不是里面供着一尊不知什么神像，还以为是一个歇脚

第十一章 "无神雕之侠侣"

的凉棚。山不在高,有仙则灵,同理,不管什么庙,有神也该灵。我和洪安儿还是恭恭敬敬鞠了个躬,沿原路返回。

我们敲门拜访了一户村民,得知此地确实没有旅馆,只有学校里有一间空房子,原来给一个老师住,现在那老师走了就空了下来。村里如果来了什么客人,大多安排在那里。我们谢过村民,往学校方向走去。

远远地望见一面红旗飘扬,想必就是学校所在。走近一些又渐渐疑惑。没有围墙,没有操场,没有篮球架,甚至没有一列平房。只有一块斜坡,斜坡上一边是一根竹竿竖起的国旗,另一边是一棵孤零零的大树,树上挂着一个锈铁钟。大树下一片稍稍平整的砂石地。一栋老房子突兀地靠在后面的石山坡旁,老房子两旁各有一间看样子是用泥土砖砌成的小房间。就是这样,两间小房夹着一间老房,像两个小孩搀扶着一位年迈老人。

老房子里传来读书声,证明它是一间教室。

我和洪安儿对望一眼,悄悄走近老房子。透过窗户往里面看去,教室里挤满了学生。一位身穿深蓝布衣的中年男教师在讲台上讲着什么,可是有的学生在听,有的学生在写着什么,有的学生却在唧唧喳喳朗读。我看了一会儿,看出点门道来,原来前面的学生在听,中间的学生在写,后面的学生在读,这是什么教学方法?有点意思。

我们看了一会儿,退回砂石地上。洪安儿说:"你看那些小孩多可爱,这样的环境下,读起书来还有板有眼的。"

我笑说:"这位教书先生挺有意思的,不知道是什么教学方法。"

她说:"你真不知道吗?"

我奇道:"怎么?你知道?"

她说:"这是三个年级的学生混在一起上课,我看,前面是一年级,中间是二年级,后面是三年级的。"

我恍然大悟:"这样啊,对,对,我怎么没想到,这么简单的道理。"

她说:"我们等他们下课,跟他们老师聊聊。"

下课了,学生们从教室里涌出来,唧唧喳喳,嘻嘻哈哈。有背着书包往斜坡下面回家的,有贪玩的三五成群留在砂石地上玩跳绳的,有追逐着捉迷藏的,还有七八个小孩围着一个旧橡皮球在玩——不是篮球,也算不上足球或者排球,是小好几号的玩具球——抢得不亦乐乎,其中就有之前遇到的两个男孩。我们顾不上去跟他们玩球,只在教室门口等老师出来。

"您好,您是这里的老师吧?"洪安儿过去跟那个中年教师打招呼。

"你们是……"老师疑惑地望着我们。

我们简要做了自我介绍,说明来意。洪安儿问:"你们学校就这一间教室吗?就您一位老师?"

老师憨笑道:"是的,这里是贫困村,就这么一间老屋,没有办法,条件就是这样。原来还有一位老师,去年刚刚走了,所以六个年级都是我教,一二三年级和四五六年级轮流,隔天上一天课。我在这里教了十几年书了,现在语文数学英语、音乐体育全是我教。"

我睁大眼睛惊讶地问:"教了十几年了?您贵姓?"

他咧嘴一笑说:"我姓杨,他们都叫我杨老师。"又喟然叹气说,"不知不觉,三十七了。"

三十七?看样子他至少也有四十多岁了,双鬓灰白,名副其实的灰头土脸,皱巴巴的脸上刻画了岁月的痕迹。只是这痕迹表明了爱因斯坦相对论的另外一种表现形式,时间在不同人的脸上刻出的痕迹是不一样的。

第十一章 "无神雕之侠侣"

我肃然起敬。

洪安儿问："您就住在这里？"

"是的，"他指了指旁边那间小屋，"原来还有一位老师住在另外一间，现在那一间空着……我有钥匙，二位如果晚上想住这里也可以，只是简陋得很，也没什么好招待你们。"

我说："非常感谢，我们就在这里住一晚。"我说着又从包里掏出两包香烟塞给他，这是我出门备用的，其实我自己很少抽。和上次那位大叔一样，好说歹说，总算让他收下了一包。

我们和杨老师聊了一会儿，得知他是本村唯一的高中毕业生，以前成过家，老婆是本村人，前几年得了重病，没有钱医治，终于离他而去，没有留下孩子。洪安儿听得潸然泪下，反倒杨老师安慰起她说："没什么，有这群孩子陪着我，现在蛮好的。"

晚上我们就住在旁边空着的小屋。杨老师煮了一大盆汤面端给我们，里面放了一些菜干："这都是学生家长带过来给我的，将就着吃吧。"

夜里静悄悄的，只有风声。紧闭了门，小屋里一盏昏黄的电灯。

洪安儿突然问我："你说建一所学校需要多少钱？"

看样子她动了恻隐之心。我说："你想在这里建一所小学？"

她说："我随便问问……最好再修一座桥，把庙也修一修。毕竟我说过四川是我的家乡，如果能为家乡做点事也挺好的，可是没有这么多钱。"

我心里头一动，问："四川真的是你的家乡吗？走了这么多地方，究竟哪里是？你还没告诉我呢。还有，你不是有很多钱吗？"

她愣了一下问："我有很多钱？"

我说："不是中了彩票吗？"

她拍了拍脑袋，失笑说："哦，你不说我差点都忘了……"接着又红了脸吞吞吐吐地说，"列哥，跟你说一些事。如果我骗了你，你会……怪我吗？"

我狐疑地问："你骗了我什么？我……不会怪你。你如果愿意跟我说，我会很高兴，你是不是要告诉我一些你的事？"

她嗫嚅说："我没中什么大奖，我说中大奖只是我心血来潮的童心杰作，逗你开心，我觉得这样会让你放下顾虑，放心做一些你喜欢做的事，我觉得，做自己喜欢的事才会快乐……你会怪我吗？"

我跳了起来，哑然失笑："你开玩笑吧？存折上不是明明有这么多钱吗？"

她笑嘻嘻地说："存折？你相信那存折？那是我花十块钱开了一个新账户，用打印机仔细打印上去的，这你也信？你说过不会怪我的，可不要反悔，反悔也没用，反正没钱，人有一个，命有一条，你爱怎么样就怎么样吧。"

我目瞪口呆，哑口无言。好一会儿我才说："这么说你是四川人也是骗我的？"

她居然红着脸腼腆一笑说："我总共就骗了你这么两次，都给你识穿了，你很厉害。不过不能生气，说好的。"也不管我是不是生气，又自言自语说，"到哪里弄些钱来好呢？"

我气呼呼地说："臭丫头，那你是哪里人呀？"

她说："我是白雪公主，天上的仙女，不是你说的吗？——到哪里去弄些钱来好呢？"这丫头顾左右而言他。

既然提到这个问题，而她又是一语带过，迷雾又出现在眼前，挥之不去，我再也忍耐不住，我说："你神通广大，无所不能，钱不是问题，这我完全相信，由不得我怀疑。只不过你如果再不告诉我你是什么人，我怕我要憋死了，我快要疯了，求求你，洪安儿，快告诉我吧，哪怕你是只九尾狐狸，只要你告诉我，我不

第十一章 "无神雕之侠侣"

在乎，我一样爱你。"

"九尾狐狸？你真不怕？"她扑哧一笑，扑闪着双眼，睫毛微微颤动。我看她欲言又止，赶紧趁热打铁说："我不怕，你告诉我吧。"她久久凝望着我，浅浅一笑说："你真这么想知道？如果我告诉你，我是来自未来的人，你相信吗？"

我张大了眼合不拢嘴："来自未来的人？不会吧？"我觉得这答案跟白雪公主或者天上的仙女并没什么区别。

她笑说："说了你又不相信，我有什么办法？我就是来自未来的人。"

我说："那你怎么证明？"

她奇道："怎么证明？这需要证明吗？比如说……"她思索了一会儿，表情有点沉重，"比如说，四川过些年会有一场灾难，你相信吗？"

我问："什么灾难？"

她说："地震……不说了，杨老师过来了。"

果然响起了敲门声，我只好开了门。杨老师拿了一张被子过来说："晚上冷，这里又没有暖气，给你们加个被子吧。"我赶紧说："您自己用吧，我们没关系。"杨老师憨笑了一下，扔下被子说了声："早点休息，我过去了。"转身就走了。

我关上门继续着刚才的话题："你说地震吗？地震每年都有，什么样的地震？"

她说："没什么，我不想再说了。我是什么人这么重要吗？只要你记住，我是你的恋人、亲人、爱人，这样还不够吗？"

是啊，这样还不够吗？我暗暗叹了口气，不再追问，何必自寻烦恼。

次日上午用过简单的早餐。离开之前，洪安儿拿出一千块钱给杨老师，说是让他给孩子们买些图书、桌椅以及球类什么的器材。杨老师本不肯收,但洪安儿口口声声说是给孩子们的一点心意,这才谢了又谢,勉为其难收下。

在往回走的路上,洪安儿感慨地说:"有钱人一桌饭,来这里不知能办多少事。"我说:"都像你这么想就天下太平了。"她说:"这世界如今物质是很丰富的,比如不止一两百亿双鞋吧?照理应该人人有鞋子穿,只不过有些人家里摆了几十双,有些人一双也没有。"我笑说:"正如古代有些人三妻四妾,有些人只好一辈子打光棍。"洪安儿似笑非笑,轻嗔道:"你是不是想回到古代去?好有机会弄个三妻四妾?"我笑说:"你来自未来,我怎么不能去古代?嘿嘿——其实现在又何尝不是?"

转了几趟车,我们回到之前住的酒店。我跟洪安儿说下去买包烟。买了烟我见旁边有一家小书店,左右无事,便进去转了一圈,买了一本书回酒店。

进了酒店门口我一时反应不过来,怀疑自己走错了地方。只见人群惊呼四散,酒店大堂成了演武行。三条大汉正围着一个女子,这女子不是洪安儿是谁?一条大汉从后面抱住洪安儿,被她踩脚狠狠踩在脚上,手肘后击,那大汉捂着肚子半蹲在地上。前面一个短发大汉连连挥拳,洪安儿不退反进,揪住他衣领,侧身一个背摔,将那大汉重重摔在地上。可是这三条大汉似乎甚是悍勇,而且训练有素,倒地的马上爬起,依旧将洪安儿团团围住。酒店服务员吓得花容失色,纷纷躲避。两个酒店保安在旁指手画脚嚷道:"住手,住手,否则我们报警了。"

我怒火中烧,豪气干云,顾不得多想,上前往一名大汉腰间就是一脚。这家伙背对着我,毫无防备,被我一脚踹倒在地。另一人转身凶巴巴道:"哪里来的小子多管闲事?"话音未落,我上前巴掌一抡,这招我已经练得纯熟,啪一声脆响,反手一挥,又打在那家伙脸上,打得他双颊坟起,七荤八素,晕头转向。洪

第十一章 "无神雕之侠侣"

安儿一边喝彩："好一招'上来就是一巴掌'！"一边拳打脚踢，三人手忙脚乱，纷纷倒退。这时候楼梯口又冲下两人，一人挥舞着酒店房间挂衣服的木衣架，一人手里操一根扫把，二人鼻青脸肿，呱呱大叫，显然方才在房间里已经被洪安儿修理过一番，这时候气势汹汹赶来助阵。

洪安儿拉过我的手说："快跑！"

好汉不吃眼前亏，我们冲出大堂，匆匆钻进门口一辆出租车。我回头一看，五名大汉大喊大叫追出了大堂。我说："好险，他们是什么人？"洪安儿沉吟道："我也不知道，刚才那两个人冒充服务员，骗我开了房门，差点给他们暗算了，嘿嘿，没这么容易。我担心你，所以赶紧下楼找你，没想到大堂里还有三个。"司机问："二位到哪里去？"洪安儿说："麻烦你前面掉头，转回酒店，我们的行李还在那里。"出租车司机说："我可不想惹事。"洪安儿说："你放心，我不信他们还会在那里等我们，到了酒店就放我们下来吧。"司机惴惴不安说："后面有两辆车好像在跟着我们，是不是他们？"

我们回头张望，果然见远处有两辆车在车流中左右穿梭向我们追来。洪安儿怒道："缠夹不清，我不去惹他们，他们倒来惹我，姑奶奶这么好惹的吗？"跟司机说，"前面停车。"出租车停了下来。洪安儿下了车门，怒气冲冲地走到车后，叉腰站在马路旁。我赶紧付了车费下车，出租车慌慌张张开跑了，显然不想惹上麻烦。只见一辆白色轿车呼啸而来，在洪安儿跟前停下，车上两名大汉开了车门正欲下车。洪安儿二话不说，走到驾驶室前，将驾车的汉子一把揪了出来，高抬起膝盖往他胸口猛撞。那汉子猝不及防，脸上又挨了洪安儿狠狠一记上勾拳，扑倒在一边。旁边另一名汉子见状，赶紧绕过车前过来帮忙。洪安儿迎面抬腿，正踢在他肚子上。我冲上去巴掌一抢，这一次严严实实抢在他后脑勺上，正欲补上一拳，洪安儿说："快上车！"这时候后面的黑色轿车已经赶到，三名大汉下了车奔过来。我赶紧钻进白色轿车，洪安儿发动汽车一踩油门向前冲了出去。我往后一望，五名大汉匆匆忙忙挤上后面的黑色轿车向我们追过来。

洪安儿咬牙切齿道："人不犯我我不犯人，居然穷追不舍，追到四川来，这次可饶不了他们。"转过头对我说，"系好安全带。"

汽车像一条游鱼在闹市穿梭，在车流中左穿右插。后面的黑色轿车紧追不舍。一路冲闯红灯，马达轰鸣，躲避前方突如其来的车辆行人，时而喇叭长鸣，时而戛然急刹，险象环生。我像坐上脱了轨的过山车，提心吊胆。洪安儿神情自若，不时望着后视镜，偶尔见他们没有追上，就放松了油门慢悠悠地开。我奇道："怎么不摆脱了他们？"她冷笑一声："没这么便宜，先冲他几十次红灯，罚死他们，再拿他们来练练拳。"我看她脸色不善，不由得有点担心起来，可是也不好说些什么。

在闹市又兜了一大圈，汽车才一直开到郊外公路。洪安儿将车转入一条岔路，开上一个偏僻的斜坡，停了下来。

夕阳正被浓云遮住，只在云边透出一缕残红。四周不见人烟，草木萧瑟，一片荒凉。黑色轿车跟了上来。

洪安儿在车上脱下外衣，凛然对我说："你留在车上，汽车不要熄火，我打完人就走。"

我慨然说："这怎么行？要打一起打。"洪安儿点头说："那好，这个你拿着防身。"她从座位下拿出汽车的防盗锁递给我，"记住，狭路相逢勇者胜。"

下了车，洪安儿缓缓向黑色轿车走去。我鼓足勇气跟她并肩而行，心里忐忑不安，毕竟还没跟人正儿八经打过架，何况对方是五条悍勇大汉。

五人从车上钻出来，惊讶地盯着我们，似乎不相信我们会自动送上门去。不过他们吃过亏，知道洪安儿不好惹，这时候神

第十一章 "无神雕之侠侣"

情警惕。其中一名浓须大汉将手一挥说:"到后车厢操家伙。"一名精瘦汉子闻言从后车厢搬出几根铁管,分发给众人。

洪安儿神色严峻,冷冷地说:"你们是什么人?"

浓须大汉傲然说:"少啰唆,不要反抗,乖乖跟我们走就是。"做了一个眼色,其他人向四周散开,缓缓围拢过来。

四周寒风萧瑟。突然洪安儿脚一抬,刮起一阵沙尘,她迅速俯身在地上拾起一块石头,甩手一挥,啪一声响,正打在浓须大汉额头上,登时鲜血直流。浓须大汉甚是悍勇,忍住痛哇哇大叫,半闭着眼,挥舞铁管冲到她身前。洪安儿大喝一声,甩手又是一挥,浓须大汉赶紧举双手护住脸门,洪安儿一个蹬腿长驱直入,正蹬在他胸口,浓须大汉闷哼一声,蹲了下去,被洪安儿顺势夺过手中铁管,一管横扫在他左脚胫骨上,浓须大汉痛苦倒地,再也站不起来。

洪安儿倏忽回到我身边,和我背靠背站着。这几下只不过一瞬之间,剩下四人面面相觑,迟疑片刻,发一声喊,各挥铁管扑上来。洪安儿喝一声:"找死!"也不知道用了什么招式,对方又有一人哎哟一声,显然挨了重重一击。

这时候我已经跟那精瘦汉子交上手,无暇顾及身后情形。狭路相逢勇者胜,何况对方头目已经倒地。我舞动汽车防盗锁,奋勇上前,也顾不上什么招式,没头没脑往他身上招呼。只听身后哭爹喊娘,哎哟之声不断,显然洪安儿大获全胜。那精瘦家伙显然看得见我身后的战况,这时候脸色苍白,无心恋战,节节败退,干脆转身撒腿就跑,绕着一棵树跟我游斗起来。我将防盗锁舞得虎虎有声,那家伙见势头不妙,扔了铁管,往黑色轿车狂奔。只听洪安儿娇叱:"哪里逃!"一块石头夹着劲风打在他脑袋上,那家伙蹲在地上双手抱头。洪安儿赶了过去,抓住他的头发狠狠踢了两脚,将他揪了回来。

前后不过几分钟,胜负已分。看来洪安儿下手毫不留情,对方五人均倒地呻吟，伤势沉重，痛苦不堪。

洪安儿笑嘻嘻地走到浓须大汉跟前，突然脚一抬，重重踩在浓须大汉左脚胫骨的伤处。浓须大汉凄厉惨叫，在地上翻滚。我心中一凛，几乎跳了起来。一直以来我只见过她温和善良的一面，哪里想到过她会如此狠心下此重手，不禁往她脸上望去。只见她微微冷笑，神色冷峻，柳眉倒竖，殊无怜悯之色。浓须大汉头上冷汗簌簌而下，咬紧牙关忍住，惊慌地望着她，不知道她要做什么。

洪安儿扯起他的头发，森然道："我最恨别人破坏我的生活，我不知道你是谁，你可以告诉我，也可以不告诉。别以为只有你们才是凶神恶煞，可以决定别人的命运，姑奶奶比你还恶！说！什么人叫你们来找我？"

浓须大汉声音发抖说："是老板派我们来的，其余的我们都不知道。"

洪安儿喝道："你们老板是什么人？你们的老窝在什么地方？"

浓须大汉望着几个同伴，迟迟疑疑，显然心有顾忌。洪安儿冷笑一声，一掌劈在他的太阳穴上，浓须大汉立即昏倒过去。

洪安儿又扯过身边一人恶狠狠地说："你知不知道？"

我还没见过她如此凶狠，不禁心里发毛，怎么这一会儿她会如此性情大变，变得如此心狠手辣？我说："安儿，要不我来问吧？"转头问那家伙，"听见没有？你知不知道？"

那人惊恐说："确实是老板叫我们来的，其他的我们不知道，我绝对不敢骗你们。"

洪安儿左右开弓扇了他两巴掌，喝道："我问你们老板是谁，老窝在哪里，你不想活了？"

那人满口鲜血，战战兢兢，含糊不清地说："老板姓庄，在市里开了两家地下赌场，我不知道他老窝在哪里，他有好几套

第十一章 "无神雕之侠侣"

房子。"

洪安儿面如寒霜问:"你们是黑帮的?"

那人迟疑了一下,连连点头。洪安儿扯过精瘦汉子说:"他说得不清不楚,你来说说。"

精瘦汉子瑟瑟发抖,颤声说:"他说得对,就是这样。"

洪安儿迎面一拳打在他鼻子上,登时鲜血长流。洪安儿喝道:"什么说得对?姓庄的开的是哪两家赌场?今晚会在哪里?"

精瘦汉子连忙捂着鼻子含含糊糊地说:"两家赌场我知道,今晚他在哪里我真不知道,打死我也不知道,姑奶奶饶命。"

洪安儿又是左右开弓,喝道:"不知道就该打,画一张图出来,标出赌场的位置。有纸笔没有?"

精瘦汉子忙说:"有,有,他身上有。"指着躺在地上的浓须大汉,爬过去在他身上搜出一个小本子和一支笔,蹲在一边画图。洪安儿说:"别动歪脑筋,你画完了轮到他画,如果画出来的不一样,打断你的狗腿。"精瘦汉子扯着肿脸赔笑说:"不敢,不敢。"

不一会儿图纸画好,洪安儿接过一看,果然详尽无比,拉过最后一人问:"你有电话没有?"

那人连忙掏出手机说:"有,有。"洪安儿淡淡地说:"你打电话给你老板,马上!"那人大吃一惊,面有难色地说:"我不敢!我打电话给他就死定了。"洪安儿抄起铁管,砰一声打在他大腿上,那人狂叫一声,洪安儿喝道:"你不打现在就死定了!"作势欲打,那人无法,只好忍住痛拨打电话,却又迟迟疑疑不敢出声。

洪安儿一把夺过手机听了片刻,一声不吭挂了电话,转头喝道:"其他人的手机都给我交出来。"收了其他人的手机扔在脚下,用铁管一一砸碎。忽然又跳起身来,舞管如风,在五人头上各敲了一下,连那已经昏倒的浓须大汉也不放过。几声惨叫哀号之后，荒野里一片寂静。

我毛骨悚然，怔怔地说："你把他们都打死了？"

"死不了，都打晕了，免得他们一会儿碍手碍脚，通风报信。"洪安儿若无其事地说，一边在这伙人身上搜寻，将搜出的不少现金拿给我，笑笑说，"我正愁没地方找钱，没想到有人送钱给我们，这里至少也有万把块吧。"又若有所思地点了点头，"有了……就是这样，嘿嘿。"说完缓缓走向黑色轿车，发动了车，将车头转向斜坡下方，跳下车来。汽车沿着斜坡滑行一段，掉进了一个山谷。

天色将晚，寒风萧瑟。洪安儿拍了拍身上尘灰，对我扬了扬手说："走吧，咱们吃饭去，吃完饭还有事要干。"

上了车我惊疑不定地说："我们……还要去干什么？"

她说："去捣掉他们老窝。"

我心里突地一跳："捣掉他们的老窝？安儿……"

她愤然说："不入虎穴，焉得虎子？他们欺人太甚，必须付出代价。何况，我们躲也躲过了，那有什么用呢？我们连对手是谁都不知道，与其躲躲闪闪，不如主动出击，何必这么没有气概？"

进了城，洪安儿将车开到一家饭店门口停下，到饭店点了满满一桌，狼吞虎咽吃起来。"多吃点，待会儿有力气干活。"她鼓着嘴巴含含糊糊地说。"真要这么干吗？"我到底有点心虚，这可不是闹着玩的。洪安儿低头吃饭，似乎在盘算着什么，并没有回答我的话。沉思一会儿她点点头自言自语："就是这样！你刚才说什么？真要这么干？当然要这么干。"

我讷讷地说："安儿，你……你不会变成一个……凶神恶煞吧？我……我有点不习惯。"

她抬起头凝视着我，好一会儿，她肃然道："通俗一点说，

第十一章　"无神雕之侠侣"

人都有追求幸福生活的权利,都有捍卫自己幸福生活的权利,不是吗?不管是什么人都没有权利随意破坏别人的生活,我们的生活现在受到了威胁,我当然要捍卫它,这是天经地义的事,哪怕是龙潭虎穴,也要捣它个天翻地覆。"这几句话说得铿锵有力,掷地有声。我胸口一热,豪情勃发说:"你说得对,与其闪闪躲躲,不如堂堂正正去干上一场。好,多吃点,待会儿有力气干活。"说完拿起饭碗大口吃饭。

她惊讶地说:"堂堂正正干一场?那是匹夫之勇,你过来,我跟你说。"她朝我招招手。

我伸过头,洪安儿凑过脸在我耳边如此这般说起来,我说:"不行,我们要同进同退,怎么可以我在外边等着?"她顿脚道:"这是谋定而后动,依计而行,你必须听我的。要不你冲进去,我在外面等你?"我迟疑不决,她说:"就这么定了,过来,我再跟你说。"又在我耳边悄声细细分说,最后微微一笑说,"记住没有?"我点头感慨:"平时只见你柔情似水的一面,没想到你简直可以做个江洋大盗。"洪安儿笑说:"你不知道什么叫逼上梁山吗?要不是怕吓到你,我还有更凶狠的招呢,这还算便宜了那姓庄的。就当是一场游戏吧——放心,我不会变成一个凶神恶煞。吃饭。"

这顿饭吃了差不多一个小时,满满的一桌所剩无几。之后我们把车开到一家服装店门口停下,洪安儿进了服装店。十分钟后,洪安儿从服装店出来,换了一身崭新男装,长发盘起,头上戴一顶时髦毡帽,脖子上围一条黑色大围巾,俨然是个风度翩翩的美男子,提了一个黑布包,笑嘻嘻地上了车,将包里另外一顶毡帽戴在我头上。看了看时间,差不多晚上八点,我开了车按洪安儿的指点,往创业路而去。

来到一家"悠闲茶馆"门前侧方停下。我看了看茶馆门面,怀疑自己是不是找错了地方,这门面实在普通不过,怎么会是地下赌场？洪安儿微微一笑说："你以为地下赌场是开在地下室的？不会错，他们不敢骗我。依计行事，车不要熄火，等我五分钟。"她张开五指示意，我点点头重复："五分钟。"手心里冒出冷汗。她抽出两根铁管放进黑包里，将围巾拉到鼻尖，提着黑包打开车门走出去，款款进了大门，一副好整以暇的派头。

我透过车窗张望，突然发现大门上角有个不起眼的摄像探头。这让我更加担心，看来真是地下赌场，而且有专业的监视设备。不知道洪安儿是否能顺利"依计行事"，按照她的计划，如果有人盘问，她会说是庄总的朋友，过来消遣一下。如果不行，她会硬闯进去。

时间一秒一秒艰难流逝，我好像可以听到滴答滴答的声音似乎要被什么卡住了。四分钟，门前走过一对小情人往里面张望了一下走了；五分钟，门口静悄悄的；六分钟，依然不见洪安儿出来。我心急如焚，不会出什么事吧？我打开驾驶室车门，正犹豫该不该冲进去，只见洪安儿提了个黑包，胳肢窝下夹着两根铁管快步走出来，一边看着手表。开了车门她兴冲冲地说："开车，走。大获全胜！"我急踩油门，汽车窜了出去。洪安儿说："不用急，该躺下的都躺下了，没人追我们，开慢点，前面拐弯掉头，停在茶馆斜对面。"这也是"依计行事"的一部分，我将车开出一段，掉头回到茶馆马路斜对面，靠边停下。

我吁了一口气说："担心死我了，你迟了一分多钟。怎么样，还顺利吧？"

"一帆风顺。"她眉飞色舞地说，"过瘾，我进去压着喉咙喊了声打劫，然后一言不发，打翻了四个看场的脓包，还有一些不服气的赌客。有好几间房，桌上的钱真不少，大多给我搜刮过来了，都在这里，所以迟了些。这时候里面正鸡飞狗跳，哭爹喊娘。我猜那姓庄的很快会飞奔过来。"

第十一章 "无神雕之侠侣"

果不其然，十来分钟后，马路对面两部车急速驰来，在茶馆门前戛然而停。七八名大汉手操铁棍、匕首等物，拥着一名方脸短发的男子冲进茶馆。

洪安儿示意我开车往复兴路，又立马用那部之前夺来的手机拨打了110，声情并茂地说："喂，警察吗？创业路这里的悠闲茶馆有人聚众斗殴，对，创业路悠闲茶馆，好像是两帮黑帮在火拼，不得了，很多人，都拿着刀枪什么的，吓死人了，你们快来，再不来就出大事了。"

转眼到了复兴路，也有一家"悠闲茶馆"，想必是"连锁经营"的。洪安儿如法炮制，这次果然只用了四分半钟就全身而退，而且一边走出门一边报警。

这回轮到洪安儿开车，因为她不仅技术好而且对地图研究得很透彻，知道该往哪里走。我喟然长叹："咱们是不是有点贼喊捉贼？真想不到我也当了一回江洋大盗，以前打死我也不相信。"洪安儿说："我也是做梦也没想到。不过总算出了一口恶气，而且现在有了这些不义之财，我们以后找机会到那个小村建一所学校，修桥修庙去。"我慨然说："好，我们现在成'神雕侠侣'了，只不过美中不足，不知道去哪里找一只神雕来。"

经过一家服装店门前，洪安儿停下车，进去换了一身女装出来。等她出来之后，我们将那辆白色轿车放在一边，提了装钱的黑包，截了一辆出租车扬长而去。

在车站胡乱上了一辆长途汽车，轮流打盹，一路无语。次日清晨在某地转了车，中午时分汽车到站，已经出了四川。出车站找了旅馆，关起门数钱，足足有四十几万。自然喜不自禁，开怀大笑，免不了欢天喜地庆祝一番。

下一个问题自然就是何去何从。洪安儿说："随便你，你到哪里我跟到哪里,到哪里都一样。"

虽说自诩为"无神雕之侠侣",意气风发。不过总不能四海为家,到处行侠仗义,自此双剑走天涯吧?我自认骨子里就是一个俗人,虽有神仙美眷,却是六根不净,改不了对红尘的留恋,说来说去就是"境界"问题。俗人就是这样,你可以对周围的俗事满腹牢骚甚至破口大骂,骂完之后,俗事却还是照做不误,真是莫名其妙。正如我现在的情形,所有的梦想几乎都实现了一遍,连做梦都没想过的也实现了,这时候却居然怀念起以前暗暗诅咒过的清苦的"安稳日子"来,真他妈的贱骨头。尽管吞吞吐吐,词不达意,洪安儿还是听得出来,我的意思是要重新找回一份稳定的工作,过普通的俗日子。

"很好,我也是这么想。"没想到洪安儿居然也这么认为,而且眼光中流露出殷切的嘉许之意。

我胸口一热,心中感激不已。洪安儿这么一位神仙般的人儿,愿意和我过普通的俗日子,这样的"境界"跟七仙女也没有什么区别,我并不见得比董永老兄高明多少。

"不过,如果要找一份稳定的工作,过回像以前的日子,我们还是回去吧。"她凝视着我说,"何必从头再来?我不想再躲躲闪闪,如果还有什么人不知好歹,敢来惹我们,一句话,兵来将挡,水来土掩,我可不会再客气了。"她停顿了一下又说,"何况大隐隐于市,我们就这么堂堂正正回去,那些草包也未必就知道。当然,知道了也不怕。"

我钦佩有加,由衷地说:"对,这叫实而虚之,虚而实之,虚虚实实,兵者,诡道也。况且管它什么来头,敢来惹事,收拾他们就是。"经此数役,我果然豪气大增,自觉体内中气充沛,俨然成了浑身是胆的硬汉。

我依旧回公司报到。无缘无故出去了半个多月,而且这期

第十一章　"无神雕之侠侣"

间关了手机，渺无音讯。郑总得知我是和"Angel"一起外出，而且她也回来了，也没多问，开了几句善意的玩笑，依然表示欢迎。郑琼等亦自欢喜。离开这些天，公司照常运转，可见并非谁离不开谁，缺了谁地球一样照转。只是手头留下一大堆活需要处理，开始几天忙得不亦乐乎。洪安儿的情况也大同小异。

回来之后依旧住在原来的房子，只是阳台加了防盗网，大门外也再加了个防盗铁门。洪安儿每天开车接送我上下班。还好并没有什么意外发生，既没有兵来将挡，也没有水来土掩。暗暗庆幸之余，我心里竟然微微有些不自在，隐隐然觉得那帮鸟人实在脓包，浪费了我摩拳擦掌的一番功夫，颇有些英雄无用武之地的失落。

我们找了一个时间，写了一封信给四川小村的杨老师，询问如果有钱捐助建校修桥等事，该走哪些程序，并交待他将结果回馈给我们。之所以先不汇款，并非担心杨老师会据为己有，而是我们担心会不会被别人挪用，或者用在别的地方。这世道防人之心不可无，我和洪安儿商议，须等诸事明白，一切顺利，再慢慢汇款不迟。果然杨老师回信说，他也不大清楚有关程序，如想捐款建校，最好我们亲自走一趟云云。

第十二章　未来的往事

她微微一笑说:"你倒是很有想象力,我不是九尾狐狸。我来自未来,来自二零八七年的世界。我是那个时代最先进的机器人,同时又是那个时代最优秀的人类基因组合体,我是两者最精良的结合体,我是独一无二的。我希望你把我当成一个真正的人。"

又是春暖花开，一派生机盎然，一切平安无事。

我和洪安儿坐在阳台上，喝着香浓的咖啡闲聊。阳台上有她种的迎春花，这时候开得正艳，衬托着洪安儿的如花笑靥，正是两相辉映，春光绚烂。

我突发奇想，问她："白雪公主，你说什么样的结局最好？"

她讶异地问："什么结局最好？没头没脑的，我不懂你说什么。"

我说："我想了一下，那些美好的故事总会有一个美好的结局，毫无例外。比如白雪公主的故事，王子在森林里找到了白雪公主，吻了她一下，白雪公主醒了过来，书里说，从此，公主和王子过上了幸福的生活。你说说看，他们过的是什么样的幸福生活？"

洪安儿失笑说："我怎么知道？书里又没有说。"

我意犹未尽地说："比如范蠡和西施，他们后来泛舟西湖，又浪漫又美满。再比如说神雕侠侣，杨过和小龙女，书里说他们后来云游四方，双栖双飞，神龙见首不见尾，当然也是从此过上了幸福生活，但不知道是怎么样一种幸福法？"

她笑说："你怎么这么好奇？"

我说："我曾经幻想过，那时候我们抢了那帮家伙的不义之财，我们就到那个小村建一所学校，你来当校长，我来教书，从此双栖双飞，神龙见首不见尾，不也是从此过上了幸福生活吗？你说这是不是一个很美满的结局？"

洪安儿哑然失笑，说："只怕那不是一个结局，也许只是一个开始。不过你的想象力我挺佩服的。"

我说："就是嘛，我也是这么想，所以我问你什么样的结局最好，其实我是想问，有没有这样的结局？比如说，杨过和小龙女虽然武功高强，恩恩爱爱，谁也奈何不了他们，但说不定他们生了一个不肖子，惹出很多祸来，把他们气个死去活来呢。"

洪安儿忍俊不禁，突然羞答答地问："那我们以后要不要生个孩子？"

我赶紧说："要，当然要，死去活来也要生。"

既然已经提到生孩子的事，我又多了一个心思，开始偶尔幻想着怎么向洪安儿求婚。当然我一点都不着急，我和她都还很年轻，时间有的是，何况目前的日子过得很惬意，我并不急于改变什么，结婚只不过是一个仪式。尽管全世界人都注重仪式，中国人尤其注重，但那是以后的事。求婚应该是很浪漫的一件事，需要合适的时间、地点、情景和心情，欲速则不达而且无味，所以我只是偶尔幻想一下，静候温馨浪漫、别出心裁的良机。

然而人算不如天算。某次谢宝中携了石慧娟前来做客。寒暄之后，洪安儿问："你们前年不是就说去年要结婚了吗？还要等到什么时候？怎么等到现在也没什么动静？我等着喝你们的喜酒，脖子都等长了。"石慧娟白了谢宝中一眼说："还不是因为他？等等等，等到房价又涨了，还是买不成，气死我了，今年无论如何都要结婚了。"谢宝中说："好好，都听你的。"石慧娟转头问洪安儿："你们怎么样？有没有打算？"洪安儿面带羞涩地说："这个，我们还没来得及商量，商量商量再说。"等他们道别出了门，洪安儿眼波流动喜滋滋地望着我说："我们不如跟他们一起结婚，凑凑热闹，你说怎么样？"

闹了半天，这问题竟然由她先提了出来。我痛失了浪漫的求婚良机，扼腕不已，深刻体会到了机不可失、时不再来的无奈。只好讪讪然说："也好，也好，挺不错，我求之不得。"

之后我们扼要做了些打算，大体是如果谢宝中他们方便，时间就定在秋天吧，秋高气爽，阳光灿烂，人也精神一点。先在这里举行一场婚礼，再回到我家乡请亲人、朋友再热闹一次，如此一来,"从此就过上了幸福的日子"。

生活又有了新的憧憬,多好,甜蜜中带着爽朗的希冀。

兵法云:备周则意怠。摩拳擦掌等不到对手,时间长了,自然就松懈了下来。转眼暮春初夏,万物生机勃勃。

某天上午我见完附近一位客户,因路途甚近,就以步代车,走路回公司,权当散步。

我正提着公文包走在回公司的路上。突然一辆面包车疾驰而至,在我面前骤然停下。来不及反应,车上就冲出几名彪形大汉,一拥而上,根本不让我有施展"上来就是一巴掌"的机会,将我簇拥着推进车里。我勃然大怒道:"你们干什么?!"

"闭嘴!""老实点!""劲儿还挺大的。""小子,再动就揍死你!"车里众人七嘴八舌,同时七手八脚将我按倒在座椅上。汽车飞驰而去。我拼命挣扎,徒劳无功,头上身上还挨了几下,只好忍气吞声停止反抗,深悔自己学艺不精。

一个小子掏出我口袋里的手机递给前座的另一个小子,那小子拨打起电话:"你是 Angel 吗?听着,你的白面书生在我们手里,不准报警,你马上出来,记住带上记忆芯片,沿着南郊大道过来,十分钟后我再告诉你怎么走……"我狂喊:"安儿,不要来!报警!"同时奋勇扭动身体,终于脱出一只右手,一把抓住眼前一人的头发奋力一扯,那小子大叫一声,一头撞在另一人的脸上。被撞那人恼羞成怒,从腰间拔出一把黑糊糊的手枪顶着我的头喝道:"再动打死你!"我大呼:"安儿,他们有枪,别过来!赶快报警!"那小子手一挥,用枪托重重击打在我的头上,我眼前一黑,意识掉进了一个无底深渊。

似乎有什么噼噼啪啪的声音在耳边断断续续,时大时小。是楼上那家人还在装修吗?见鬼,半夜三更装什么修,也不让人睡个好觉。头痛欲裂，明天还要去递简历、面试、找工作呢。我心里暗骂，迷迷糊糊，极力想让自己重新入睡。乒乒乓乓，声音连绵不断，真他妈的为所欲为、肆无忌惮，真不让人活了。我嘟哝着想拉起被子盖住头，可是手一点也动弹不了。我努力睁开眼睛，一时稀里糊涂，如坠云雾。眼前的景象让我瞠目结舌，不知身在何处。我挣扎了一下想叫出声来，只听见呜呜几下沉闷的声响，挣扎了一会儿，我才意识到我的手被反绑在背后，嘴巴被什么贴住了。

我的眼前一片模糊，但还是看得出来，这里似乎是一间什么仓库，地上横七竖八躺着五六个人，哼哼哈哈爬不起来，看样子受伤甚重。不用说，全是给洪安儿料理的。一个小子用枪指着我的头，洪安儿依稀站在十几米开外，手里也拿着一把枪，神色冷峻，简直面无表情。

"把枪放下，否则我杀了他。"那小子声音发抖。

洪安儿一声不吭，往前迈出了一步。

"不要过来，把枪放下……我要开枪了。"连我也听得出来，那小子已经色厉内荏，看样子刚才洪安儿将他的同伙打得落花流水。

"好，我放下枪，你不要伤害他。"洪安儿冷冷地说，缓缓将手枪扔在地上。

那小子立马将枪口对准洪安儿，大声说："将芯片拿出来！"

洪安儿神色木然说："什么芯片？我没有芯片，你放下枪。"说着往前又走了一步。

那小子浑身哆嗦了一下，也不知道是不是太紧张，手一抖，砰一声响，慌慌张张开了一枪。不可思议的事情发生了！洪安儿侧身一闪，居然躲开了子弹，身形一晃，以迅雷不及掩耳之势，向那小子飞身急速扑来。那小子大吃一惊，又开了一枪，洪安儿侧身一滑一闪避开，那小子目瞪口呆，如见鬼魅，狂叫一声。洪安儿已经搭上那小子拿枪的右手咔嚓一声扭断,双手抓起那小子裤腰带将他整个高举过头,往门口方向甩去。

这几下匪夷所思,连我都瞠目结舌。地上一伙人见她这等威势,吓得屁滚尿流,或一瘸一拐,或手脚并用,或连滚带爬,往门口逃窜。洪安儿撕开贴住我嘴巴的胶布,一边说:"你没事吧?"一边俯身解开我身后捆绑的绳索。我见她脸色苍白,声音也与平时大不相同,似乎空空洞洞毫无生气,不禁担心地问:"我没事,你怎么啦?受伤了吗?"突然眼角余光似乎瞥见门口一个黑洞洞的枪口正对准洪安儿,无暇思索,我大喝一声:"小心!"翻身挡在她身前,想将她抱住抵挡子弹。便在这电光火石的刹那间,我突然感到一股大力将我卷上半空,整个人腾云驾雾般飞了出去,我的眼前是一个急速旋转的世界。这情形就如上次车祸的刹那所发生的一般无异,只不过这次我撞上了墙,不由自主地大叫了一声。我掉了下来,听到砰一声枪响,然后看到了洪安儿匪夷所思地飞檐走壁,她翻身踏着另一面墙,侧身飞奔数步,手一扬,一件什么东西从她手中急速激飞出去,直打在放冷枪的那家伙脸上,那家伙狂叫一声,捂着脸与其他同伙狼狈逃窜而去。

洪安儿顾不得追赶,赶紧过来察看我的伤势。我说:"我没事,你不要紧吧?"只见她脸色惨白,浑身微微发抖,咬牙顿坐在地上,神情委顿。我大吃一惊,起身想扶她起来。她有气无力地道:"快去看看他们走了没有。"

我赶紧跑到门口张望,这伙人已经逃得无影无踪。门前地上一串钥匙,正是刚才洪安儿打在放冷枪那家伙脸上的东西。

我拾起钥匙,急忙奔到洪安儿身前察看她的伤势,心想莫非她受了枪伤,否则为何这般情形?

洪安儿身上并没有枪伤,连皮也没有擦伤一块。只是此时她抖得更厉害了,面无血色,目光呆滞,连坐都坐不稳,斜靠在墙壁上,似乎连呼吸都很微弱,怔怔地望着我说不出话。我大吃一惊,惊慌失措,赶紧将她抱在怀里,只觉怀中一片冰凉,我魂不附体,颤声说:"安儿,你怎么啦?不要吓我。"

"太阳……我冷……快……"她断断续续地说。

脑海中灵光一闪,我记起了跟她第一次相遇的情形,那时候她也是这样。顾不得多想,我赶紧将她抱起,向门外狂奔而去。

外面和风吹拂,阳光灿烂。我将她抱到一块平坦的向阳之处,轻轻放下,让她平躺着。她的嘴角轻轻扯动一下,想挤出一丝笑容,我说:"你躺着别说话。"说完脱下外衣披在她身上。

我望着她,心中默默祈祷。二郎真君,请不要把她带走,太阳神,请赶快给她能量,就像上次一样,她会好起来。

她脸上身上又有蜕皮的痕迹,苍白憔悴,目光空洞无神,可是却目不转睛地凝望着我,像一个垂死的人望着即将生离死别的亲人。尽管已经有了上次的经历,可是我的心还是像被一只什么手紧紧揪住不放,眼前模糊起来,泪水不知不觉涌上了眼眶。

"不要……担心。"她翕动着嘴唇说。

"嗯,你不要说话。"我点了点头。

"我们……还要……结婚。"她又扯动了一下嘴角。

"嗯。"眼泪掉了下来,我的嘴角有一股咸涩。

"我……爱你。"她艰难地说。

"嗯,我也爱你。"我哽咽说。

"爱你……一辈子。"

"嗯,一辈子。"我泣不成声。

"你刚才……想为我……挡子弹吗?"她的眼里突然闪现一丝神采。

"我愿意为你做任何事情。"

"谢谢你。"

"你不要说话,赶快好起来。"我俯首去梳理她的秀发。

"嗯,我会好起来,我们……还要结婚……生孩子。"她的嘴角露出一丝微笑。

"对，我们还要结婚生孩子，你不要说话。"

"你说是男孩子好，还是……女孩子好？"她的眼神有了一丝生气。

"都一样，男孩女孩我都高兴。"

"那就好，你……不要担心，我……死不了。"她慢慢抬起右手，伸到我脸上擦拭我眼角的泪水。

"是，你是仙女，不会死的。"我紧紧握着她的手。

奇迹再一次发生。十几分钟后，洪安儿翻身坐了起来，尽管还很虚弱，可是我知道她已经安然无恙，心中的欢喜难以形容，感谢二郎真君和太阳神。

她说："赶快带我去吃饭，补充能量。吃完饭我将我的事情都告诉你。"

我带着她上了她的红色轿车。看了看时间，下午四点钟。我有点诧异，怎么时间过得这么快？我不知道自己身在何处，该往哪个地方开。她说："这里是一百多公里外的一个小县城，那帮家伙把我引到这么远的地方，想必是想掩人耳目。不管他们了，先往回开，路上有吃饭的地方。"

我们找了一家饭店，洪安儿自然又是风卷残云般大吃了一餐，吃完饭果然又是精神抖擞。

"我这样子挺难看吧？蜕了这么多表皮。"饭后她在往回走的车上说。

我说："一点不难看，即便就像《画皮》里的女妖精，在我眼里也一样漂亮。"

她皱眉笑笑说："可是我不愿意再吃你那些药店里抓来的苦药，这不该又是秋燥吧？"

我这冒牌江湖郎中只好红了脸苦笑，现在正是初夏季节，哪来的什么秋燥？我讷讷地说："那是怎么回事？好像你这个武林高手每次练完功都要蜕一层皮，还必须赶紧补充能量。"

她说："对，咱们找个地方好好聊聊，我告诉你。"

我把车开到一处僻静的山坡下。下了车我们沿着山坡往上走。

夕阳斜挂在天边，金碧辉煌，周围层林尽染，流金叠翠。

洪安儿缓缓地说："我现在可以告诉你我的身世了，希望你不要太惊讶。不管怎么样，我爱你。之前没有告诉你，只是不想让你担心，我只是想过普通人的生活，我怕告诉你这些会影响我们的生活。"

我说："不会的，不管你来自哪里，哪怕真是一个《聊斋》里的狐仙，我也一样爱你。"话虽如此，我手心到底捏了一把汗，洪安儿就要揭开她神秘的面纱，我却忐忑不安。

她微微一笑说："你倒是很有想象力，我不是九尾狐狸。我来自未来，来自二零八七年的世界。我是那个时代最先进的机器人，同时又是那个时代最优秀的人类基因组合体，我是两者最精良的结合体，我是独一无二的。我希望你把我当成一个真正的人。"

尽管有些心理准备，我还是目瞪口呆。

她继续说："人类在二零四零年已经全面禁止克隆人的研究，人类基因技术的运用也受到严格的控制。出于众所周知的原因，克隆人违反了基本人权和基本的人类道德底线，克隆人的出现必定扰乱整个人类世界的基本发展规律。人类基因技术的快速发展也会使人类无所适从。比如人们运用基因技术可以使人类的寿命延长到两百岁左右，假设每个人都能活两百岁，那是什么样一种情形？大街上满是一两百岁的老人，每一个初生的婴儿上面有父母亲、祖父母、曾祖父母、高祖父母……人口呈爆炸式增长，地球并没有这么大的承受能力,其它的物种也将消失殆尽,这是理智的人们不愿意看到的。所以这种技术只在极小的范围内可以被允许得到应用,比如一些对社会有重大贡献的人可以申请得到这种技术在医学上的一些应用。"

她停顿了一下,望着我。我努力让自己不要表现得太过惊讶,向她点点头,示意让她继续说。

"我的父亲——严格来说只能称为创造我的人——是一位杰出的科学家,一家著名的科学研究所的首席科学家兼研究所所长。他几乎是个全方位的科学天才,不仅研究基因科学,而且研究智能机器人、空间科学和其他一些最前沿的科学。他终身未婚,却有着艺术家的心灵。在他五十多岁的时候他突发奇想,认为自己需要一个女儿,于是他就创造了我,花了整整十九年的时间——所以我说我十九岁,而且独一无二——这当然都是秘密地进行,因为这是违反法令的。一开始我只是一个机器人,还不是他女儿。我只是帮他操持家务,种植、修剪花草,整理一些简单的资料,诸如此类。后来他不断改造我,让我拥有了人类的基因,而且是聚集了人类最优秀的基因,因此我拥有了双重身份。"

"怪不得你这么神通广大。"我说,心底的谜团终于在渐渐散开。

"当然,他让我拥有的科学家的理性思维和艺术家的感性思维、运动员的体魄、杂技表演者的灵巧等等,这些只是我体内拥有的潜能,我必须自己开发出来。"她突然又笑了笑,说,"你曾说我是什么公主、格格,其实也没完全错。据他说,我体内还真有一位格格的基因呢,是他从一根头发上提取的,我也不知道是不是真的。"

"那一定是真的,要不你怎么这么漂亮、高贵?"我悠然神往。

她抬头望着夕阳,深情地说:"我很怀念他。他有一双和你一样的眼睛，带着一丝淡淡的忧郁，真诚、怜悯、睿智。所以我第一眼看到你就觉得你是一个好人，不会伤害我。"

我默然无语，我第一眼看到她时确实带了些怜悯之心，那时候眼中忧郁也不奇怪，至于"真诚"和"睿智"云云，只怕是她自己习惯性的心理作用。

"但是没有不透风的墙。"她说，"他家是一座独立的大院，周围没有其他住户。那时候简单的智能机器人已经很普遍。尽管我大部分的时间只是待在他家里，一个科学家的家里有一个机器人那也是很正常的一件事，但是还是引起了他的助手 Anson 的怀疑。因为这位助手有机会到他家里来，虽然不是经常。有一次他不知道是有意还是无意，还拿出相机给我拍照。科学家很快察觉到助手的怀疑。有一段时间，他总是默默地注视着我，神色间透露出深深的哀伤，犹豫不决。这让我很害怕，因为我也知道相关的法令，我知道他要作出抉择，这时候我的智力已经达到了普通人十岁左右的水平。

"我的名称叫'2068N2'——一开始我跟你说我叫 N2，可是你听成了安儿，谢谢你让我拥有这么好听的名字——有外人在场的时候他都叫我 N2，没别人在场时他叫我'孩子'。有一次他对我说：'我没想到你会这么聪明，这超出了我的想象，孩子，我该怎么办？'我说：'爸爸，请不要伤害我，我是你的女儿，我是个人。'尽管他经常把我称作'孩子'，可是这是我第一次叫他'爸爸'。就是这一声'爸爸'，让他眼里渗出了泪水。也许对于一个孤独了大半辈子的老人，这是世界上最动人心魄的词语。他深情地拥抱着我，哽咽说：'孩子，对，你是个人，没有谁可以伤害你。我最初创造你，只是出于我个人内心创造的欲望，出自我不能抑制的好奇心，可是你现在明明就是个人，一个有感情有思维，知道高兴和害怕的活生生的可爱女孩，谁也没有权利伤害你。我必须为我的行为负责，而不能让你来为我的行为负责。

可是孩子，我老了，而且别人已经开始怀疑我，看来我不能给你一个美好的未来，甚至不能保护你的生命，我该怎么办？'

"我说：'不，爸爸，他们怎么可以破坏我们的生活？那个 Anson 叔叔很慈祥，他是个好人，即使他知道了也会为我们保守秘密的，他不是您的助手吗？我就生活在咱们家里，不会有其他人知道的，也不会影响到其他人。'老人沉重地摇摇头说：'孩子，你不知道的，Anson 跟了我这么多年，我很了解他，他这个人很有才华，是个科学天才，可是他其实很贪婪，野心太大……他对我的位子觊觎已久，巴不得我有什么差错可以让他来顶替我，我也是这两年才知道的，没有让他得逞，而且这两年我对他慢慢疏远，这些他也是知道的。孩子，人心难测，自古以来都是这样。况且，我怎么能让你一辈子跟着我这个糟老头？外面的世界很精彩，你应该拥有你自己的未来。只是……你放心，暂时还不会怎么样，只是我们要多加小心，在外人面前，你不要表现出人类的特征，先委屈一段时间吧，我会想办法的。'

"说实在的，随后的几年过得很沉闷。我有自己活泼的天性，可是没有地方表现，我不敢跨出家门。老人希望多教我一些社会生活的技能，可是他自己也是个不通世务的人，只是让我多看一些历史书，学习基本的知识、语言、听音乐、下棋、在大院里做运动，了解一些以前的人情世故。而且他似乎不愿意让我掌握太多他所擅长的专业知识，他只是经常跟我讨论一些稀奇古怪的问题，当然，我只是他的听众。有一次他说：'科学知识是人类社会发展的强大动力，可是中国人有一句古话，过犹不及。爱因斯坦建立了相对论基础上的科学体系，他提出的质能方程揭示了质量与能量之间的关系，结果人们运用这个方程发明了核武器，我想这并不是爱因斯坦的初衷。有没有人想过，如果当时是德国希特勒先发明了原子弹，这世界会是什么样？这不是没有可能，当时德国的科学家团队是世界一流的，美国只是比他们的运气稍好

一点而已。'

"老人的身体越来越差，可是他不愿意用自己的基因技术改造自己的身体，其实只要他提出申请是可以获得批准的。后来，研究所管理委员会任命 Anson 为副所长，老人知道自己的时日无多，更加夜以继日地研究一种空间理论。有一天他对我说：'孩子，如果可以选择，你希望自己生活在哪个年代？'我说我就希望可以永远和他生活在一起。他说：'看来是不可能了，孩子，我时日无多了，以后也不能再保护你，我不知道如果我离开这个世界，还有谁可以保护你。我这辈子都在从事科学研究，身边没有什么朋友，也不知道能相信谁，这是一种悲哀。如果能从头再来也许我不会选择这样的生活。如果让我重新选择，我也许更愿意生活在农耕社会，那时候人与自然多么接近，人与人之间多么亲密，这对我来说只是一个幻想。可是我毕竟也实现了自己的价值，没什么遗憾了。现在看来，科学是没有止境的，但是在整个宇宙领域中，最神奇最值得尊重的还是人的生命，它是整个宇宙发展到现在的最高产物，也是宇宙发展最完美的体现。所以这辈子我的骄傲和最大的快乐也许就是创造了你，能让你叫我一声爸爸。可是我现在最牵挂的也是你，我的孩子，你将来的命运会怎么样？我现在已经没有能力为你把握。

"'所以，我最近在致力于时光机器的研究，而且我总算研究出来了。据说空间科学院在二十年前已经研究出可以穿梭时空的设备，可这是最高机密，连我这样级别的人也不知端倪，也不知道是真是假，至少还没有公开的实验可以证实。人类是不能改变过去的，因为改变了过去就等于改变了现在，正如如果回到过去让希特勒首先掌握了原子弹，那么我们这个世界就不是现在这个样子。但是根据量子力学理论，事物间并没有必然的因果关系，世界发生的只是概率事件，所以必然允许一些细微的时空变化，这些变化不会影响已经发生的大概率事件，这正是我的理论

根据。'

"'孩子，我不能给你一个美好的未来，所以我只能让你回到过去。我不知道一只蝴蝶扇动翅膀是不是会引起太平洋海啸——一百年前曾经有人有类似的比喻——可是我只能冒这个险。我的时光机器还没来得及做得很完善，可是昨天委员会的人已经来找我谈话，说有人揭发我从事非法的研究工作，我明天要接受他们的质询。现在，我们的房子周围有人在监视，只是由于我目前的地位，他们不敢闯进来，可那也是迟早的事。所以，我要让你马上回到过去，孩子，我舍不得你，可是我只能这么做。'

"我说：'不，爸爸，我要和你在一起，我走了你怎么办？要不，你和我一起走，和我一起回到过去，你不是也向往过去的农耕生活吗？我们一起走。'

"他凄然一笑说：'我是属于这个时代的人，这是上天给我的生活，而且我的人生使命已经完成了，我不可能再回到过去。孩子，不要怕，你现在有人类最优秀的智力，而且你的体内有人类最优良的各种潜能，只要能激发出来，你完全可以在任何时代生存下来。你目前最大的缺陷是心智还不够完善，人的情感你还没有完全掌握，没有社会阅历，但这些你都是可以学习的，你比普通人有更强的学习能力。'

"我又慌又急，问他：'那我走了你怎么办？'

"他说：'不要担心我。只要你一走，他们不能拿我怎么样，他们没有真凭实据。你要注意的是，我希望你不要用自己的智慧和其他人没有的能力做任何坏事，这点我相信你，可是还是要提醒一下。我不知道自己做对没有，我希望这么做不会对过去造成什么打扰，所以我还是给了你一些限制。你不能带走这里的任何东西。当然在那边你没有其他的能量补充设备，太阳能可以勉强支撑你作为机器人模式所需的能量，可是你知道太阳能是很微弱的，所以你不能经常处在机器人的模式。你的每一次模式转化都

第十二章 未来的往事

会消耗很多能量,而且会损坏身体,还要花时间修复,这对你很不利。而且我希望你是一个普通人而不是一个机器人。你到了那地方,尽快忘了自己的身份,不要提起现在的事情,找一个好心人,好好过普通人的生活,寻找属于自己的幸福,这是我最大的心愿。'"

夕阳映照着天边云霞,绚烂无比。洪安儿神情肃穆,将"未来的往事"娓娓道来。我心里百感交集,五味俱全。我说:"所以你回到了现在,来到我身边。"

她幽幽叹气说:"这又是命运的安排,我感谢命运,把我带到你的身边。我本来不是想回到现在的。"

我诧异地说:"是吗?你本来想回到……什么时候?"

她说:"老人跟我探讨了,说他觉得唐朝或者'康乾盛世'挺好,我隐隐觉得体内有那个什么格格的基因,所以希望回到'康乾盛世',没想到又发生了意外。"

"什么意外?很严重吗?"我担忧起来。

"你紧张什么?我不是好好地在你身边吗?"她微微一笑说。

我吁了口气说:"我就是紧张你。"

她说:"也不知道是什么原因,当时屋子里突然就停了电。现在想想,应该是那帮人预感到什么,担心我父亲要做出什么举动,所以在听证质询之前干脆先切断电源,或者借口断电进屋查看一番。好在老人有备用电源,他马上启动了备用电源,将我推上了时光穿梭机,一边在电脑上噼噼啪啪敲打着什么,一边对我说:'没有时间了,你马上走,孩子,你放心,你走了以后我会毁掉时光机,毁掉一切有关的资料,你走了以后就回不来了,他们也找不到你的,一切自己保重。'我听见外面有人在喊:'教授,是不是停电了?请开开门,我们进去检查一下线路。'老人没有理会,继续跟我说:'你不能做出足以影响未来的事情,不要留下明显的痕迹,这样就谁也找不到你。'接着他按下最后一个按键,我感觉一阵眩晕,只听到父亲的最后一句声音:'孩子,保重,我会想念你的。'就失去了知觉。等我醒过来后,已经到了我们第一次见面的那个地方。那时候我的能量严重不足,在那里躺了两天,靠一些微弱的光线勉强维持,直到你过来救了我。"

我像在听着天方夜谭,匪夷所思,惊心动魄。尽管心中的大部分疑团得到破解,一时之间,我还是消化不了这么多梦幻般的故事情节,我怔怔地望着洪安儿,一时说不出话来。

她低头偷偷看了我一眼说:"我以前不想告诉你这些,就是不想让你担心,我只是想过普通人的生活,我怕告诉你这些会影响我们的生活……你怎么这样看着我?你不会……怕了我吧?"

我又愣愣地望了她一会儿,定了定神说:"你真不是女特工?"

她摇头说:"不是。"

我说:"你不是天上的仙女?"

她又摇头说:"不是。"

我神色凝重地说:"你不是九尾狐狸?"

她继续摇头说:"不是。"

我狐疑地说:"你果真不是?"

她顿足说:"不是,你这人怎么这样?"

我正色说:"我不信,转过身给我看看,有没有九条尾巴?"

她瞪眼竖眉说:"我就是有九条尾巴。"

我嘿嘿一笑说:"你以为我会怕了你?"

洪安儿嫣然一笑,眼波流动,像一只小鸟扑到我怀里,娇媚地说:"你真不怕我?"

我说:"其实我挺怕的。"

她说:"怕什么?"

第十二章 未来的往事

我说:"怕你什么时候异想天开了,要带我去古代转一转,我可没有你的本事。"

她戏谑说:"你不是说想去古代的吗?怎么这时候又害怕了?"

我一本正经地说:"唐朝我是不怕的,'康乾盛世'也没什么好怕,我只怕你一时心血来潮,兴之所至,想要舞刀弄枪,一展身手,要把我带回五代十国,战火纷飞的,我本事还没有练到家,那时候就不大好玩了。"

她嗔道:"可惜我没有这样的本事。"

我说:"你刚才是动用了你的机器人模式吗?我看你和平时大不一样,表情木然,眼神空洞,飞檐走壁,吓死我了。"

她笑说:"吓死你了吗?他们有枪,我不用机器人模式怎么打得过他们?"

我说:"那你以前的什么咏春拳呀,'上来就是一巴掌'呀,不是机器人模式吧?"

她说:"那是货真价实的真功夫,我从十几岁就开始练起的,当然那是无师自通。那时候很无聊,没事的时候在老人的院子里对着影视资料一个人练,当然有时候也跟老人练练太极推手,可是那玩意儿我没有悟性,一直学不好。"

我说:"那你怎么不每次都用机器人模式?多威风,打得他们屁滚尿流。"

她说:"不就是怕吓死你吗?说实话,在四川那一次,要不是怕吓着你,以为我变成了凶神恶煞,我真想将那姓庄的揪过来,打断他的狗腿,铲平他的老窝。便宜这混蛋了,连姑奶奶都敢惹。"

我说:"车祸救我那一次你也是用机器人模式吧?"

她说:"是啊,我总共就动用了两次。每一次动用都要消耗很多能量,之后会很虚弱,还要蜕一层皮,而且怕吓着你,所以非到万不得已,还是不用的好。我还是宁愿做一个普通人。"

几天之后,洪安儿身体完全康复,自然蜕皮也好了,依然容光焕发,神采奕奕。

也许洪安儿这一仗大显神威,震慑群丑,打得敌人落花流水,闻风丧胆,只能躲在黑暗中魂不附体,心惊肉跳,求神拜佛千万不要让洪安儿找到,哪敢再来太岁头上动土?此事过后,我和洪安儿也曾想办法找出这伙人来,无奈不仅敌人销声匿迹,就连警察都没有找上门。

我和洪安儿一边严加防范,一边明察暗访,费尽心思,始终一无所得。舍不得孩子套不着狼,我们甚至大摇大摆出没在一些三教九流经常聚集的场合,诸如酒吧和夜总会、火车站和城中村之类龙蛇混杂之地,希望能引起他们的注意,来一个引蛇出洞。洪安儿甚至还找回以前赌过酒的那帮人套近乎,打得火热,希望能从他们口中得到一些线索,俨然一个久经沙场的神探,然而还是不得要领。

第十三章　坠入凡尘的星星

当晚,我们俩依偎在一起遥望夜空,墨蓝色的天幕下星星点点。突然天边一颗流星划过夜空,我若有所悟地说:"安儿,你正像那颗流星,本来属于天上的星宿,不小心穿越了时空坠入这个凡尘,来到我这个凡人的身边,让我惊喜不已……"

有时候闲来无聊，我们凭着原来发生过的事，根据种种迹象，大胆设想，小心求证，细心分析，反复推敲，揣测案情，然而始终不得其解，如坠云雾。

某天突然灵机一动，我说："整个事情的关键之处，就在老人是不是已经把时光穿梭机毁掉，还有相关的研究资料是否已经销毁。我们来做一个假设：假设老人来不及销毁时光穿梭机或者相关资料，如果让那帮人获取时光穿梭机或者掌握了这些资料，以 Anson 这样的天才，恐怕也足可以研究出一些端倪，从而用什么方式来这里跟我们捣乱。只怕这些人就是 Anson 这家伙指使的。"

洪安儿思索了一会儿说："对，确实有这种可能。之前我也想过这个问题，所以小心谨慎，不想留下照片什么的资料，倒不是怕他们会来找我，抓我回去。而是担心如果在这里闹出了什么大事，搞得沸沸扬扬，给他们抓住证据，对我父亲不利。"

我疑惑地说："怎么抓住证据，对你父亲不利？听不明白。"

她说："比如说，某一天 Anson 他们查找几十年前的报纸或者网络资料，发现上面登载着某某神秘女郎干了什么惊天动地的事，拿出照片一对照，这不是老人那位突然失踪了的机器人吗？你想想看，那个 Anson 曾经给我拍过照，那不是给他抓到把柄，对老人不利吗？"

我由衷佩服说："你考虑得很周到，你说你不担心他们回来抓你，那是为什么？"

她笑笑说："即便他们有时光穿梭机，他们也不可能来到这里，因为他们不敢来，即便来了也回不去，这叫有去无回，他们不敢冒这个险。而且，我本来是想回到清朝，可是时光穿梭机却将我送到这里，可见这机器的精确度很差，简直差之毫厘谬以

第十三章 坠入凡尘的星星

千里,老人自己也说,这东西还不够完善,所以他们即便敢来也找不到这个准确的时间地点。"

我点点头说:"有道理,即便这个时光穿梭机没有被销毁,或者有关资料来不及销毁,即便 Anson 他们研制出一些端倪,他们也来不了。所以第二个疑点是,他们既然来不了,那么是通过什么方式和现在的人取得联系的?显而易见的是,捣乱的这几伙人应该是由他们直接或者间接指使的,他们之间怎么样穿越时空联系?"

洪安儿低头不语,我继续说:"比如现在的人要和过去的人取得联系传递信息简直是一件不可思议的事情,我实在想不出有什么其他办法,除非只能自己回到过去的时光,至少有什么工具可以替代自己回到过去和他们取得联系,而且这样的工具还要能够自己回来。"

洪安儿说:"至少我父亲还没有研制出这样的东西,除非别人已经研制出来了,这种可能性几乎没有。"

我说:"反过来说,过去的人们却可以向现在的人们传递信息。比如古人的诗词歌赋流传下来,到现在还可以感动我们;地下的文物也是这样,它们可以告诉我们以前发生了一些什么样的故事。"

"地下的文物?"洪安儿突然眼睛一亮,似乎想起了什么,可是马上眼神又黯淡下来,紧蹙了眉头。

我说:"你想起什么了吗?地下的文物让你想起了什么?"一个想法在脑海里闪过,"你那时候有没有跟你父亲约定?比如,如果你现在在某个地方埋下一封信,你父亲如果知道这个地方,他就可以去挖出来,只要在这八十多年间这个地方没有受到其他人的破坏。这相当于现在你埋下一封信,八十多年后你父亲把它取出来。"

她摇了摇头叹气说:"我刚才也想到这点了,怎么当时就想不起来,没有留下一个联系的方式?真可惜,否则至少我可以告诉他我现在的情况。"

我又问:"如果你父亲想要向你传递某种信息,你猜测他会用什么方法?他不可能再造一个人回来这里找你吧?或者派个机器人什么的过来找你?"

她想了想,无精打采地说:"我想不会。他已经满足了创造的好奇心,而且这对他是一种莫大的痛苦,他没有必要这样再重复一次。"

讨论不出什么结果,我们唯有无语相对。

星期天我和洪安儿出去逛街。在一家大商场里,我似乎感觉身后有什么人鬼鬼祟祟的。我回头张望,商场里熙熙攘攘都是行人、顾客,并没有什么异样。也许是最近神经有点过敏吧,我摇了摇头,看了看洪安儿。她正面带微笑,在一边悠闲地挑选衣服。我在商场转悠了一圈,看商场的一个角落围了不少人。我走过去挤进人群一看,原来是一摊名牌鞋子在搞降价促销。这年头的人热衷名牌,而又没能够练就火眼金睛,所以更相信大商场里的名牌,这其实是诚信缺失的另一个佐证。所以既然有大商场里的名牌货搞促销的机会,自然吸引了不少人。我也免不了俗,挤在人群里凑热闹,想挑选一双合适的皮鞋。

这时候我突然又有了一种怪异的感觉,似乎身后有一双眼睛在盯着我,盯得我后背发麻。我赶紧回头一看,哪里有什么眼睛?只有周围的人挤来挤去各自在挑选鞋子。见鬼了,我嘟哝了一下,转回头继续挑选皮鞋。突然只听一声娇叱:"小心!"正是洪安儿的声音。我闻声心中一凛,急速转身向喊声方向望去。只见一个黑糊糊的东西凌空向我疾飞而来。我知道这凌空掷物正是洪安儿的拿手好戏,几乎百发百中,只不过不明白这次为何是向我袭来。来不及多想,我举手格挡。啪一声响,并没有击中我。我正在发愣,只见洪安儿飞奔而来,喊道:"小心他兜里的东西!"

第十三章 坠入凡尘的星星

说时迟那时快,洪安儿倏忽到了眼前,出手如风,砰砰两拳打在我身边一人脸上,喝道:"别动!"一把抓住那人的右手。那人鼻青脸肿,脸色发白,右手伸在上衣口袋里,死也不肯拿出来。洪安儿紧紧抓住那人右手,右脚前插勾住那人脚后跟,肩膀猛然用力前送,将那人撞扑在地。那人脸撞在地上,右手依然死死撑在口袋里。洪安儿一脚踩在他腰间,双手拿住他右手一扯,终于将他右手扯出,只见他手中拽着一个黑色的钱包,神色慌张。

洪安儿吁了一口长气,将他身上搜查了一遍,又搜出了两个钱包、一个镊子、一个小刀片,显然他是一个小偷无疑。旁边有人喊:"这是我的钱包!他是小偷。"两名保安冲了过来把他按住。洪安儿在地上捡起一部手机,摇摇头说:"原来只是个小偷,可惜了我的手机。"原来刚才那凌空飞物正是她的手机。周围的人群都围了上来,七嘴八舌痛骂小偷,更有义愤不已的人上前殴打出气。洪安儿匆匆拉了我穿出人群,离开了商场。

我问:"你怎么知道他是小偷?你看见他偷东西了吗?"

她摇头说:"我也不知道他是小偷,我突然看见他手里似乎拿着一件黑糊糊的东西插在口袋里,神色不善地挤到你身边,好像要对你不利,来不及多想我就出手了,哪知只是一个小毛贼。"

我问:"你以为他手里是一把枪?你悠闲自得逛商场,其实一直在留意我的周围?"

她说:"是的,现在我的神经好像有点过敏。"

我苦笑说:"我也差不多,总觉得背后有一双什么眼睛看着我。"

一切毫无头绪。发生过的事情就像静谧的夜空里突然闪现的几声鞭炮、几束烟花。在这个禁止燃放烟花爆竹的城市,每到节日常常有一些不守规矩之徒,或者按捺不住好奇心的顽童,偶尔偷偷摸摸弄上几个燃放,也不论是什么时间地点,不管会不会扰人清梦，点燃了就跑，然后一切又归于寂静，无迹可寻。

我和洪安儿商议过，要不要搬到另外的地方，或者换一个工作环境。她想了想说："何必呢？该来的总会不请自来，不该来的你也请他不来，咱们还是泰然处之吧，也许生活本来就是这样。你觉得怎么样？"我慨然说："好，泰然处之。没听说过'神雕侠侣'还要躲避什么人的。"她微笑说："对，咱们虽然没有神雕，也要过得和他们一样潇洒，不要让他们小瞧了。"

日子又回到了原来的轨迹，似乎什么事情都没有发生过。我和洪安儿依然过得甜甜蜜蜜、缠缠绵绵，将身外事置之度外。正如她所说，生活也许本来就是这样，总有些莫名其妙、杂七杂八的事情偶尔过来烦扰，神通广大如洪安儿者也免不了。我现在的想法是，既然如此，那么该怎么样就怎么样吧。《大学》里说"止于至善"，那是一种很崇高的人生理想，就是找到一种"至善"的状态并且停留在那里，"当至于至善之地而不迁"。我自问是达不到这种境界的。不过，至少也不能将自己的心思停落在那些莫名其妙的烦忧事上吧。我自诩这也是一种生活的勇气，能够藐视之而且泰然处之，两年前我就做不到。

毕竟我们不是神仙圣人，虽然泰然处之，还做不到两耳不闻窗外事。茶余饭后之时，偶尔还是会谈起这些前尘往事。有一天我又灵光一现，突然说："如果不是未来的人在指使呢？我们假设背后主使的这个人就是现代的人，和未来一点关系都没有，那么会是谁呢？"

这句话有点没头没尾，正如电视节目里突然插播的广告。所以洪安儿一时没有反应过来，她正半躺在床上津津有味地看着一本小说。她问："你说什么？什么会是谁？"

我说:"你有没有芯片?我记得那些家伙说要你交出什么芯片,那是什么呀?"

洪安儿放下手头的书,说:"我也不知道,我没有芯片。也许只是他们猜测的。"

我说:"我们来看看他们怎么样猜测,为什么会这样猜测。他们认为你是来自未来的机器人,所以有一个记忆芯片什么的。这样看来,他们似乎必然和未来有某种联系,否则不会知道这些事,也不会做出这样的猜测。"我最近在看一些福尔摩斯的侦探故事,得到不少启迪,这时候思路很清晰。

洪安儿微微一笑说:"你说的也不无道理。"

我得意地说:"未必不是这样,问题也许就出在这里。我们总是往未来的方向考虑,忽略了现在的人。也许问题就出现在身边,而我们却熟视无睹。比如说,我和未来就没什么联系,可是我知道你的身份。"

洪安儿惊讶地说:"你?问题不会出现在你身上吧?"

我失笑说:"怎么会?我只不过打个比方,现在的人也可能知道你的身份,而他可能和未来一点关系也没有。"

她疑惑地说:"假设你说的成立,那么他们要这个芯片干什么?如果不是交回给未来的人的话。"

我说:"也许他们只是想占为己有。他们可能会认为芯片里一定有关于未来的信息,掌握了这些信息就等于掌握了未来,他们可以未卜先知。所谓'先知',自古以来就差不多有神一般尊崇的地位,谁不想拥有这样的地位?如果掌握了未来的信息,用在经济或者军事等等领域,那就更不得了。想想很简单,比如你如果可以预知某一届世界杯足球赛的结果,或者预知彩票将要开出的号码,轻易就能成为世界上最富有的人。"

她忧心忡忡地说:"如果是这样,那会是更可怕的一件事情,为了追逐利益,很多人可以连命都不要,如果他们死缠烂打,那就很头疼。"

我安慰她说:"这只是猜想。"

她神色凝重地说:"可是我没有这样的芯片,以前我一直闭门在家,几乎足不出户,对几十年前的事只是有一些基本的概念。而且,我父亲也想到了这一节,他不希望我对过去有太大的影响,所以,他并没有灌输我相关的知识和信息,我并不知道明天哪只股票会涨,就像你也不会知道七八十年前某一场赌局的结果吧?"

我突然想起了什么,如果我和她的这些对话被什么人偷听了去那可不得了,我悄声说:"检查一下,看看我们屋里有没有窃听器什么的。"

她紧张兮兮地说:"对,你赶紧检查一下。"

我赶紧俯下身察看床下、椅边、墙角,仔细检查电视、冰箱等容易藏匿小东西的角落,又四周巡视一番,没什么发现。我说:"会不会装在电话的话筒里?"拿起话筒研究怎么拆开来。洪安儿突然扑哧一笑,再也忍不住,笑得前仰后合。我奇道:"怎么啦?不是让我检查一下吗?"她笑得满脸通红,浑身乱颤,上气不接下气地说:"大侦探,是不是福尔摩斯的故事看多了?我还真和你这大侦探想到一块了,只不过稍稍想得比你早一点,第一次那四个家伙摸到我们家来,我就留了神了,只不过从来没有发现有什么窃听器之类。"

我愕然,怒气冲冲地说:"那你怎么装成一副忧心忡忡的紧张样子?"

她笑嘻嘻地说:"我就是想看看你怎么样泰然处之。"

我简直为之气结。

洪安儿一双妙目望着我,微笑着说:"我也想到这些了,有一段时间我甚至怀疑起我们公司HTR,因为和我走得最近的,除了你就是我的同事。而且HTR除了生产大型工程机械设备,他们还开发高端电子产品，这两年更斥巨资投身高科技领域，他们的研制方向就是机械自动化和智能化，这些都是智能机器人的前身，而且他们背后有来历不明的实力雄厚的财团支持，这些资本大鳄简直无所不能，如果他们知道了我的身份，你猜会怎么样？"

我骇然说："我简直不敢想象，也无法想象。"

她淡淡一笑说："那就不要去想象吧，泰然处之。"

我怔忡不定说："对，泰然处之——他们不会知道吧？"我知道所谓资本大鳄翻手为云覆手为雨的本事，这时候没办法泰然。

她笑说："不会的，我会小心，我有我的办法。而且 HTR 在本市的机构只是冰山一角，是很普通的一个分支而已，我也当了一回侦探，暗中查过他们的底细，没什么问题，你放心吧。"

我呼了口气说："那就好，那就好。"既然洪安儿都说没问题，那自然是可以放心的。

又遇到谢宝中和石慧娟。四个人凑在一起，各自面有喜气。他们当然不会知道我们发生了这么多事。之前洪安儿问我，婚礼是不是按计划进行，我说："当然按计划进行，天塌下来也要进行。"一句话说得她喜不自禁，抱着我亲了又亲，又赶紧找谢、石二人商议，敲定大事。所以谢、石二人近来常常和我们在一起。

我知道他们很在意房子的事。我问谢宝中："房子的事情准备得怎么样了？"

谢宝中叹气："终于有了眉目，好不容易找了一套五十多平方米的房子，总算是交了首期，剩下的事再说吧。"

我说："那你还叹什么气？不是应该很高兴才对吗？"

他说："是高兴了几天，这高兴的兴头一过，只好叹气了。想想看，辛苦了这么些年，就高兴了这么几天，挺没劲的。充其量就像小的时候得到一把玩具枪，也就那么高兴了好几天，你说人是不是越长大乐趣越少？"

石慧娟白了他一眼说："还没结婚就说没劲，你这人怎么回事？"

他说："不是这个意思，我是想，千挑万选，整个小区就咱们那间房最小，完了还要去向父母、亲戚伸手借钱装修。"

我说："哥们儿，日子就是这样，苦中有甜，最要紧是知足常乐，凡事往好的方面想。"

谢宝中睁眼说："是不是？这些话好像是以前我安慰你的，现在轮到你来安慰我了。"

洪安儿笑说："所以你们是好朋友，安慰来安慰去的。"

石慧娟说："那你们打算怎么样？不买房子吗？"

洪安儿说："我们又没有中彩票，哪来的钱买房子？这里就挺好的。"一边朝我眨了眨眼。

石慧娟叹气说："怎么有些人运气这么好？一买彩票就中，什么时候也给我中一次就好了。"

我笑了笑，忍不住："其实中了彩票也没什么。"

石慧娟惊讶地说："中了彩票也没什么？谁说的？你怎么知道？"

我和洪安儿对望一眼，会心一笑。我说："没什么，瞎猜的，只不过高兴了几天，底气足了一些而已，跟小时候得到一把玩具枪没什么两样。"

谢宝中嘲笑说："你最近境界真提高了？"

我笑笑说："没办法，常跟境界高的人混在一起就是这样。"

洪安儿说："咱们还是探讨一下结婚的事怎么进行吧。你们觉得要请哪些朋友？要搞得简单些还是热闹些？"

石慧娟说："当然热闹点好了。"

于是四人围在一起商议，该请哪些人，如何搞得既热闹又省钱，不题。

第十三章 坠入凡尘的星星

某一晚闲来无事，我正在家里玩网络游戏，这时候又突发奇想，蹦出了一个念头。网络！说不定她父亲可以通过网络来联系她。网络世界本来就是一个虚拟的世界，里面的时间也只是人为设置的时间，或许他可以将信息通过这虚拟的工具传递过来。

我为这个想法兴奋不已，如果我是他……我立刻输入"2068N2"字样在网上搜索。奇迹发生了，我居然搜索到一条结果！我惊喜万分，立马打开文件，然而是整屏的乱码，像想象中埃及金字塔里面的天书，不知所云。我不禁大失所望，不过还是赶紧叫洪安儿过来看。

"你真是天才！"她兴奋地叫起来，"是爸爸。"她怔怔地望着屏幕，眼泪扑簌簌一颗颗掉下来。

"他说什么了？"我惊讶不已，这世界真是无奇不有。

洪安儿说："这是未来的机器语言，只有我看得懂。他说一开始不知道我去了哪里，很担心，要确定我的情况，后来查找到了资料，就是那张照片帮助了他，我站在车上的那张。"

我说："真是奇迹，他果真凭着这张照片找到了你，幸好是你父亲而不是 Anson 找到你。"

洪安儿目不转睛地往下看，脸色阴晴不定，悲喜交加。我说："怎么啦？后来怎么样？"

她缓缓说："他说他和 Anson 都曾找过我，但是现在不用担心了，他把 Anson 送回八千多年前的新石器年代，让他和原始人一起茹毛饮血去了。"

"新石器时代？"我合不拢嘴巴，惊叹不已，"他怎么做到的？太伟大了，这么说，从此天下太平了，再没有什么人来捣乱了吧？后来呢？"

洪安儿忧伤地说："他告诉我，发给我这封信后他会马上毁了时光穿梭机，不会再跟我联系了，让我保重。"

我问:"后来呢?"

她说:"没有后来了,就这么些内容。"

我说:"就这么些内容?有没有告诉你他和 Anson 是怎么找你的?通过什么方式来找你?"

她说:"没有。"

我心有不甘地说:"一点细节都没有吗?"

她摇摇头说:"没有。"

事情似乎呼之欲出,但眼前又并非真相大白,水落石出。我们只能这么自嘲,也许生活本身就是这样,世界上还真有永远解不开的谜,也许这样才不失不断探索的乐趣。不管怎么样,我们已经知道老人取得了胜利,这是可以确定的。至于这胜利的过程,想必是一场斗智斗勇的好戏。我们没办法穿到未来探个究竟,而老人又表明不会再跟洪安儿联系,所以一切只能由我们去猜想了。

洪安儿说:"看来我走后时光穿梭机没有来得及毁掉,否则就不会有这么些事情了。"

我说:"有道理。"

她疑惑地说:"我父亲说他也找过我,现在想想,可能第一次那四个草包就是他委托的,以他的智慧,怎么会找这些个没用的人?"

我说:"那也不一定,你不是说老人家不懂世故吗?"

洪安儿点点头说:"说的也是。后面几次那些人肯定是 Anson 指使的。难道时光穿梭机有一段时间落入了 Anson 手中,让他能想办法来指使这些人?"

我说:"我想是的,这是合乎逻辑的设想。"

洪安儿说:"如果是这样,Anson 既然掌握着时光穿梭机,那我父亲又是怎样把他送到新石器时代的?"

我想了想，笑说："不管怎么样，你父亲做到了，至于怎样做到，我实在想不出来，也许有一些曲折离奇的故事，我们不妨来编一编。"

她惊讶地说："编一编？怎么编？"

我说："也许你父亲知道时光穿梭机来不及销毁，就在上面做了些什么手脚。那时光穿梭机是什么样子的？"

她说："就是一张特制的椅子，上面连着一些线，由一台电脑控制，很简单。我来的时候，就是坐在这张椅子上，我父亲在电脑上噼噼啪啪不知道输入了什么，最后一按回车键，椅子就急速地转起来，然后我就短暂地失去知觉了。"

我诧异地说："就这么简单？"

她点头说："嗯，就这么简单。"

我笑说："也许Anson好奇心特强，科学天才通常都这样。他看到这么一张与众不同的椅子，忍耐不住，非要去坐坐不可，这么一坐，就坐回新石器时代了。"

她摇头说："不会这么简单吧？"

我说："好吧，咱们重编。Anson虽然把这张椅子和研究资料弄到手，以他的聪明，总算摸出一些门道，再以他的聪明，将这些技术运用到计算机网络上，指挥现在的那些混蛋来抓你，只是不知道给了他们什么好处……"

洪安儿打断我的话说："等等，他指挥这些混蛋来抓我有什么用？我又回不去的。"

我说："也许他认为你可以回去，也许他认为你身上藏着什么有价值的资料，比如说你父亲的科学研究成果，可能就装在你的芯片里。又也许抓住你只是他要挟你父亲的一种手段，这种可能性也很大。"

洪安儿说："然后呢？假设我被他们抓住了，那会怎么样？"

我说："你忘了我跟你说过那个地下文物的事吗？假设他

们抓到你，如果有芯片那是最好，即便没有芯片，只要他们像绑匪勒索一样，弄一些你身上的东西，或者拍几张照片，找一个隐蔽稳妥的地方埋在地下，Anson 就可以去挖出来要挟你父亲。说不定还有更可怕的事，他不是认为你是机器人吗？干脆把你……"说到这里我不寒而栗，下面的话再也说不出来。

洪安儿打了个冷战，惴惴说："不会吧，这么可怕？你是说他们会把我埋在地下，埋个八十多年，等 Anson 把我挖出来？"

我安慰说："都是我瞎编的，别往心里去。"

她沉吟说："人心难测，也并非就没有这个可能。至少他可以这么威胁我父亲。好在他们没有得逞。我想，他一定做了什么天理难容的事，我父亲才会想办法把他送到新石器时代，让他空有一身本领，也只能去跟那些原始人打交道，活该。"

我沉思了一会儿说："他尽管把这张椅子和研究资料弄到手，一定还有很多弄不清楚的问题，不得不去请教你父亲，所以老人家有机会收拾他。"

洪安儿扬眉说："没错，我父亲年老体弱，这家伙一定不会严加防备，而且这样的机密大事，一定不会有其他人在场。嘿嘿。"她突然像想起了什么，嘴角露出了笑意，"我知道了，一定是这样，老人家的太极推手练了十几年，我就一直学不会，打架也许不行，冷不防将那家伙推到椅子上，想必是绰绰有余的。老人家一定已经在电脑里暗暗设好了程序，往键盘上这么一敲，那家伙转呀转，就这么找原始人打交道去了。"

我喝彩道："妙，就是这样，这情节丝丝入扣，简直顺理成章，天衣无缝，不像是编出来的，也许过程真的就是这样。"

洪安儿也是喜笑颜开，可是过了一会儿她脸上又露出一丝担忧，说："不知道老人家现在的情况怎么样？"

我心想，这时候老人家还没有出生呢。只不过我不想打扰她思念亲人的心情，只是过去默默地握住她的手，无言相对。

第十三章 坠入凡尘的星星

转眼到了秋天,婚期在即。果然秋高气爽,阳光灿烂,人也特别精神。婚礼当然如期举行。之前我说过"天塌下来也要进行",这时候天没有塌下来,而且心里头的那根刺已经拔掉,虽没有二郎真君"祥光灿然"过来凑热闹,不免美中不足,但做人要知足常乐。所以我说,不要抱怨生活,生活中总会有奇迹出现。两对新人喜气洋洋,各请了亲朋好友,同学同事。郑总和销售部的人员自然过来热烈捧场,洪安儿也请了不少同事,连那位满脸慈祥的张总经理也款款到场了。自然是皆大欢喜,热闹非凡。郑琼小姐见了洪安儿,恭喜了几句,啧啧赞叹,艳羡之情油然而生,表露无遗。洪安儿握住她的手亲热地说:"郑小姐,你也该找个男朋友了,什么时候也去喝你的喜酒?"郑琼羞涩地说:"我还早呢,您不是说,做到了您这个职位再找男朋友?只怕我这辈子希望渺茫。"洪安儿羞涩一笑说:"我那时候是……嘿嘿,一句戏言,不足挂齿。"郑琼笑说:"我那时候就感觉很奇怪,怎么Angel小姐一见洪经理带了我一起过去,就一脸的不高兴,瞧得我浑身不自在,洪经理脸上又是五味俱全,搞得我一头雾水。原来是做了一回电灯泡,真是不识趣得很。"洪安儿嬉笑着说:"女人嘛,都是这样。嘿嘿,有机会的话,我帮你留意留意。"

之后我们又回了老家,在家乡大摆筵席,热闹了一场。见我果然娶了如花似玉而且温柔贤惠、聪明能干的媳妇儿,我的父母亲自然笑得合不拢嘴。

结婚旅行我们还是去了四川,故地重游,其乐融融。来到疙瘩村,和杨老师一起找了相关领导,几经磋商,我们终于将那四十多万"不义之财"尽数捐出,在学校原址上扩建教室,修建简易操场,当然只是最简单的那种。据洪安儿的要求,校名由原来的"疙瘩小学"改为"遥思小学"。洪安儿说老人家的名字就叫"遥思",我也不知道是不是这样,因为她说过老人家不愿意她透露他的名字和研究所的其他任何信息,以免对未来有什么影响。也许这名字只是寄托了洪安儿对亲人一种遥远的思念吧。

学校在操场奠基的时候邀请了我们,我们又一次来到疙瘩村。洪安儿写了一封长信,将它埋在奠基石下。她在信中附上我和她的一张合照,并将她的经历做了大体的叙述。在信的最后她说:"爸爸,我想你,你过得好吗?这是我一直牵挂在心头的问题。我平安回到了二十一世纪伊始的年代,尽管没有按照我们的预想回到那个太平盛世,没有替您实现农耕时代的梦想。但是我想,我已经找到了属于自己的生活。我遇到了一个好人,我跟他一起经历了很多事情。我对生活还有很多的疑问,这些疑问最终可能也不会有什么答案。但我现在明白了,我一直在追寻幸福的生活和生命的意义,生命的意义就在追寻和捍卫幸福生活本身的过程中吧,因为生命本身就是一个充满奇迹的过程。幸福是什么我现在还没有满意的答案,我会继续追寻的。"

我不知道她父亲能不能在未来收到这封信,我想洪安儿也不知道。她说:"我希望这所学校可以成为一所百年名校。这是我对他的纪念,这样我就可以纪念他一百年。"

当晚,我们俩依偎在一起遥望夜空,墨蓝色的天幕下星星点点。突然天边一颗流星划过夜空,我若有所悟地说:"安儿,你正像那颗流星,本来属于天上的星宿,不小心穿越了时空坠入这个凡尘,来到我这个凡人的身边,让我惊喜不已……"